AF371412

#आशिक्की

आशिक़ी

कहानी संग्रह

हफ़ीज़ किदवई

हैशटैग आशिक़ी (कहानी संग्रह)
© हफ़ीज़ क़िदवई

प्रकाशक	: **रेडग्रैब बुक्स**
	942, मुट्ठीगंज, इलाहाबाद-3 उत्तर प्रदेश, भारत
	वेबसाइट - www.redgrabbooks.com
	ईमेल - contact@redgrabbooks.com
आवरण	: कपिल भारद्वाज, गुरुग्राम
टाइप सेटिंग	: श्री कम्प्यूटर्स, इलाहाबाद
संस्करण	: प्रथम, मई 2018
ISBN	: 978-93-87390-30-0

समर्पण

मेरी यह किताब हर उसे समर्पित,
जिसके साथ मैंने चाय पी है।

आधी रात की बात...

जब मैं यह लिख रहा हूँ, तब मेरे नजदीक अमृता, मंटो, ऐनी आपा और इस्मत आपा बैठी हैं। आपा इसलिए, कि हमारे बहुत से दोस्तों को लगता है कि मैं बहुत पुराना बुड्ढा हूँ, जो पता नहीं कौन सी क्रीम लगाकर उम्र को ठहराए हुए है। ख़ैर यह आधी रात को लिखने का मरज़ भी अजीब है, क्योंकि शरीफ ख़ानदानों (जो आजकल हर जगह मुहय्या हैं) में हर बच्चा, आधी रात को अपने इश्क़ की पींगें बढ़ा रहा होता है, ऐसे में मैं क्यों पीछे रहता; आधी रात को अपने इश्क़, एक कप चाय और लिखने की बीमारी के साथ खाँसता रहता हूँ... जगह-जगह बिखरी खाँसी, सुबह झाड़ू लगाते वक़्त इकट्ठी होकर कहानियाँ बन जाती हैं।

जब सुबह चाय की प्याली हाथ में आती है, तब आपके सामने हमारा 'हैशटैग' होता है। सारी दुनिया की फ़िक्र इसमें मिला करती है। हमारे पाठकों को लगता है कि न जाने यह कौन सा बिखरा-बिखरा इन्सान है, जो सवेरे ही फेरीवालों और कबाड़ीवालों की तरह किस्से बेचना शुरू कर देता है। ताज्जुब तो ख़ुद मुझे है, कि जो युवा अपने कोर्स को सौतेला भाई समझते हैं और जो अधेड़, काम से हटकर पढ़ने को वक्त की बर्बादी और बूढ़े, जो दिन काटने को ही अपनी तकदीर समझ, किताबों से ऊब चुके होते हैं, नह सब हैशटैग को न ख़ूब पढ़ते हैं, बल्कि पसंद करते हैं। अब जब यह ज़िम्मेदारी हो, तो चाहे जितना आवारा हो, कोई थोड़ा तो सुधर जाता है। मैं भी अपनी तमाम लापरवाही किनारे छोड़, सुबह से ही लिखने के लिए आँखें गड़ा देता हूँ, जिससे मेरी आँखों पर लगा चश्मा मेरी खुद की मोटाई से ज्यादा अनुपात में बढ़ रहा है।

खैर, अब वह तो कुछ अलग क़िस्से थे। अब मेरी नई किताब, 'हैशटैगः आशिक़ी' आपके सामने है। यह कहानियों का संग्रह है। ऐसी कहानियाँ, जो हमारे इर्द-गिर्द बिखरी थीं; हम और आप उन्हें देखते रहे हैं, बस थोड़ा जल्दी झुक कर हमने इन्हें बटोरा और लिख दिया, वरना किसी रोज़ आप भी लिख ही देते। अब जब लिख ही गई हैं, तो इन्हें पढ़ना और

उसके रेशे-रेशे उधेड़ना, दूसरों का काम है; मेरे लिए तो यह अम्मा अब्बा हैं, जो लाख हमें कूटते हों, मगर बदले नहीं जा सकते।

यह भी एक सच है, कि जब कोई मेरे लिखे की तारीफ़ करता है तो मैं बहुत ख़ुश हो जाता हूँ। इतना खुश, कि उस वक़्त वरदान में कुछ भी माँगा जाए, मैं दे सकता हूँ; मगर बला का कंजूस होने की वजह से यह वरदान आज तक किसी को दे नहीं पाया। हाँ, लोटा भर चाय जरूर पिला दिया करता हूँ। यह जो लिखा है, इस पर मुस्कुरा सकते हैं, मगर यकीन जानें, ग़ालिब, मीर, साहिर, मजाज़, प्रेमचन्द, निराला, कीट्स, मिल्टन; यह सब भी होते तो इन्हें भी चाय ही पिलाते और अगर लिखे की बुराई करते, तो इनको भी चाय न पूछते।

यह सब बातें सीरियसली ही लीजियेगा; मज़ाक़ सिर्फ इतना, कि किताब में इश्क़ के सिवा सब सीरियस टॉनिक है। मैं वाक़ई हर उसकी, दिल से इज़्ज़त करता हूँ, जो कुछ भी देखकर उसे लिखकर जा रहा है, जिसे आने वाली नस्लें पढ़ेंगी तो उनको अपनी जिंदगी में काँटे बटोरने में मेहनत कम लगेगी। हम न सही, वे ही एक ऐसा जमीन का टुकड़ा बना पाएँ, जहाँ आशिक़ मिज़ाज लड़के लड़कियों को ‘प्लेस’ ढूँढ़ने में ज़िंदगी के अहम लमहे न खर्च करने पड़ें… सबको खुला आसमान, खुली ज़िन्दगी और बंदिशों से दूर ज़मीन मिले। हम भी वैसे ही लिखते रहें, जिसकी आज के वक़्त को ज़रूरत है। यह किताब अब हमारे मन का सफ़र आपसे करवाएगी… इस सफ़र की, बतौर लेखक आपके लिए शुभकामनाएँ…

—हफ़ीज़ क़िदवई

कहानियों का पता

आशिक़ी प्रथम

उस शाम अपनी प्रैक्टिकल की कॉपी उसको दे दिया, सिर्फ इसलिए कि वह ख़ुश हो जाए। मुझे लम्बे वक़्त तक नहीं पता था कि मैं उसे ख़ुश क्यों देखना चाहता हूँ। घर आने पर भी बार बार उसका ही नाम ज़बान पर आ जाता था। याद है, नए लगे बेसिक फोन पर घंटों बात होती, मगर बेवजह की। मैं ज़रूरत से ज़्यादा ख़ुश रहने लगा था। कहते हैं पेड़ बोलते हैं... क़सम से हमने तो उन दिनों पत्तियों की भी आवाज़ें सुनी थी। सब कुछ अच्छा लग रहा था, फिर भी नहीं पता था कि यह क्या है। मैंने हर वह फ़न अपना रखा था, जिसमें उसे मज़ा आता था। अब समझ आता है, वह इश्क़ था। जब उसने कहा भी, तब भी मैं बेवक़ूफ़ की तरह नहीं समझा; जब समझा, तब तक वह एक बच्चे की माँ होकर, दुनिया को भी छोड़ गई। मुझे इश्क़ नहीं पता। अगर किसी के साथ .ख़ुश रहना इश्क़ है, तो मैंने किया है इश्क। अगर पार्कों में घूमना, फ़िल्म देखना, एक कप में चाय पीना, बिला वजह दिमाग़ में किसी का ख़याल आना, उसकी तस्वीर देखते रहना इश्क़ है, तो मैं इश्क़ में था। क्या करें, जब कुछ समझ में आए तो समझ भी जवाब दे देती है। आज भी घूमना, पढ़ना, चाय, साथ; मगर बिल्कुल अकेले। दिल में कभी कभी कोई दस्तक दे जाता है, फिर भी उस वक़्त... उसी वक़्त की तरह, दिमाग़ तेज़ चलने लगता है और दिमाग़ ऐसी एडिटिंग करता है कि उस दस्तक का वजूद भी ख़त्म हो जाता है। देखते हैं कभी कोई दस्तक एडिटिंग को हरा भी पाती है या नहीं... तब तक मैं नशे में हूँ; चाय के नशे में।

आशिक़ी द्वितीय

तुम गाना गा रही हो? अच्छा वह वाला गाओ न, जो उस दिन कॉलेज की सीढ़ियों पर गा रही थीं; जिसके लफ़्ज़ मेरे कानों में आज भी गूँज रहे हैं। तुम्हें याद है, हमने सैकड़ों क्लास सिर्फ अपना क्लास मेंटेन करने में बंक

की थी। तुम्हारे अल्लामा इक़बाल जैसे अड़ियल शायर बाप के लिए दो सौ शेर याद किये थे, फिर भी उन्होंने कह ही दिया था यह तुमसे, कहाँ फँस गई बेटा। तुम तो जानती हो, आइंस्टीन का फार्मूला याद करने में मुझे 6 महीने लग गए थे, जबकि शेर दो हफ़्तों में। कितना फ़र्क़ था हम में और तुम में। मैं वही हिंदी वाला मूँगा और तुम उर्दिश वाली याक़ूत। मैं इसे इश्क़ तो नहीं कहूँगा, न समझूँगा; इसे तो मग़रूरियत, की फक्कड़पन के आगे शिकस्त कहूँगा। इश्क़ होता तो आज कुछ और होता। मज़ा तो तब आया, जब तुम्हारे सिगार वाले अब्बा तो तैयार हो गए, मगर मेरे बीड़ी वाले अब्बा का फटीचर ख़ानदान सामने आ गया। वह ख़ानदान, जिसने हमेशा ही अब्बा को फ़ेहरिस्त में इतने नीचे जगह दी, कि अगर क़लम ज़रा सी फिसलती तो वह मुग़लिया ख़ानदान से बाहर हो जाते; फिर भी बालक बीड़ी के धुएँ से भरी अब्बा की ख़ानदानी नाक ने तुम्हारे शेरवानी ख़ानदान को मना कर दिया। तुम भी तो क़िमाम की सैकड़ों गोलियाँ खाकर, काफ़ूर को जिस्म से मल बैठीं। तुम अल्लामा को, हमको; दुनिया को छोड़कर उस गाने की धुन बन गईं, जो आज तुम गा रही हो। तुम्हारे जाने के बाद मैं तब तक इस धुन में रहूँगा, जब तक कोई दूसरी धुन मुझमें घुन नहीं लगा देती।

आशिक़ी तृतीय

अब बेतुकी बात मत करना। पहले ही कह चुका हूँ, मुझे बहुत डर लगता है; कोई देख गया तो? खैर तुमसे बातें करें, वह भी छुप छुप कर, मेरे जिगरा नहीं है। एक तो तुम यही फ़र्क़ देख लो न, कि तुम आलिमत जैसे मज़हबी कोर्स में हो, मैं एक नम्बर का ग़ैर मज़हबी। जब तुम सलाम करती हो, लगता है मैं किसी मदरसे की चौखट पर खड़ा हूँ। तुम जैसे ही खिड़की से झाँकती हो, मुझे अपने आप अज़ान सुनाई देने लगती है। जब तुम मुझ पर हाथ रखती हो, लगता है मलकुल मौत, रूह निकाल रही है... और हाँ, ख़त तो मत ही लिखा करो; दुनिया कहाँ पहुँच गई, तुम अब भी क़लम और काग़ज़ में अटकी हो... वो भी उर्दू में ख़त; पढ़ने में ही मोहब्बत की बैंड बज

जाए। जाओ और कोई बढ़िया, खूब बालों वाली दाढ़ी वाला गबरू मौलाना ढूँढ़ लो, यहाँ तो तुम्हारा ईमान ही टूट जाएगा। अब यह न कहना कि तुम मुझमें ही सारी क़ायनात देखती हो। वैसे भी मुझे इतनी क़ुरान की आयतें याद नहीं, जितनी तुम हम पर पढ़कर फूँका करती हो। मुँह पर फूँकते वक़्त यह भी ख़याल नहीं रखती, कि तुम्हारी बीमारी के जरासीम मुझमें भी आ जाएँगे। माना कि तुम बेहद खूबसूरत हो, मगर यह तो बताओ, मेरे अलावा कौन यह ख़ूबसूरती देख पाया है। पर्दा इतना तगड़ा, जैसे मिस्र की ममी। कमबख़्त अपने अमीर दोस्तों को तुम्हारी ख़ूबसूरती दिखाकर जला भी नहीं पाऊँगा। मैं तमाम कमियाँ निकालता रहा और वह एक बेहद ख़ूबसूरत, नूरानी चेहरे वाले मौलाना की दुल्हन हो गई। मौलाना की दाढ़ी में जितने बाल थे, उतने तो मेरे जिस्म भर में नहीं थे। वो मौलाना, अमरीका, यूरोप, गल्फ़ के बच्चों की क्लास ऑनलाइन लेते हैं। हद तो तब हुई, जब उसने मुझसे, औरों से ज़्यादा गाढ़ा पर्दा कर डाला; अपने बच्चे से मामू भी नहीं कहलवाया। मौलानी होती ही हैं ऐसी। जाओ, मैंने तुम्हें हमेशा के लिए भुला दिया; दफा हो जाओ मेरे ज़हन से!

आशिक़ी चतुर्थ

कुछ तो खिला दो! अच्छा चलो पिला ही दो; गला सूख रहा है। अब तुम यह मत कहना कि पैसे नहीं हैं। हमने देखा है, तुमने सौ रुपये वह जुगल किशोर ज्वेलर्स वाले पर्स में छुपा रखे हैं। अब पर्स को न छुपाओ; अपने इकलौते इश्क़ से चोरी अच्छी नहीं। पक्का यक़ीन हो गया कि तुम चन्दन लाला की ही ग़लती हो; कंजूस! हाथ भी नहीं छूने देती। मोहित की गर्लफ्रेंड्स क्या क्या गिफ्ट देती हैं मोहित को, तुमने तो पेन्सिल की छीलन भी नहीं दी। अब घूर क्यों रही हो? खा जाओगी क्या। मैं भी लड़कियों की बराबरी का हिमायती हूँ, बल्कि बढ़ाने का हिमायती हूँ, इसीलिए तो कहता हूँ तुम ख़र्च किया करो, आगे आगे बढ़कर पैसे दिया करो; अब मुझसे मत कहना कि पार्क का टिकट मैं लूँ; दोनों अलग-अलग लेंगे। तुम लड़की ही

हो। बोलो, अब तुम्हारी एक्टिवा में तेल हम भरवायें, हरगिज़ नहीं। ज़रा से पीछे क्या बैठ गए, तेल भी हम भरवाएँ, ठेंगा। पार्किंग के पैसे भी तुम ही दो... कंजूसन! मेरी भी क़िस्मत देखो, मिली तो वह, जिसने पूरी ज़िन्दगी में सिवाय बातों के कुछ नहीं दिया; हर वक़्त क़समें खाती रही कि ज़िन्दगी भर साथ रहूँगी और हर बार पैसे देने वाली जगह छोड़ गई। एक तो भीगे-भीगे बाल, ऊपर से दो महीने बड़ी। एक कप चाय भी नहीं पिलाई और मोहब्बत की पींगें हवा में... झूठी। कमबख़्त जाते-जाते भी कह गई, कि अपनी स्कॉलरशिप के पैसे से रुमाल खरीद लेना, ताकि मेरे जाने के बाद बहती हुई नाक पोंछ सको। चार महीने की मोहब्बत में सिवाय ग़रीबी, कुड़की के कुछ हाथ नहीं आया। मोटी असामी के चक्कर में मोटी मुसीबत ही मिली। वैसे वह थी बड़ी वाली; एक बार भी आँसू या मुस्कान को मुझ पर ज़ाया नहीं किया। पूरे वक़्त सिवाय मिसकॉल कुछ नहीं दिया; मैंने भी जवाब मिसकॉल से ही दिया। इतनी मुर्दा मोहब्बत शायद ही किसी ने की हो। इतनी कंजूस मोहब्बत को तो दफ़ा करना ही था, मगर उससे पहले ही वह दूसरे को अपनी काली एक्टिवा पर बिठाकर चली गई...कंजूसन।

आशिक़ी पंचम

भला कोई ट्यूटर से प्यार करता है? यूँ जो तुम इश्क़ का इज़हार कर रही हो, मैं इसके लिए तैयार नहीं था। तुम समझती क्यों नहीं, घर वाले क्या कहेंगे; पढ़ाने आए थे मैथ और जोड़ घटाव करके निकल लिए। अरे अब टेसुए मत बहाओ। तुम्हें पता है, तुम्हारे तीन भाई, अंगद के पाँव जैसी माँ और एक आँख से टिकटिकी बाँधे बाप के बीच कैसे मोहब्बत की जाती है। महीने में चार बार प्रोजेक्ट के बहाने साइबर कैफे तक तुम्हें किस रिस्क पर ले जाता हूँ, सोचो; छह महीने के ट्यूशन में आज तक प्लेस अरेंज नहीं कर पाया। एक तो बाहर गए नहीं, कि पूरी फीस एक मुस्कराहट पर हलाल हो जाती है। कभी समझाओ घरवालों को, कि होने वाले दामाद की फीस बढ़ा दें, मगर नहीं; तुम तो पाओ उतनी ही फीस में रात भर पढ़वाओ। बिना

किसी प्लेस के जुगाड़ के हिम्मत करके ज़रा से दूर क्या निकले घर से, तुम्हें भी मरी आने लगती है, सारी इज़्ज़त उसी वक़्त खतरे में पड़ती है; तब तुम्हें क्या अमरेशपुरी दिखने लगता है मुझमें! मेरे लिए तो दोहरी मार हो तुम। एक तरफ गणित जैसा सब्जेक्ट और ऊपर से सामने तुम; सवाल क्या हल होंगे, एक घण्टा शराफ़त से कट जाए वही क्या कम है; दिमाग़ तो तुम्हारी आँखों में ही उलझा रहता है। एक दर्जन हिडेन कैमरे जैसी तुम्हारे घर वालों की आँखों में एक एक समीकरण चुन चुन के बिठाना पड़ता है। ज़रा से चूके कि हो गया गुणा भाग। अच्छा डरो मत, कुछ तो इंतेज़ाम करते हैं; तुम्हारे लिए सब मंज़ूर। हम कैलकुलस और ट्रिगनॉमेट्री में उसका हल ढूँढ़ते रहे, वह अपने क्लासमेट के साथ स्टेटिक्स और डायनामिक्स सीखती रही। आई थी गणित सीखने, मोहब्बत सीखकर निकल ली। कमबख़्त सात आठ साल छोटी क्या थी, बिलकुल बच्ची बन गई। मुँह लटका के कह दिया, सर! समझिये, आप हमसे बहुत बड़े हैं; यू आर रेस्पेक्टेड...। निकल लो! अब कोर्स की बाक़ी दो किताबों को क्लासमेट वाले मजनूँ से पढ़ लेना। रेस्पेक्टेड... घण्टा।

मैं धर्म हूँ

मैं जब तुममें दाख़िल होता हूँ, तुम्हारी अंदरूनी ख़ूबसूरती निखर आती है, तुम्हें दुनिया अच्छी लगने लगती है, क्योंकि तुमने उसे सँवारने के लिए मुझे चुना था। तुम्हें हर तरफ़ मोहब्बत और खुलूस दिखता है, तुम हर बेचैन आँख को देखकर तड़प उठते हो; जब तक मैं तुम्हारे अन्दर होता हूँ तब तक तुम इंसानियत की खुशबू से महकते हो। तुममें जब मैं होता हूँ, तब तुम सख़्त से सख़्त ज़ुल्म से निपट लेते हो, हर परेशानियों से लड़ लेते हो। तुम इतना ख़ूबसूरत किरदार बनाते हो, कि हज़ार दो हज़ार नहीं, करोड़ों अरबों में लोग इंसान हो जाते हैं, एक दूसरे का कन्धा बन जाते हैं, एक दूसरे के आँसू पोछ डालते हैं; गले मिलकर वह मुस्कान बिखेरते हैं, जिससे यह ज़मीन खिलखिलाकर हँस देती है। मेरी रूह, तुम्हारी ज़िन्दगी में

सलीक़ा, मोहब्बत और सब्र लाती है।

मगर हाँ... मगर

जैसे ही मैं तुम्हारे दोस्त, परिवार, घर, खानपान, खेल, पहनावा, सोच, पढ़ाई, व्यापार, नौकरी, और पसंद नापसन्द में घुसता हूँ, वैसे ही एक ज़हर सा हो जाता हूँ... वो ज़हर, जो ऊपर कही हर बात को झुठला देता है और तुम्हें, मुझे इन्सान से हैवान बनाने में देर नहीं लगती। जैसे ही मैं एक फ़र्क़ के साथ तुम्हारी मग़रूरियत से जुड़ता हूँ, तो विनाश बन जाता हूँ: जैसे ही तुम्हारे झूठे, मनगढ़न्त किस्सों में शामिल होता हूँ, शैतान हो जाता हूँ। जैसे ही तुम्हारे रिश्तों में दाख़िल होता हूँ, तो मुस्कान को आँसू में बदल देता हूँ; तुम्हारी महत्त्वाकांक्षा में घुसता हूँ तो ज़ुल्म की सारी हदें तोड़ देता हूँ।

अब तक तुम्हें पता चल गया होगा, मैं कौन हूँ।

मैं धर्म हूँ... मैं धर्म हूँ... मैं धर्म हूँ।

वन ज़ीरो नाइन ज़ीरो

''चलो जाओ, बाहर जाकर खेलकर आओ...।'' एक गूँजती हुई आवाज बाथरूम की ओर से आयी। ये थीं नबील की अम्मी। नहाने के बाद तौलिये से गालों को झाड़ते हुए बड़बड़ा रही थीं, ''आज तो संडे है; सारे जहान के लड़के खेल रहे हैं, पता नहीं कब यह कमबख़्त बड़ा होगा, बाहर जाता ही नहीं।'' उधर नबील था, जैसे उसे कुछ सुनाई ही नहीं दे रहा था। दोनों कानों का इस्तेमाल वह बाख़ूबी जान चुका था। बड़ी बहन भी टीवी का रिमोट हाथ में लिए चीख रही थी, ''बस अम्मी रहने दें, इसे होम सीकनेस है; बाहर जाएगा तो पहाड़ टूट पड़ेगा, कामचोर।'' हालाँकि वह कामचोर नहीं है, यह सभी जानते हैं, क्योंकि स्कूल के गट्टर भर होमवर्क के बाद भी वह अम्मी-अब्बू के पैर दबाये बिना नहीं सोता और हाँ, घर का सारा घरेलू सामान भी तो बाज़ार से वही लाता है; यहाँ तक अप्पी को उसकी सहेली के घर वह ही तो छोड़ने जाता है; मगर हाँ, यह सारे काम तो बड़ी सादगी से सर

झुकाए हुए किया करता है।

पूरा घर आजिज़ था, कि हमारा बच्चा इतना सीधा क्यों है; यहाँ तक कि बड़ी फूफी तो उसके मुँह पर ही कह जाती थीं, ''आजकल तो सीधा मतलब बेवकूफ है, वरना जब लड़कियों के पैर घर में नहीं टिकते, तो लड़कों के क्या कहने।'' फिर बातों बातों में बहलाती थीं, ''अरे हमारा नबील थोड़ा सीधा ही तो है, बेचारा वक़्त के साथ बड़ा नहीं हुआ; हमारे कफ़ील को तो घर काटने को दौड़ता है।'' कफ़ील, नबील का फुफेरा भाई है, नबील से साल भर छोटा। उसका मन वाक़ई घर में नहीं लगता। स्कूल-कोचिंग के बाद अगर वो गोमती किनारे मटरगश्ती न करे तो जैसे उसका दिन हुआ ही नही। शाम को मरीन ड्राइव, अम्बेडकर पार्क की हवा न लगे तो मुरझा जाए बेचारा; जबकि नबील को यह सारे नाम अखबार से पता चले हैं।

इंटर फाइनल एग्ज़ाम से पहले नबील के स्कूल में पैरेंट-टीचर मीटिंग थी। उसके अम्मी-अब्बू को भी जाना था। स्कूल पहुँचते ही सामने से नबील के फिजिक्स के टीचर गुरुमुख सर टकरा गये, उन्हें पहचानते हुए बोले, ''आदब-आदाब, आप नबील के पैरेंट हैं शायद...! ''उन्होंने एक साथ कहा, 'जी।' वह बोले, ''अरे आपका बेटा बहुत तेज है, फिजिक्स में ज़रूर टॉप करेगा।'' अम्मी-अब्बू का सीना चौड़ा हो गया। वह फिर आगे बोले, ''मगर घोड़ा दब्बू है; किताबों के बाहर की दुनिया उसे नहीं पता, यह कमी आगे परेशान करेगी उसे; मेरी मानिए उसे घर से बाहर भेजा कीजिए, ताकि थोड़ा सोशल बन सके वो, वैसे तो बेहद प्यारा बच्चा है।'' अम्मी-अब्बू ने शुक्रिया अदा करते हुए उनकी हिदायत पर अमल का भरोसा दिलाया। सारे स्टाफ ने नबील की पढ़ाई की ख़ूब तारीफ़ की, मगर सभी ने उसकी उस कमी का भी ज़िक्र किया, जो पहले ही गुरुमुख सर बता चुके थे। रास्ते भर वह सोचते रहे कि उनकी परवरिश में क्या कमी रही, जो नबील इतना सीधा हो गया कि दुनिया की नज़र में बेवक़ूफ़ हो गया, जबकि सब्जेक्ट पर उसकी पकड़ क़ाबिले तारीफ़ है। आख़िर अब्बा ने फैसला किया कि आज ही डायनिंग टेबल पर उससे उसकी परेशानी पूछेंगे।

शाम में, अम्मी-अब्बू-अप्पी और नबील खाना खा रहे थे। नबील,

सर झुकाए चुपचाप खाने में मशग़ूल था। जहाँ सब बिरयानी का लुत्फ़ ले रहे थे, वहीं नबील, सब्ज़ी-रोटी के मज़े ले रहा था, क्योंकि उसे नॉनवेज पसंद नहीं था। ''नबील! यह सब क्या है? '' डायनिंग रूम के सन्नाटे को एक भारी आवाज़ ने तोड़ा। अब्बा बोल रहे थे, ''तुम आख़िर किस प्लैनेट से आये हो नबील; न मुर्ग़ा-मछली खाओ, न बाहर घूमने जाओ, न दोस्त न अहबाब...आख़िर है क्या...। '' कुछ देर बाद नबील के मुँह ने हरकत की, ''कुछ भी तो नहीं।'' ''नहीं, कुछ तो है; क्या प्राब्लम है नबील, हमें बताओ'' अब्बा ने हमदर्दी से पूछा। ''अरे कुछ भी तो नहीं।'' नबील ने झल्लाकर जवाब दिया। ख़ैर इन्ही फ़िक्रों, बहस-मुबाहसों के बाद खाना ख़त्म हुआ। सब अपने-अपने कमरों में पहुँच गये। अम्मी ख़ास परेशान थीं, ''पता नहीं हमारे बच्चे को क्या हुआ है; न कोई फरमाइश, न कोई शरारत, न दोस्त, न कोई शौक; सिर्फ और सिर्फ पढ़ाई; अपने आप में खोया रहता है... कहीं कोई लड़की का तो चक्कर नहीं।'' ''चलो अच्छा सो जाओ; लड़की-वड़की नहीं वो उसका मिजाज़ ही है ऐसा।'' अब्बा ने अम्मी को समझाया।

बोर्ड के एग्ज़ाम में तो नबील ने घर में कर्फ़्यू लगा रखा था। घर का एक कोना, जहाँ वह पढ़ता था, वहाँ जनवरी से ही क़ब्रिस्तान की सी नीम ख़ोमोशी तारी थी। पूरा घर शादियों के इस सीजन में पार्टियों में मसरूफ़ था और नबील किताबों में। अपनी-अपनी लज़्ज़त थी; दोनों अपनी जगह ख़ुश थे। हालाँकि नबील के हमउम्रों ने उसका नाम रख रखा था, चोंग। फिर भी नबील का कभी उन सब से सामना होता ही न था, इसलिए उन्हें कभी चिढ़ाने का मौक़ा नहीं मिला। रफ़्ता-रफ़्ता एग्ज़ाम ख़त्म हुए छुट्टियाँ आ गयीं। सारे खानदान, यहाँ तक कॉलोनी भर के लड़के ऐसे भागे इन छुट्टियों में, जैसे शिकारी के हाथ से चिड़िया; मगर नबील के लिए तो सब कुछ एक जैसा था। अप्पी ने चिढ़ाते हुए कहा, ''बेटा सुधर जाओ; दोस्त नहीं बन रहे, तो कम से कम एक आध गर्लफ्रेन्ड बना लो, वर्ना रोने वाला कंधा भी नहीं मिलेगा।'' हमेशा की तरह नबील ने कोई जवाब नहीं दिया; हाँ, मगर वह अब ख़ाली वक़्त में कम्प्यूटर गेम ज़रूर खेलने लगा था। वही उसका शग़ल था। उसके जब दोस्त ही नहीं थे तो गर्लफ्रेन्ड तो रहने ही दो। उसे तो वैसे भी लड़कियों से चिढ़ ही थी... पता नहीं क्या था। आख़िर रिज़ल्ट आ

गया और बोर्ड एग्ज़ाम में नबील ने टॉप किया। पूरा स्कूल-शहर उसकी कामयाबी में जश्न मनाने टूट पड़ा। हाँ, आज पूरे साल भर बाद उसके चेहरे पर मुस्कान थी। अम्मी-अब्बू भी बार-बार कैमरे के सामने अपनी जान के टुकड़े को चूम रहे थे। हालाँकि नबील बेहद शर्मीला है, वो कैमरे के सामने आना ही नहीं चाहता था, लेकिन प्रेस वालों के आगे उसकी एक न चली।

शहर के बड़े-बड़े चौराहों पर उसके स्कूल ने नबील की बड़ी-बड़ी तस्वीर लगवाई। अब उससे उसका टारगेट पूछा जा रहा था, जो वह बचपन में ही तय कर चुका था... 'डॉ0 नबील'। वह एक न्यूरोसर्जन बनना चाहता था। पन्द्रहियों मुबारकबाद चली। फिर वह पढ़ाई में जुट गया। इतने में सीपीएमटी का रिजल्ट आ गया। वहाँ भी नबील के नाम का ही जलवा था। अब्बा बेहद खुश होकर बोले, ''हमारे नबील को कोई कुछ भी कहे, उसने पूरे ख़ानदान का सर ऊँचा कर दिया। अब तो बाजी की ज़बान से भी लफ़्ज़ नहीं फूटते, वर्ना हर वक्त क़फ़ील ये, क़फ़ील वो; अब तो साँप सूँघ गया। अम्मी तो बार-बार शुक्र ही अदा करती ख़ुदा का। अब नबील को बाहर जाना था। सबको फ़िक्र थी, जो लड़का घर से बाहर न हो, वह दूसरे शहर में क्या करेगा। यह फ़िक्र थी बड़ी। सभी नबील को समझाते, ''बेटा अब तुम्हें बाहर पढ़ने जाना होगा, थोड़ा सोशल बनो; हर जगह अम्मी-अब्बू नहीं जा सकते, अब तो बड़े बनो।'' हमेशा की तरह नबील के पास इन बातों के जवाब नहीं थे। आख़िर तंग आकर एक शाम अब्बू ने कहा, ''नबील! यह लो कैमरा और जाओ गोमती नगर; हमें बेहतरीन फोटोज लाकर दो।'' नबील ने कहा, ''अब्बा, अब आपको इनका क्या काम है, हम नहीं जाएँगे।'' ''नहीं, तुम्हें जाना ही पड़ेगा।'' अम्मी ने भी ज़ोर डाला, ''कब तक चलेगा ऐसा; गोमतीनगर कोई दूर नहीं है और इंदिरा नगर से तो मिला ही हुआ है।'' ख़ैर सबकी चिल्लाहट के आगे उसकी एक न चली और अप्पी ने जल्दी से उसे स्कूटी की चाभी उछालकर दी, ''लो चाभी और रफूचक्कर हो जाओ; पता नहीं अब्बू हमसे क्यों नहीं कहते हैं, वर्ना हम तो दुनिया की सैर पर निकल जाएँ... जाओ बच्चू जाओ, वैसे भी दस-पन्द्रह दिन के मेहमान हो शहर में, फिर पता नहीं लखनऊ की शाम नसीब भी हो।'' और मुस्कराता हुआ नबील, ढलते हुए सूरज के साथ निकल गया।

सब बेहद खुश थे कि चलो घर से तो निकले जनाब। अम्मी खाना

बनाने में लग गयीं। अब्बा, चतुर्वेदी अंकल से मिलने चले गये। अप्पी, फेसबुक पर अपने दोस्तों से जा मिली। दो-तीन घंटे बाद अब्बा लौटे और बोले, ''बेगम! साहबजादे की कोई ख़बर ली; लौटे की नहीं अभी तक? ''नहीं, अभी नहीं; अरे जाने भी दो, पहली बार बाहर घूमने गया है; शायद अब आँखें खुल गयी हों, टहलने-घूमने दो।'' अब्बा बोले ''ठीक है।'' रात के दस बज गये। खाने का वक़्त हो गया। अब्बा अम्मी को फ़िक्र होने लगी कि कहाँ चला गया नबील। पहली बार महसूस हुआ उन्हें, कि जवान होते लड़के घर नहीं आते देर तक, तब कैसा लगता है। कैसे-कैसे ख़याल आते हैं... क्योंकि ऐसे ख़याल पैदा करने का नबील ने कभी मौक़ा ही नहीं दिया। ग्यारह बज गये। अब तो अब्बा ज़्यादा ही फ़िक्रमंद हो गये। ''फोन कर रहा हूँ, फोन भी स्विच ऑफ जा रहा है; बड़ा लापरवाह है नबील।'' वो बड़बड़ा रहे थे। अप्पी बोली, ''लापरवाह नहीं है अब्बा; वह आज खुलकर आज़ादी के मजे ले रहा है, डोंट फिकर। ''जब बारह बजे, तो सारे लोग फ़िक्रमंद हो गये। एक तो फोन नहीं लग रहा, ऊपर से पूछें भी तो किससे पूछें, वह तो किसी से बात तक नहीं करता। अब घर के सारे लोग नबील पर बड़बड़ा रहे थे। इतने में बेसिक फोन की घंटी बजी। अब्बा ने उठाया, ''हैलो! कौन?'' उधर से पता नहीं किसका फोन था कि अब्बा के हाथ से रिसीवर गिर गया। अम्मी ने घबराकर पूछा, ''क्या हुआ? ''

अब्बा, ''इंदिरानगर थाने से फोन था; वह बोल रहे थे, नबील को उन्होंने अरेस्ट कर लिया है।'' ''अरे! या खुदा, क्या किया नबील ने।'' अम्मी, कहती हुई धम्म से सोफे पर बैठ गयीं। बड़ी हिम्मत बटोरकर और जेब में ढेर सारा रुपया भरकर अब्बा ने चतुर्वेदी अंकल को फोन किया और उनके साथ ही वह थाने जा पहुँचे। ''अरे साहब! आपने मेरे बेटे को क्यों अरेस्ट किया? '' अब्बा ने थाने में पहुँचते ही पूछा। उधर से निहायत ही बदतमीज़ क़िस्म का थानेदार बोला, ''ज़्यादा सवाल नहीं; एक तो साँड़ पैदा करके सड़क पर खुला छोड़ दिया और अब कह रहे हो क्या किया; ख़ुद पूछ लो।'' नबील, अब्बू को देखते ही रो दिया। चमकदार और ख़ुश आँखों से कभी उसने कोई जवाब नहीं दिया, तो फिर आज वह कैसे बोल सकता था। आँखें झुकी-भीगी और गला रुँधा था। चतुर्वेदी अंकल ने हालात सँभाले, ''अरे सर उखड़िये नहीं; क्या किया है इसने, कुछ तो बताइये।'' वह

गुर्राकर बोला, ''आपके शरीफ़जादे, लड़कियों को छेड़ते हुए धरे गये हैं।''
इतना सुनना था कि अब्बा सुन्न हो गये। उन्हें लिटाया गया। वह बराबर कहे
जा रहे थे, ''यह मेरा नबील नहीं हो सकता है, आई कान्ट बिलीव
दिस...।''चतुर्वेदी अंकल की सारी मिन्नतें बर्बाद गयीं, क्योंकि इन सब बातों
का खाकी वर्दी पर कभी असर हुआ ही नहीं, जो आज होता। अब्बा की
अस्पताल में और नबील की थाने में रात कटी। आज सब रो रहे थे...
अम्मी-अब्बू-अप्पी नबील सब।

ख़ैर दो दिन बाद नबील को ज़मानत मिल गयी। वह अब्बू के साथ-घर
लौट रहा था। आज अब्बा उससे एक भी सवाल नहीं कर रहे थे। गाड़ी
रुकते ही वह हमेशा से ज़्यादा सर झुकाए था। घर में एक सन्नाटा पसरा था;
वही नबील की पढ़ाई के वक़्त कर्फ्यू जैसा सन्नाटा। हाँ बीच-बीच में अम्मी
फोन पर पूछने वालों को नबील के लौट आने की ख़बर दे रही थी। रात का
खाना लगा। अम्मी-अब्बू ने बिना कुछ पूछे ही हालात सँभाले और नबील
को खाने के लिए आवाज़ दी। हमेशा की तरह बिना नानुकुर किये वह
डायनिंग टेबल पर आ गया। सब खाना खा रहे थे। नबील भी सर झुकाए
खाना खा रहा था, कि उसकी नज़र बग़ल में पड़े अख़बार पर पड़ी। एक
हेडलाइन पर उसकी नज़र ठहर गयी। 'लड़की छेड़ते हुए टॉपर गिरफ्तार'
दूसरा अख़बार उठाया... 1090 ने शोहदे को जेल पहुँचाया और न जाने
क्या-क्या। हर निवाले पर नबील को हिचकी आ रही थी।

अम्मी ने फ़ौरन अख़बार छीना और कहा, ''बेटा, खाना खाओ; हमें
पता है, तुम्हें फँसाया गया है, हमें तुम पर भरोसा है।''

नबील चुपचाप खाकर कमरे में चला गया और बाक़ी लोग अपने-
अपने कमरे में। अम्मी बोल रही थीं,

''देखिये न, पता नहीं सच्चाई क्या है; हमारे नबील से तो ऐसी उम्मीद
नहीं कि वह लड़की छेड़े, तौबा-तौबा; यह पुलिस को तो बिल्कुल तमीज़
नहीं, आवारा लड़कियों की वजह से हमारे नबील को फँसा दिया।''

अब्बा बोले- ''सो जाओ, एक दो दिन में नबील सच बता ही देगा,
अब तो घर आ ही गया है... आराम करो।''

अगली सुबह चाय पर, ''अभी तक नबील नहीं उठा क्या? '' अब्बा ने पूछा।

''हाँ पता नहीं क्यों,

''जाओ उसे उठाओ; बेचारा शर्मिन्दा होगा, उसे समझाओ।'' अप्पी गयी जगाने को, क्योंकि वही तो नबील को छेड़-छाड़ कर बात कर पाती थी, वरना किसी में इतना माद्दा न था कि वह नबील से बात कर सके।

एकदम से अप्पी चीखी, ''अब्बू! नबील...!'' और रोने लगी। सभी दौड़ पड़े। नबील पंखे से लटका हुआ था। चेहरा मासूमियत और ग़म की गवाही दे रहा था। घर का सन्नाटा सबके रोने से चूर-चूर हुआ। अम्मी तो आज सिर्फ अपनी आँखों से लाडले को घूर रही थीं। पूरा मोहल्ला इकट्ठा हो गया। सब ढाँढ़स बँधा रहे थे। पुलिस के आने पर थोड़ी ख़ामोशी आयी। पूरे कमरे की तलाशी के बाद नबील की जेब से एक ख़त निकला, जिसका मज़मून कुछ यूँ था-

''प्यारी अम्मी! जिसके पास करने के लिए बातें न हों, वह क्या लिखे; आपको तो पता है, हम अल्फ़ाज़ के कितने ग़रीब हैं। एक ही अचीवमेंट था .... 'सीधापन', वह भी तार-तार हो गया। बनना तो डॉक्टर था, बन गये शोहदा। अम्मी, आपको हम पर यक़ीन है, इस बात पर हम बेहद ख़ुश हैं। अब्बा हमेशा मेरे साथ थे; उनका भरोसा हमारे साथ हमेशा है; अगर छेड़ने वाली बात सच होती, तो शायद अप्पी खुश होतीं कि हमने कुछ तो किया, लेकिन आप अप्पी से कहियेगा कि यहाँ भी हमने उन्हें मायूस किया।

हमें आप सबसे कोई शिकवा नहीं, क्योंकि आप सबने हर क़दम पर हमें सहारा दिया... लेकिन जब यह सोसाइटी आपसे सवाल करेगी, तो आपके पास कोई जवाब नहीं होगा। जब फूफी कहेंगी, कि हमारा कफ़ील चाहे जैसा हो, मगर कभी जेल की हवा नहीं खायी। जब मुझे चुप्पा कहा जाएगा, तब आपके पास उसका भी कोई जवाब नहीं होगा।

एक हमारी वजह से आपको सर झुकाकर शर्मिन्दगी से जीना पड़ेगा, इसलिए हमारी मौत आपका जवाब होगी, कम से कम सवाल करने की हिम्मत तो कोई नहीं करेगा। आपसे वादा करता हूँ कि अगले जनम में

मिलेंगे... लेकिन हम मुसलमानों में इसकी भी गुंजाइश नहीं। कहता कि जन्नत या दोज़ख़ में मिलेंगे, तो हराम मौत वालों को वहाँ भी जगह नहीं मिलेगी; इसलिए बस इतना कहेंगे कि आपने मेरे सत्रह सालों को जन्नत बना दिया; हमारी ज़िंदगी पूरी हुई। हाँ, आख़िरी बात, कि अम्मी-अब्बू हमने आपका भरोसा नहीं तोड़ा है; हम वैसे ही मर रहे हैं, जैसे जी रहे थे; बिल्कुल पाक-साफ़.. रोइएगा नहीं, बड़ी तक़लीफ़ होगी। ख़ुदा हाफ़िज़

आपका मरहूम नबील

ख़त पढ़ते ही सबने सर पीट लिया। सब बेचारा-बेचारा करने लगे। अम्मी-अब्बू को ऐसा सदमा पहुँचा कि उन्होंने नबील की ज़िन्दगी को अपना लिया। न बोलना, न मिलना, बस अपने काम से काम। हाँ, उसी दिन एक ख़त इंदिरा नगर थाने में भी आया। थानेदार की तारीफ़ करते हुए किसी लड़की का ख़त था-

"नमस्कार थाना अध्यक्ष महोदय! आपका केवल नाम सुना था कि आप बहुत एक्टिव हैं, देख भी लिया। मैं पेशे से पत्रकार हूँ; अपनी एक ख़ास रिपोर्ट, जो महिला हेल्प लाइन 1090 पर केन्द्रित है, उस पर काम करना था। आपकी यह सर्विस क़ाबिले तारीफ़ है। वह लड़का, जिसके छेड़छाड़ करने की शिकायत मैंने की थी, वह मेरी रिपोर्ट का हिस्सा था। 1090 की त्वरित कार्रवाई के दावे को अचानक चेक करना ज़रूरी था, इसीलिए बिना किसी पूर्व सूचना के हमने यह फोन किया और आपने झट से उसे भूतनाथ बाज़ार से गिरफ़्तार कर लिया।

हमें मालूम है, उसे आपने छोड़ दिया होगा, क्योंकि उसकी ग़लती के सबूत ही नहीं होंगे; क्योंकि उसने ग़लती की ही नहीं थी। ख़ैर, अपनी रिपोर्ट को सजीव बनाने के लिए ऐसा करना पड़ा। यह 1090 की मॉकड्रिल थी, जिसमें आप खरे उतरे। हम आपकी तत्परता की तारीफ़ का पत्र डीजीपी साहब को भी लिख चुके हैं, उम्मीद है आप खुश होंगे। हाँ, वह बच्चा ज़रूर इसका हिस्सा बन गया; लेकिन यह भी समाज को दिखाना ज़रूरी था कि जब बिना ग़लती वाले फँस सकते हैं तो अपराधी का क्या अंजाम होगा। उस

बच्चे को हमारी शुभकामनाएँ और प्रार्थनाएँ कि वह ख़ूब तरक़्क़ी करे, आपकी तत्परता बनी रहे और 1090 ऐसे ही कल्याणकारी क़दम उठाती रहे।”

आपकी शुभचिंतक

ख़त पढ़ने के बाद थानेदार ने भी नबील के जैसे सर झुका लिया। दोनों ख़तों ने थानेदार को ख़ामोश कर दिया, जैसे थप्पड़ खाते वक़्त नबील ख़ामोश था।

वह हमसाये

घर के मुखिया की एक बड़ी कमज़ोरी है, कि वह जल्दी जल्दी अपने नौकर चाकर नहीं बदलते; उन्हें हद दर्जे लगाव सा हो जाता है उनसे। दूधवाला जितना चाहे पानी मिलाए, फिर भी उसे बदलना अच्छा नहीं लगता। अख़बार चाहे जितनी देर में लाए, उससे शिकायत के सिवा कुछ नहीं। कामवाली चाहे जितने बर्तन तोड़े, मगर उसे बदलने को दिल नहीं करता। सफाईवाला चाहे हर चौथे दिन छुट्टी करे, पर उसे बदलना ठीक नहीं लगता; यहाँ तक कि हम लोग सिलेंडर डिलीवर करने वाले से फ्रेंडली होकर चाहते हैं, वही आए सिलेंडर देने। इलेक्ट्रीशियन, प्लम्बर, पेंटर, सब्ज़ीवाला, नाई; हम सब अपने पुराने वाले ही इस्तेमाल करते हैं, जो हमारे लिए किसी रिश्तेदार की तरह हो जाते हैं। बावर्ची तो ताउम्र साथ रहता है, ज़ायक़ा चाहे अच्छा हो या बुरा, वह एक नमक के साथ हम सबके लिए अपनी उम्र काट देता है। पता नहीं वह कौन सी साइकोलॉजी है, जो नौकरों के साथ खड़ी हो जाती है। अक्सर घरों में शिकायतें होती हैं नौकर चाकर को लेकर; उनको बदलने के फ़रमान भी होते हैं, फिर भी मुखिया इन्हें अनसुना कर तमाम कमी बेशियों के बावजूद अपने पुराने कामवालों को नहीं बदलते... बदलना भी नहीं चाहिए। एक आत्मिक रिश्ता सा हो जाता है उनसे। हमने तो बचपन से ही एक धोबी को देखा; वह प्रेस करते में जितने चाहे कपड़े जलाए, उसे बदलने की कभी कोशिश नहीं की गई। हमारे

बावर्ची तो हम सबको इस हद तक डाँट सकते थे, जैसे बाबाजान हों। जो घर का ज़िम्मेदार होता है, वह इनकी वफ़ादारी पर घर के किसी भी सदस्य के मुक़ाबले इन पर ज़्यादा भरोसा करता है। वैसे हो सके तो अपने पुराने लोगों पर ऐतबार कीजिये, उनकी ग़लतियों को थोड़ा नज़रअंदाज़ करिये; यह एक पूरा ज़माना होते हैं, जो आपके साथ बड़े हो रहे होते हैं, आपको देखकर अपने बच्चों के बढ़ने के ख़्वाब सँजो रहे होते हैं। यह अपनी कॉलोनियों में आपका ही रूप धर कर अपनी ज़िन्दगी को सँवार रहे होते हैं। इसीलिए कह रहे हैं, इस ख़ामोश सफ़र को मत रोकिये; ग़लतियों, कमियों के बावजूद एक ज़िम्मेदार की तरह इन्हें माफ़ कर अपने साथ रखिये। एक दिन इन्हीं में से कोई पन्ना धाय बनकर आपके परिवार को शायद रौशनी दे जाए। अपने साथ इन्हें भी बूढ़ा होते देखिये; बुढ़ापे में ये ही आपके दिल के साथी होंगे... महसूस कीजिये बस।

सूफ़ी

शाहशुजा किरमानी लम्बे वक़्त तक नहीं सोए, यहाँ तक जब नींद आए तो आँखों में नमक लगा लें। एक अरसे के बाद जब सोए तो ख़्वाब में खुदा को सुना। वह बोल उठे, या खुदा! हम हमेशा जागें कि आपको पा लें, मगर आप तो ख़्वाब में आए। आवाज़ आई, शाहशुजा, तुम बादशाह थे; तुमने जागकर मुझे ढूँढ़ा; उस जागने में तुमने ख़ल्क़ की ख़ूब ख़िदमत की, ख़ूब काम किया; अवाम की हर परेशानी दूर की, साथ में तुम्हारी आँखें मुझे ढूँढ़ती रहीं; एक पल के लिए नहीं भुलाया। तुमने अपने हाथों से बीमार ग़ुलामों की ख़िदमत की, पैर दबाए... तुमने ज़ख़्मों पर ख़ुद मरहम रखा और रात रात तुम मुझे ही याद रखते रहे। तुमने दिन दिन काम किया और रात रात अपने खुदा को याद किया। तो तुम समझ लो तुम्हारा खुदा तुमसे कितनी मोहब्बत करता है। अगर मैं तुम्हें जागते में मिलता, तो तुम ताउम्र जागते, इसलिए ख़्वाब में आया हूँ, ताकि मेरा बन्दा तकलीफ़ में न रहे। कहते हैं शाहशुजा ने फिर सोना शुरू किया कभी कभी... मगर फिर ख़्वाब का क्या हुआ, पता नहीं; बस इतना कि वह अपने दोनों बच्चों को भी

ख़िदमत में लगा ले गए। उनके बेटे ने हिंदुस्तान का रुख़ किया और राजस्थान, दिल्ली, अवध होते हुए अवध की सरहद पर रौशनी बिखेरते हुए सो गए। उनके बेटे, महल, सल्तनत, एक ग़ुलाम वज़ीर को देकर ख़िदमते ख़ल्क़ के लिए निकल गए। सुल्तान ने फ़क़ीरी अपना ली। यही तो कमाल था सूफ़िज़्म का। बेटी का क़िस्सा तो बेहद नायाब है। उनसे जुड़े बहुत से क़िस्से हैं, जो शायद कभी लिख पाऊँ। सैकड़ों सूफ़ियों के क़िस्से हैं, शायद कह पाऊँ; हज़ारों दास्तां याद हैं, शायद उन्हें पहुँचा पाऊँ। अमन और मोहब्बत के लिए सूफ़िज़्म एक बड़ा रास्ता है, जो कठिन है, मगर मंज़िल तक जाता है। जिन्हें भी मुल्क़, अवाम की ख़िदमत करनी है, वे सूफ़िज़्म पढ़ें, समझें और उतारें। हम भी अपनी शाम से पहले, सब लिख डालना चाहते हैं।

रूमी

किसी ने पूछा कि क्या दरवेश या सूफ़ी कभी कभी कोई गुनाह भी कर सकते हैं? बिलकुल... अगर वह भूख के बग़ैर एक लुक़मा भी खाते हैं, तो ज़रूर कर सकते हैं; सूफ़ी के लिए बिना भूख, खाना बड़ा गुनाह है। यह जवाब रूमी का था; वही, जो अफ़गानिस्तान में बल्ख़, ईरान में मौलवी, तुर्की में मौलाना और हिंदुस्तान में रूमी कहलाए... मुहम्मद जलालुद्दीन रूमी। वही रूमी, जिनके वालिद ने गुज़रे हुए दौर को क़ानून की सबसे ऐतबार वाली किताब, किताबुल मआरिफ़ दिया था। कहते हैं रूमी की मसनवियाँ, इस किताब की बेअदब नक़ल थीं। बल्ख़, बग़दाद, मक्का, दमिश्क में टहलते हुए रूमी ने अथाह इल्म हासिल किया। रूह में इल्म की इस क़दर बेचैनी थी, कि कहीं सुकून नहीं था। आखिर में अनातोलिया के मरकज़, कोन्या में रूमी ने पड़ाव डाला। रूमी ने हर तरह के इल्म को सीखा, परखा, फिर सिखाया। एक सुनार की हथौड़ी और पटड़े की आवाज़ ने रूमी को ऐसा मोहा, कि इस मामूली सी धुन पर भी रूमी बोल उठे

ज़रकोबी की दुकान से एक ख़ज़ाना मिला नायाब,

रूमी ने हर उस चीज़ को मसनवी में ढाला, जिसे उन्होंने महसूस किया। सबसे पहली मसनवी की किताब भी रूमी के हाथों लिखी गई। उम्र ने अगर और वफ़ा किया होता, तो रूमी ने ज़मीन से आसमान तक सब पर मसनवी लिख डाली होती। वो जो फ़क़ीर था, वही उस दौर में इल्म का बादशाह था, मसनवी का सुल्तान था। यह रूमी का ही दिल था, जिसने उस्ताद, दोस्त, शागिर्द सबको मोहब्बत से समेटा; हर एक के गुज़रने पर ज़िन्दगी का ज़ायक़ा बदला। रूमी ने इल्म की वह चादर फैलाई, जिसकी रौशनी, अफ़ग़ान से तुर्की तक एक हो गई। हिन्द की सरहद में भी रूमी का कलाम दाख़िल हो गया। मोहब्बत के लिए सरहद छोटी पड़ गई और ज़माने ने रूमी को रूमानियत में ढाल, उसके एहसास को जी लिया। थोड़ा सा वक़्त हो तो सूफ़िज़्म को पढ़ लीजिये; दिल में नरमी हो तो रूमी को अपना लीजिये; ज़माने को ख़ूबसूरत बनाना हो, तो सूफ़ियाना हो जाइये। मैं जब रूमी को देखता हूँ... जी; देखता हूँ, तो शक में आ जाता हूँ, कि कोई कैसे इतना लिख पढ़ सकता है। कोशिश करता हूँ, मगर रूमी की चौखट तक भी नहीं पहुँचता। इल्म के समन्दर का किनारा छूने की कोशिश ताउम्र करता रहूँगा। बस रूमी... तुम यूँ ही मेरी नज़रों के सामने रहना; बस ऐसे ही मुस्कराते रहना।

माँ

अब क्या माँ पर भी लिखना होगा! कैसे लिखेंगे, क्या लिखेंगे? वह तकलीफ़ लिखें, जो उनके पेट में पहली बार टाँग मारने से हुई थी; उस दर्द को लिखें, जो हमारे पैदा होने में उन्होंने सहा था। यार, यह बताओ, उस एहसास को कैसे लिखें, जब वह पहली बार मुझे देख, दर्द के साथ मुस्कराई थीं; अपने बड़े से हाथ में मेरा पूरा बदन लेकर कहा था, आज से मैं तेरा साया हूँ। कैसे लिखूँ उन उँगलियों पर, जिन्होंने पूरे बदन पर ऐसे मालिश की, कि मैं आज भी सख़्त पत्थरों से जूझने लायक बना। उस दूध

पर लिखने की सलाहियत मुझमें नहीं। उन निवालों पर क्या लिखा जाए, जो बिना मेरे भूख भूख पुकारे, मेरे मुँह में अनगिनत बार डाल दिए गए। मैं या कोई भी, माँ पर कैसे लिखे... आप और हम, सारे एहसास जज़्बात, मोहब्बत सब लिख सकते हैं, मगर माँ पर क़लम, ख़ुद बच्चा हो जाती है। हाँ, एक बात जो मैं हमेशा सोचता हूँ, वो ये कि मेरी माँ मेरे सामने दुनिया छोड़े, न कि उसके सामने मैं। मरना सभी को है, मगर मैं नहीं चाहता, एक माँ अपने बेटे के मरने का दर्द सहे। यह पीड़ा उसके जीवन की सबसे घातक पीड़ा है। हाँ, मैं बेटा होकर उस दर्द को उठा लेना चाहता हूँ। मैं कोई अच्छा बेटा नहीं हूँ, फिर भी मैं जब पैरों को दबा रहा होता हूँ, तब ही दुनिया के सबसे ऊँचे शिखर को छूने का एहसास होता है। तकलीफ़ तब होती है, जब देखता हूँ, कोई नौजवान, माँ को नासमझ समझकर उन्हें दुत्कारता है। माँ का जिसके दिल में एहसास हो गया, वह दूसरे को नुक़सान तो नहीं ही पहुँचा सकता। मैं क्या कहूँ, यह उल्टा-सीधा लिखते लिखते दिल भरने लगता है। माँ का एहसास लफ़्ज़ से क्या लिखें; दिल ख़ुद उसकी गवाही दे रहा होगा।

यहाँ सब क्रांति क्रांति है

फ़र्ज़ी क्रांतियों में नए लोगों को मत फँसाइये। अक्सर ज़्यादातर संगठन, नौजवानों को जोड़ता है; उनको क्रांति का झूठा सीरियल दिखाता है; फिर एक दिन यह झूठ चरमराकर बैठ जाता है। भ्रष्टाचार के ख़िलाफ़ दुनिया का तमाशा होता है और आख़ीर में ख़ुद भ्रष्ट होकर गुम हो जाते हैं। राजनीति में तो कई पीढ़ियाँ बर्बाद हो गईं। नास्तिकता का जमकर प्रचार होता है और अंत में माँ-बाप के क्रियाकर्म के साथ यह भी बैठ जाता है। बात यह नहीं है कि आप किस विचार के साथ कितना चले; बात यह है कि आपने अपने भुरभुरे विचार में कितने नौजवानों को बर्बाद कर दिया। अक्सर देखता हूँ, दो या तीन; या बहुत हुआ तो पाँच सालों बाद यह क्रांतिकारी, नौकरी, पैसे, प्रतिष्ठा पाने के लिए तड़प उठते हैं। फौरन ही निकल जाते हैं

विलासिता के रास्ते पर। यह भी बुरा नहीं है... बुरा है नौजवानों को अपने मक़सद की सीढ़ी बनाना। जिस उम्र में यह ख़ूबसूरत दिमाग़ों के नौजवान, विज्ञान, गणित, कला, चिकित्सा, इंजीनियरिंग में दुनिया में परचम लहराते, उस उम्र में इनसे संगठनों के झंडे और गला फाड़कर नारेबाजी कराई जाती है। हो सकता है यह बहुतों को बुरा लगे, मगर मेरे लिए समाज सेवा थोड़ा अलग है; मेरे लिए क्रांति अलग है। मैं किसी भी नौजवान को ख़ाली, भटकते हुए, नारेबाजी करते नहीं देख सकता। मुझे उस नौजवान के पीछे एक उम्मीद की टिकटिकी बाँधे परिवार दिखता है। मैं हर उस लीडर की मुख़ालफ़त करता हूँ, जो बेज़रूरी कामों में नौजवानों को लपेटे है। इस वक़्त लाखों नौजवान परेशान हैं; उन्हें ख़ुद मुश्किल से लड़ना सिखाइये, उन्हें हौसला दीजिये, उनमें स्किल बढ़ाइए, उन्हें रोज़गार दीजिये, ताकि उनका घर-परिवार चल सके। हाँ, अगर त्याग करने वाला कोई नौजवान आगे आए, बिना लालच या ख्वाहिश के, तो यक़ीनन उसे किसी लीडर की ज़रूरत नहीं। नौजवानों से इतना कहना है कि ख़ूब पढ़ो, मेहनत करो और अपने नेता, संगठन, समाज को पहचानो, अपना वक़्त देखो और सोचो, भारत दस साल बाद कहाँ होगा... तब तुम कहाँ होगे और यह संगठन कहाँ होगा। जब सब दिखने लग जाए, तब आगे बढ़ो। दलों, संगठनों से बस इतना, कि किसी नौजवान के सबसे क़ीमती वक़्त को मत ख़राब कीजिये; उसे सिखाइये और आगे बढ़ाइए, यही आपका फ़र्ज़ है। जो अपना रास्ता खुद चुनें, दिल से, बिना बहके, बिना किसी से प्रभावित हुए, सिर्फ बदलाव के लिए; उनके लिए कोई सलाह नहीं... अपना रास्ता हमसे बेहतर जानते हैं।

दामाद

एक दामाद ससुराल आए। ससुराल में गन्दे फ़र्श, गंदी नाली देख नाक भौं चढ़ाई। त्योरियों ने माथा ढँक लिया। फिर ऐंठकर बोले, यह नाली कितनी गंदी है, देखो पर्दे भी नहीं धोए; तुम लोगों को तो चबूतरा भी साफ़ नहीं करना आता। ससुराल वाले शर्मिंदा से खड़े। थोड़ा चाय नाश्ता किया,

कि फिर ऐतराज़... तुम लोगों को घर का जाला भी नहीं दिखता; अपनी बुआ का घर ही देखो, चमकता रहता है, उन्हीं से सीख लो कुछ... सीखोगे भी कैसे, बात करने तक की तमीज़ नहीं है... सरदर्द है यहाँ आना, रुकना और जीना तो महाभारत है। उसी वक़्त घर का बेटा घर में आता है, नाली ख़ुद साफ़ करता है, जाला साफ़ करता है और कहता है, जीजा थोड़ा सा ध्यान नहीं दे पाए, वर्ना यह घर भी आपको अपने घर जैसा लगता; ज़रा से दूसरे कामों में लग गए तो यह रह गया, वरना आपको इतना सुनाना नहीं पड़ता और हाँ, जैसा भी हो, मेरे लिए मेरा घर ही जन्नत है; इस जन्नत को साफ़ रखने के लिए फ़रिश्तों की ज़रूरत नहीं, हम ख़ुद बढ़कर सुधार लेंगे। तो अब हमें भी ख़ुद सोचना होगा कि अपने मुल्क के लिए हम बेटे हैं या दामाद। हम मुल्क की कमियाँ गिनाते हैं या उन्हें सुधारते हैं? अपने नेताओं, महापुरुषों, योजनाओं, विचारों की आलोचना करते रहते हैं या आगे बढ़कर बेहतर रास्ता बनाते हैं? तनक़ीद से बेहतर है कि काम करें। मुल्क को ज़रूरत ख़िदमत, मोहब्बत की है, उसमें लगिए। हिंदुस्तान को तरक़्क़ी के रास्ते पर दामाद बनकर नहीं ले जाया जा सकता; मुल्क का बेटा या बेटी बनिए, जी तोड़ मेहनत कीजिये। हमें यक़ीन है, हम तस्वीर ज़रूर बदलेंगे। और हाँ, कट्टर हिन्दू-मुसलमानों को साढ़ू भाइयों की तरह जलन, हसद में लड़ने दीजिये, यह कुढ़ कुढ़ कर मिट ही जाएँगे; इनसे पीछा छुड़ा, आइए हम सब मिलकर मोहब्बत के साथ तरक़्क़ी की तरफ़ बढ़ चलें

अधूरा सफ़र

"जब तुम्हें यह मेल मिलेगा, तब तक मैं नेट के नेटवर्क से कोसों दूर जा चुकूँगा, जहाँ से हमारी बातचीत शायद ख़त्म हो जाए। बात भले ही खत्म हो जाएँ, लेकिन हाँ, याद रहेंगी वह हज़ारों रातें, जिन्हें हमने तुम्हारे साथ आलीशान होटलों, महलों, घरों, पार्कों या फुटपाथ में गुजारी थी।''

मैं यह मेल, बहराइच जाने वाली बस की पिछली सीट पर धक्के-मुक्के के बीच लिख रहा हूँ। हाँ, अब मेरी बस गोमती पर से गुजर रही है...

वही गोमती नदी, जिसे मैंने ज़िन्दगी भर अपने आँसुओं से भिगोया था और वही इकलौती उन आँसुओं का घर थी। बस तो घिसट-घिसट कर चल रही है, लेकिन गोमती किनारे खड़ी वह हल्की पीली सीडीआरआई की इमारत आज बड़ी ख़ामोश लग रही है। किनारे के पेड़ रोते हुए मालूम पड़ रहे हैं, आस-पास गुज़रती गाड़ियों की आवाज़ें तुमसे बात करने में ख़लल डाल रही हैं। बस, बुरी तरह भरी है; लगता है, बुध की बाज़ार बस में उतर आयी है। अभी सफ़र शुरू हुए बीस मिनट ही हुए हैं कि मैं कड़ाके की सर्दी में सीट पर सिमटकर कोहरे के बीच से तुम्हें देखने की कोशिश कर रहा हूँ। बग़ल मे बैठी, माथे पर सिलवटों वाली, खिचड़ी बाल वाली औरत ने शीशा खोलने की सख़्त मनाही कर रखी है। शीशे पर जमी ओस से तुम कुछ धुँधले दिख रहे हो। अभी-अभी छत मंज़िल, हनुमान मंदिर, लखनऊ यूनिवर्सिटी और आईटी कॉलेज गुज़रा है।

यह लोग भी शिकायती अंदाज़ में पूछ रहे हैं, ''क्यों जा रहे हो? ''

इन्हें क्या पता, सुकून क्या होता है। भीड़-भड़क्के में यह इमारतें सुकून का पर्यायवाची तक भूल चुकी हैं। लेकिन मैं तो सुकून पाने जा रहा हूँ, जिसे पाँच साल पहले माँ के आँचल में, बहन के हाथों में और पापा के पैरों में कहीं छोड़ आया था; मैं वहीं जा रहा हूँ, जहाँ मेरा कोई इन्तिज़ार कर रहा है।

यहाँ से मेरा गाँव 45 किमी0 की दूरी पर है। यह रास्ता टेढ़ा-मेढ़ा, काली सड़कों, पुलों से गुज़रता हुआ गाँव के चौराहे तक आयेगा। वहाँ से घर तक इन पाँवों से चलकर ही जाऊँगा, जिनसे मैंने भूगोल पढ़ा था। मन ही मन बहुत खुश हूँ, सोचकर कि आज शाम वहाँ होगी, जहाँ पाँच साल पहले सुबह छोड़ आया था। इस वक़्त मेरे पास एक बैग है, सामान के नाम पर। उसमें दो किताबें, एक कोल्ड्रिंक, एक डायरी और यह लैपटाप है, जिस पर मैं तुम्हें आख़िरी मेल लिख रहा हूँ। बस से उतरने से पहले ही यह मेल मैं तुम्हें भेज चुकूँगा, जबकि मैंने अपनी बहन-माँ को अपने आने की कोई ख़बर नहीं दी है। तुम मेरे सहारागंज से अचानक लापता होने पर हैरान होगे और मुझे यूँ अपने बीच पाकर माँ कितना ख़ुश होगी।

मैं अभी-अभी बाराबंकी बस स्टैण्ड पर उतरा हूँ। यहाँ तक मैंने

तुम्हारे-दिल से तलवों तक का सफ़र कर डाला है। अब मैं बस अड्डे की कैंटीन में बैठा चाय पी रहा हूँ। लैपटाप मेरे सामने मेज पर रखा है, जिस पर हमारी उँगलियाँ लगातार 'कोड़ा जमाल छू' खेल रही हैं... बेचारी, बीच में चाय का कप भी छू लेती हैं। यहाँ तक तुम्हारी सारी ख़ुशबू उड़ चुकी है। यहाँ से रूमी गेट का सुरूर ख़त्म होकर, बाराबंकी घंटाघर की ख़ुमारी आने लगी है। गुड बेकरी की पेटीज़ की जगह साकेत के समोसे की सरहद शुरू हो चुकी है। यहाँ से आगे न कोई सफेद पुलिस, न कोई ढक्कनदार टोपी वाले लोग; यहाँ सिर्फ आज़ाद ख़याल हमारे जैसे लोगों का हुजूम है। न कोई क़ानून, न कोई झंझट। यहाँ न कोई अशोक मार्ग, न वेव, न फन रिपब्लिक और न ही कोई उमराव जान अदा... तुम कहीं बहुत पीछे छूट चुके हो मेरे दोस्त।

मैं वापस आकर धनधनाती बस में अपनी जगह पर फिट हो चुका हूँ। भरी बस में बग़ल में खड़ी आंटी से आँख चुराकर मैं चुपचाप बैठा मेल लिखने में मसरूफ़ हूँ। मुझे तो यह भी पता नहीं कि बग़ल की सीट पर बैठी लड़की के कंधे पर, कई शरीफ़जादे बार-बार झटके के बहाने हाथ रख रहे हैं। हमें तो यह भी नहीं पता कि सामने बैठी औरत का टिकट न काटकर कंडक्टर ने किराया अपनी पिछली जेब में रख लिया है। तुम्हें मेल लिखने में हमें तो यह भी होश नहीं कि बग़ल में कोई मोबाइल पर तेज़-तेज़ अपनी बीवी को झिड़क रहा है।

मैं एक बार फिर ज़िंदगी के तराना में धुल रहा हूँ। मुझे जयकारे और अज़ान साथ-साथ सुनाई दे रहे हैं। भूले-बिसरे रास्ते दिख रहे हैं, बहुत कुछ सुनाई-दिखाई दे रहा है। कोहरा छा रहा है, पत्तों के ठिठुरने की आवाज़ आ रही है, सड़क के किनारे सुर्ख केली के फूलों और बस गाड़ियों का झगड़ना दिख रहा है। मैं बहुत ख़ामोश या हौले से बिखर रहा हूँ। अपने गाँव के बिताए दिनों के अलावा मुझे सब कुछ झूठ फ़रेब लग रहा है; जैसे कविता से मेरी आख़िरी मुलाक़ात, जब उसने सीसीडी में कॉफी पीते हुए कहा था-

तुम आजकल खोए-खोए से क्यों रहते हो? मानस के साथ मेरी सगाई अभी हुई तो नहीं है; हाँ अगर हो भी गई तो क्या फ़र्क़ पड़ता है; हमारे प्यार में कोई कमी नहीं आयेगी, मैं तुम्हें वैसे ही चाहूँगी... शादी तो एक बहाना है

डैडी को दिलासा देने का। तम्हारे पास एक घर नहीं तो क्या हुआ, वैसे इतने दिनों में तुम पैसे जोड़कर एक घर तो ले ही सकते थे... तुम मेरे डैडी को नहीं जानते... वह अपनी ज़बान के बहुत पक्के हैं।''

यह मुलाक़ात मुझे विक्रम-बेताल की कहानी लग रही है। मेरी बेताल, यानि कविता को मैं सुन रहा हूँ, उसके डिओडरेंट को महसूस कर रहा हूँ। वह अमीरज़ादी थी; उसे तो किसी डॉक्टर के साथ ही शादी में बँधना था; मेरे जैसे निठल्ले लेखक के साथ नहीं। हमें अपने गाँव की लक्ष्मी याद आ रही है, जो आज भी हमें देखकर ख़ामोश रहेगी; अपने अटूट प्यार को कभी अल्फ़ाज़ों के पाँव नहीं देगी। कविता और लक्ष्मी में बहुत फ़र्क़ है। अगर लक्ष्मी, हवा में उड़ती हुई सौंधी ख़ुशबू है, तो कविता, वोदका की मदहोशी; लक्ष्मी, झील में खिला सफेद कमल है, तो कविता, बरिस्ता की मेज पर रखी एशट्रे है। अगर लक्ष्मी, खेतों में उड़ती तितली है, तो कविता, ज्योमेट्री की थ्योरी। सहारागंज में टहलती कविता, अगर ज्योमेट्री है तो मैं इस विषय का सबसे बड़ा बैक बेंचर हूँ।

लक्ष्मी को ख़याल में लाते हुए लड़कियों का अंताक्षरी खेलता हुआ झुण्ड दिखता है, वहीं कविता, ज़ीरो डिग्री में 180 डिग्री तक सोफे पर पड़ी बड़बड़ाती हुई दिखती है-

''एक और...''

''नहीं, अब बहुत हो चुकी।''

''प्लीज, क्या अपनी कविता को एक घूँट भी नहीं दोगे।''

''नही, बिल्कुल नहीं, अब घर चलो।''

''घर तू जा, तू जा...।

हाँ इसी तरह... बिल्कुल इसी तरह हमनें सैकड़ों रातें काटी हैं तुम्हारे यहाँ।

जैसा कि पहले बता चुका हूँ कि कुड़कुड़ी सर्दी है। मैं अब गाँव से 10 किमी0 पहले हूँ। मेरे बग़ल में खड़ी लड़की का टिकट अभी-अभी मेरी गोद में आकर गिरा है, जिस पर उसका धुँधला सा शायद नंबर लिखा है। टिकट

के इस तरह अचानक गिरने से मुझे फ़राह का ख़याल आ रहा है। वही फ़राह, जिसने कविता के जूठे गिलास को भरा था। अगर फराह न होती तो मैं कब का बिख़र गया होता, जब कविता-मानस को खिलखिलाते हुए फीनिक्स में देखा था। फराह के ही हाथ ने दिल को धड़कन वापस दी थी। वह फ़राह ही थी- भरपूर, बिंदास, ज़िंदादिल फ़राह। वह जब भी मुझसे बात करती थी, उसमें एक अलग सी चमक होती थी। बड़ी से बड़ी गालियों को नज़्म बना देती थी। थी तो बड़ी हाइटेक, लेकिन उसने हमारे प्यार को हमेशा पुराने ख़ुशबूदार धागे में पिरोया; तभी तो मैसेज या कॉल करने की जगह उसने हमें आख़िरी ख़त में लिखा था-

मैं सारी ज़िंदगी तुम्हारे नाम कर सकती हूँ; मेरी हर साँस तुम्हारे दिल की धड़कन में बँधी है। आने वाली दुनिया, शीरी-फ़रहाद, लैला-मजनूँ का भूलकर हमारे इश्क़ के अफ़साने पढ़ेगी; मैं फ़राह हूँ, कविता नहीं... दुनिया जहान की सारी नेमतें मेरे क़दमों में डाल दी जाएँ, तो भी मैं झुककर तुम्हें अपनाऊँगी, किसी की परवाह किये बिना; इक पुकार पर मैं तुम्हारे पास भागती चली आऊँगी।''

लेकिन ऐ मेरे शहर, मेरे दोस्त! जब फ़राह के अब्बा, एक हाथ में ख़ानदान की इज़्ज़त और दूसरे हाथ में कस्टम ऑफिसर का रिश्ता लेकर आये, तो वह चुपके से डोली में बैठकर बटलर पैलेस पहुँच गई। उसकी शादी होते ही हमारे बीच जो तराने-अफ़साने पैदा हुए थे, उन्हें दीमक चाट गई।

ऐ दोस्त! यह तुम्हारा रिवाज़ ही है... यहाँ साहिर और कैफ़ी की नज़्मों में गठिया की दवाई बेची जाती है; यहाँ नेकी को नहीं, नेकी करने वाले को दरिया में डाला जाता है, झूठों को चौराहों पर सजाया जाता है, सच्चों के सर पर कूड़ा घर बनाया जाता है। यहाँ तो रोशनी भी अँधेरे का एहसास देती है... अजब शहर है यह।

अब मैं अपने ख़ज़ाने की सबसे नायाब चीज़ से मिलाता हूँ... यह है जेनि मसीह यानि मेरी ज़ोनू। ज़ोनू ने उस वक़्त हमारी दहलीज़ पर क़दम रखा, जब फ़राह की पीठ हमारे दरवाज़े से दिखने लगी थी। ज़ोनू के पास प्यार के सिवा सब कुछ था। जिस दिन उसने मुझे प्रपोज़ करने का मैसेज

किया था, उसी दिन शाम को मेरे इंजीनियर दोस्त की टाँगों पर सर रखकर उसने कहा था-'' मैं तुम्हें कभी नहीं भूल सकती इंजीनियर साब; मैं सारा दिन तुम्हारी टाँगों में पड़ी ज़िन्दगी काट सकती हूँ।''

.   ज़ोनू एक प्यार की क़ब्र पर खड़ी, दूसरे प्यार के जनाज़े को कंधा दे रही थी, मेरी आँखों में झाँककर किसी और को ढूँढ़ रही थी, मेरे सीने को सहलाकर किसी और का आनंद महसूस कर रही थी, मेरे गले में हाथ डालकर किसी और की जकड़न पर रोमांचित हो रही थी।

मेरे घर के गुड़हल के पेड़, तुम्हीं बताओ, मेरा वह सच्चा प्यार कहाँ मिलेगा, जिसे पाने के लिए मैं तुम्हें तनहा छोड़ कहीं खो गया। मैं तुम्हें आख़री बार याद करना चाहता हूँ मेरे दोस्त... मैंने तुम्हारे साथ, तुम्हारे यहाँ बहुत कुछ पाया है... अपमान, बदनामी और बीमारी; हाँ, यहीं तो मेरा जिगर बिगड़ा। अब तो मूँग की खिचड़ी भी हज़म नहीं होती। अब मैं तुझको बिल्कुल भूल जाना चाहता हूँ, इसलिए यहाँ के मेरे अच्छे-बुरे दोस्तों! साफ़-ओझल यादों, सुनो! मैं बस की छत पर खड़ा चिल्ला रहा हूँ।

ऐ शहर! मुझे मेरी वह बुराइयाँ लौटा दो, जिसे मैं गाँव से एक बैग में भरकर लाया था; छीन लो अपनी वह अच्छाइयाँ, जिसे मैं वापिस नहीं ले जाना चाहता अपने गाँव में। मैंने तुम्हारी गलियों, पार्कों, फुटपाथों पर अकेले बेकार घूमने में दिन गुजारे हैं, ज़बरदस्ती दूसरों के हाथों में जकड़कर होटलों मे रात काटी है; इन्हें कैसे भुलाऊँ; साथ ले भी तो नहीं जा सकता हूँ।

इतना होते हुए भी जब भी मैं सुबह तुम्हें मिला, तो मुस्कुराता हुआ मिला। तुमने उस वक़्त दरवाज़े बन्द कर लिए, जब नींद, भूखे बच्चे की तरह मेरी आँखों मैं लिपटी रो रही थी। मैं तुम्हारे घरों के बंद दरवाज़ों को फाँदकर आगे निकल गया। मैंने अपनी नींद को चारबाग स्टेशन, पार्क, फुटपाथ, गोमती किनारे कुड़िया घाट, शहीद स्मारक या फिर टीले वाली मस्जिद के खुले मैदान में बहलाया... लेकिन अब तुम हमेशा के लिए उन दरवाज़ों को बंद कर लो, उसमें गोदरेज-हरिसन के ताले लगवा लो।

क्योंकि मेरी नींद ने दम तोड़ दिया है, अब उस पर मौसम के मिज़ाज

का फ़र्क़ पड़ना बंद हो चुका है। मैं अपने घर जा रहा हूँ। वही घर, जहाँ से मुझे आना ही नहीं चाहिए था; जहाँ से मैं कभी गया ही नहीं था; जो मेरे ज़हन के हर हिस्से में ज़िंदा रहा... हाँ वही घर।

अब बस रुक रही है। हवाएँ तेज़ हो चली हैं। जानी-पहचानी ख़ुशबू नाक को मदहोश कर रही है। पेड़-पौधे सलाम कर रहे हैं। ज़मींदारी की ऐंठन ने पिंडलियों को कस दिया है। सीना फूल रहा है। एक अजब सा ग़ुरूर आ रहा है, जो कहीं खो सा गया था।

अब लिखना रोक रहा हूँ। बस से उतरना है और नेटवर्क भी कमज़ोर पड़ने लगा है। यहाँ से पैदल ही जाना है। पैदल ही जाऊँगा उस सड़क के सीने पर पैर पटकता हुआ, जिसे कब से छुआ नहीं। गाँव का प्रवेश द्वार दिख रहा है। ऊपर, इन्तिज़ार में सर झुकाए बैठी लक्ष्मी को भी महसूस कर सकता हूँ। घर पहुँचते ही अम्मी, रोटियों का आटा झाड़ते हुए गले से लिपटा लेगी। बहन हड़बड़ी में ठंढक में भी पानी पिलाती ही चली जाएगी। कितना सच्चा प्यार होगा वहाँ। मेल लिखना बंद करने से पहले एक आख़िरी गुज़ारिश करना चाहूँगा-

‘‘ऐ मेरे दोस्त, उस गोमती को जिलाए रखना, जिसके पानी की छींटें मुझ पर बहुत बार डाली गई हैं; उस कॉफी हाउस या टुंडे कबाबी को याद दिलाना, कि उनके ज़ायक़े के साथ ही हमारे प्यार की पींगें बढ़ी थीं। एक और आख़िरी बात; अमीरुद्दौला लाइब्रेरी में लगे रात की रानी के पेड़ को सूखने न देना; उसके साथ हमने अकेले बहुत सी भूखी रातें गुज़ारी हैं। ऐ मेरे शहर! मेरे दोस्त! अगर तुम इतना सा मेरा काम कर सकते हो, तो मेरा वादा है कि गाँव की मिठास में भी मैं भी तुम्हारी कड़वाहट को कभी नहीं भूलने दूँगा, यह एक मुसाफ़िर का वादा है।’’

कोहरा घना हो रहा है...लगता है, पाला पड़ेगा आज रात।

चोट रूह को

ठीक है चलो चले जाएँगे; छोड़ देंगे तुम्हारे, सिर्फ़ तुम्हारे दर ओ दीवार मगर साथ लेते जाएँगे, यह माटी की महक... बसाएँगे एक हिंदुस्तान। वह हिंदुस्तान, जो मोहब्बत की मिसाल होगा। तब तुम सँभालना अपना जम्बू दीप। अब जब जाएँगे तो यह याद रखना; साथ वह सब ले जाएँगे, जो हमारा था। वह गाने, वह ग़ज़लें, वह कहानियाँ, वह पीर दरवेश, वह जानवर, वह कपड़े, वह ख़ुशबू, सब साथ ले जाएँगे... पता, है क्यों; क्योंकि इस बार दिल टूटा है। भरोसा टूटा है, तुम्हारी ज़बान में वह बदबू है, जिसका इलाज पतंजलि या धन्वन्तरि के पास भी नहीं है। तुम्हें इस क़दर नफ़रत है मुसलमानों से। तुम्हें क्या लगता है, जो तुम्हारा है वह एक झटके में छोड़कर चले जाएँगे; अपना ज़ायक़ा भी साथ ले जाएँगे। तुम जिस्मों से मुक्ति चाहती हो, मैं रूह से मुक्त हो जाऊँगा। महमूद अपने दोस्त मुकेश से मायूसी की हालत में यह कह रहा था, तभी मुकेश ने उसका हाथ पकड़ा और कहा कि क्या क्या ले जाओगे... मेरी सब्ज़ी, दाल, मसाले, रंग, फ़सल, किताबें, लेखक, कवि; तुम क्या क्या ले जाओगे महमूद... तुममे जो मैं हूँ, उसे ले जाओगे या अधूरे ही जाओगे। कोई साध्वी, कोई महंत कुछ भी बक्के, तुम मुझमें हो महमूद, मैं तुममें हूँ... हम दोनों में हम दोनों हैं; बकने दो, चलो आम खायें, यह भी कहीं नहीं मिलेगा... तुम्हारी कमज़ोरी हम जानते हैं। आम का ज़िक्र छिड़ते ही दोनों, छलकती आँखों से ठहाका मारकर हँसते हैं और बचपन से हर हुड़दंग को याद करते हुए दूसरी दुनिया में गुम हो जाते हैं; दूर खड़ी नफ़रत, उन्हें देख मायूसी से लौट जाती है।

धुन तनक धुन

मौसीक़ी को क्या समझते हैं? आपका बोलना, बोलने की लय, लय का उठान, उठान का गिरना, गिरने की खनक, खनक की झनकार,

झनकार की गूँज; गूँज की धुन है मौसिक़ी। मौसीकी ने मुझे हमेशा खींचा और जंगल ने हद दरजे सुकून दिया। बड़े लम्बे वक़्त बाद जान पाया मौसीक़ी और जंगल का रिश्ता। हमेशा माना कि मौसीक़ी को ब्रह्मा ने पैदा किया, भरत मुनि ने अप्सराओं तक पहुँचाया, फिर नारद मुनि इसे आकाश की ख़ूबसूरत अप्सराओं से लेकर ज़मीन पर लाए।

वैसे महादेव और हज़रत दाउद ने भी अपने अपने अन्दाज़ में इसे दुनिया में आम किया। वैसे भी हमारे हर विकास की सीढ़ी, जंगल से ही होकर गुज़रती है; वह जँगल, जिन्हें हम विकास का सबसे बड़ा रोड़ा मानते हैं; तभी तो अंधाधुंध खत्म कर रहे हैं। तो सुनिए... इन जंगलों ने हमें खाना, रहना, साँसों के सिवा क्या दिया है? मौसीक़ी यानि म्यूज़िक का आधार दिया है। जंगल का मतलब सिर्फ़ पेड़ नहीं, बल्कि पूरी एक संस्कृति, जिसमें जानवर भी हैं। सारेगामापा हमें उन्हीं जंगलों के जानवरों की आवाज़ से ही मिला है।

मोर(खड़ज) सा, पपीहा (रखब) रे, बकरी (गंधार) गा, कुलंग (मद्धम) मा, कोयल (पंचम) पा, घोड़ा (धैवत) धा, हाथी (निखाद) नी। यूँ सारेगामा करते जंगल को देखा... तभी कहें, जंगल क्यों रूह को सुकून देता है। हमारे जैसों का दिल कंक्रीट की दीवारों में कहाँ लगता, बल्कि पत्तियों की आवाज़ हमें ग़िज़ा देती है। सारा दुनियावी तामझाम, कुदरत की आवाज़ में ख़लल है और वह आवाज़ है मौसीक़ी। मौसीक़ार चिड़िया के नाम से मौसीक़ी आज भी मुझमें जिन्दा है।

आप भी जंगलों को महसूस कीजिये, जैसे बुद्ध ने किया था। जंगलों से बात कीजिये, जैसे महावीर ने किया था। जंगलों को समझिए, जैसे राम ने समझा था। जंगलों से खेलिए, जैसे कृष्ण खेलते थे। जंगल को अपनाइये, जैसे आदम ने अपनाया था। जंगल वह स्कूल है, जो आपको आदिमानव से महामानव बनाता है। यह तो मौसीक़ी है, हम तो सब कुछ जंगल से ही पैदा होते देख रहे हैं। बस आजकल लोग जंगल की ख़ूबियों को बिना अपनाये जंगली होते जा रहे हैं

शाह की बेटी

मज़ा तो तब आया, जब किरमान के बादशाह के यहाँ उनकी बेटी के लिए पड़ोसी मुल्क के सुल्तान के बेटे का पैग़ाम आया। सूफ़ी मिज़ाज में ढल चुके शाहशुजा इससे पीछा छुड़ाना चाहते थे। जाकर सन्नाटे में एक पत्थर की आड़ में बैठ गए और सोचने लगे। इतने में एक बेहद ग़रीब, मगर चेहरे पर अजब चमक वाले किसी लड़के को देखा। पास गए तो देखा वह बड़ी लगन से खुदा से अवाम की मुश्किलात दूर करने की दुआ करता जा रहा था और किसी ग़ुलाम के पैर का ज़ख्म साफ कर रहा था। उन्होंने उससे कहा, तुम शादी करोगे? लड़का बोला, मुझ ग़रीब से कौन शादी करेगा? शाहशुजा बोले, मैं किरमान का बादशाह तुम्हें अपनी बेटी का हाथ देना चाहता हूँ; तुम नेक, परहेज़गार और ख़िदमतगार हो। तो इस तरह शादी हुई और रात में उनकी बेटी सुसराल पहुँची। वहाँ टूटे से घर में एक कटोरे में सूखी रोटी के टुकड़े और एक पतीली में दूध रखा देख वह उठ गई और वापिस अपने मैके यानि बादशाह के महल जाने लगी। तभी उसका शौहर बोला, मुझे पहले ही पता था कि मलिकाएँ झोपड़ी में नहीं रुका करतीं और सूखी रोटी तो उनके गले में फँसेगी। तभी वह रुकती है और शौहर की तरफ़ मुख़ातिब होकर कहती है- हाँ, मैं अपने वालिद के यहाँ जा रही हूँ, यह पूछने कि उन्होंने कहा था कि तुम्हारी शादी अल्लह के नेक, परहेज़गार बन्दे से कर रहे हैं, मगर यहाँ तो उल्टा है; जो शख़्स कल के लिए सूखी रोटी और दूध बचाकर रख ले, उसका ईमान कितना कमज़ोर है; वह खुदा पर भरोसा न रखकर अपने पर ऐतबार कर रहा हैं; ऐसे होते हैं कहीं ईमान वाले। शौहर शर्मिंदा होकर माफ़ी माँगने लगे। यह बाप, बेटा, बेटी और दामाद सब आला दर्जे के सूफ़ी हुए, जिन्होंने अपने किरदार से रेत, तो रेत जंगल में भी इंसानियत पैदा कर दी। सूफ़िज़्म का झोंका, हर हारे हुए को ताज़ा करने की क़ूवत रखता है।

वो क़ैंची

कुछ औरतें जिस्म को बेचकर पेट पालती हैं, तो कुछ अपने जिस्म से बेजोड़ मेहनत करके घर पालती हैं; कुछ, दिमाग़ का ज़बरदस्त इस्तेमाल करके परिवार पालती हैं। मेरे लिए यह सब तरह की औरतें एक सबक़ हैं; सीखने का सबक़... मगर मेरे लिए आज भी वह औरत हीरोइन है, जो टेबल फैन लगाकर या कभी हाथ का पंखा लिए मोहल्ले भर के कपड़े, ख़ामोशी से सिलकर बच्चों को पढ़ाती है; दूसरों की बची कतरन से अपने बच्चों का जिस्म ढँकती है... अपने बच्चों को बिना ग़रीबी का एहसास दिलाए, वह उन्हें आगे बढ़ने की ताक़त देती है; अपने घरेलू हुनर से तिनका-तिनका जोड़कर नायाब तरक़्क़ी का बीज बोती है। परम्पराओं में ज़बरदस्त जकड़ी यह औरत दूसरों के कुर्तों पैजामों को अपने हुनर से ढालती है। चिकन की साड़ियाँ काढ़ती है। क्रोशिए से अमीर घरों के लिए फूल और बूटे चुनती है। क़ैंची से अपने बच्चों के मुस्तक़बिल की परेशानियों को काटती है। सबसे बड़ी ख़ूबसूरती कि सब्र और सादगी की बेमिसाल मूरत। न शिकायत, न रोना; बस ऐतबार कि कल जो आएगा, वह सुनहरा होगा। हमने हज़ारों की तादाद में ऐसी मेहनती औरतों को देखा है, जिनके बच्चों ने वह ऊँचाई पाई है, कि दुनिया रश्क करे। यह वह औरतें थीं, जो किसी फैशन इंस्टिट्यूट में नहीं गयीं। जिन्होंने स्कूल में वक़्त नहीं मिला। जब उनका घर ग़रीबी में जूझा, तो उन्होंने सुई, कुरेशिय, सिलाई मशीन, क़ैंची और धागे को थामकर अपने बच्चों और परिवार की ज़िन्दगी बुन डाली। मेरी कहानियों में यही औरत हीरोइन होगी; जो न रोई, न माँगा, न इज़्ज़त को ठेस पहुँचाई, न परिवार का ग़ुरूर तोड़ा; ख़ामोशी से बन्द दरवाज़ों में वह सिल दिया, जिसकी सिलवटें आज भी कोई तोड़ नहीं सका। जब यह बूटे काढ़ रही होती हैं, तो किसी को नहीं पता, यह सब्र में डूबा, झुका हुआ सर, किस सर को उठाने के लिए लगा है। इन लोहे से मज़बूत और जापानियों से ज़्यादा हुनरमन्द औरतों को आप क़स्बों, पुराने शहरों में देख सकते हैं। इनके बनाए नगीने, इनके बच्चे, जब तरक़्क़ी की उछाल मारते हैं, तो उनकी इसी माँ की सूई कहीं दूर चमक में खो जाती है और हम सब उन हुनरमन्द उँगलियों को भूल जाते हैं। आज जब एक औरत के हाथ,

वही पीतल के बेंत वाली क़ैंची देखी तो सब दिखने लग गया।

उठ जाओ ना

हज़रत दाऊद यानि डेविड, जो मौसीक़ी के माहिर थे, बादशाह हुए तो धीरे-धीरे अवाम में सुकून आ गया और वह ख़ुशहाल हो गई। जब हज़रत दाऊद के बाद सुलेमान बादशाह बने, तब भी सुकून रहा। फिर एक सुबह सुलेमान ने ख़ुद को तख़्त पर मरा हुआ देखा, तो बेचैन होकर आसमान की तरफ़ देखा और कहा यह क्या है मेरे ख़ुदा! आसमान से आवाज़ आई की ऐ सुलेमान! तुम्हारा और तुम्हारी अवाम का इम्तेहान शुरू होने वाला है; लोगों में उतर जाओ और उन्हें तैयार करो। तो सुलेमान पूछते हैं, क्या कोई बीमारी, महामारी फैलने वाली है या कोई दूसरा बादशाह हमलावर होने वाला है? तो ऊपर से आवाज़ आती है, तुम्हारी अवाम से सब्र और मोहब्बत को कम कर दिया गया, क्योंकि इसी को बढ़ाना एक पैग़म्बर का काम है... इसके कम होने के बाद दूसरी किसी महामारी या दुश्मन की ज़रूरत नहीं... तो जाओ और इसकी कमी से होने वाली परेशानियों को देखो और सँभालो और अपनी सलाहियतों से निपटाओ। हैरान परेशान सुलेमान, शहर में निकलते हैं। उन्हीं के सामने उनकी, मोहब्बत और सुकून पसन्द अवाम, आपस में लड़ पड़ती है; भाई, भाई को मारने लगता है। जानवरों के नाम पर भाइयों के ख़ून से सुलेमान नहा जाते हैं। औरतें, कपड़े फाड़ फाड़ कर ज़ुल्म की दास्तां सुना, हमलावर होती हैं। अपने क़बीले से अलग कबीलों के घरो में आग लगा दी जाने लगी। दूसरों पवित्र किताबों पर लोग पैर रख रख नंगा नाच करने लगे। यहाँ तक कि किसी लड़के की मामूली शरारत पर उसकी बहन का सैकड़ों वहशियों ने बलात्कार कर डाला। सुलेमान, अवाम का यह चेहरा देख डर गए। सुलेमान देखते हैं, कुछ को तो उनका वहाँ होना इतना बुरा लगता है कि उन्हीं पर हमला कर देते हैं। सुलेमान कि भरी आँखें और ग़मज़दा दिमाग, लेकर महल के उसी तख़्त पर गिर पड़ते हैं। अजब तबाही, जो महामारी... हमलो से भी बुरी थी। माँ के सामने, उसी के नाम

पर बेटों, भाइयों को क़त्ल किया जाने लगा, लोगों में ज़रा भी धैर्य और मोहब्बत नहीं रही। सुलेमान ने उजड़ते हुए गुलशन को देखा और सोचा कि दो मामूली सी चीज़ें, सब्र और मोहब्बत कम क्या हो गईं, इंसान एक झटके में वहशी जानवर हो गया। वह सुलेमान थे, जो अरसे बाद सब सँभाल ले गए। हम सोचे, कि यह जो हमारे आँगन में सब्र और मोहब्बत तंग हो गई है, उससे कैसे निपटें? अपनी चौखट पर भाई को भाई, नंगा करके मारे, तो उससे कैसे निपटें; इंसान जब शैतान का रूप धर ले तो उसे कैसे क़ाबू करें? अब अबाबील का दस्ता नहीं आएगा दोस्तों! उठो और बिल्कुल मत घबराओ; हमेशा एक वक़्त के बाद ज़ुल्म ही शिकस्त खाया है। मोहब्बत और सब्र में इतनी ताक़त है कि हर ज़ुल्म को वह घुटनों के बल बैठा देगा। उठकर अपने रास्ते खुद बनाओ, कंकर, काँटे, कीचड़ से रास्ता ख़ुद साफ़ करो, ताकि हिंदुस्तान का मुस्तक़बिल, हमारे तुम्हारे सबके बच्चे, खुशी-खुशी बेझिझक, नंगे पैर खेल कूद और चल सकें।

नफ़रत

मालूम है तुम सब बेहद ताक़तवर हो गए हो; ईंट का जवाब पत्थर से देने लगे हो, ख़ून का जवाब ख़ून से देने लगे हो... बढ़िया है; मुझे कोई शिकवा नहीं, क्योंकि यह ज़मीन का भाग्य है कि उसे ख़ून पीना ही है। जो ज़मीन जितनी गन्दी, घिनौनी हो जाएगी, उसे अपनी सफ़ाई के लिए ख़ून की ही ज़रूरत पड़ेगी। तुम्हें लगता है तुम्हारी नसों में ख़ून बह रहा... भक्क! तुम्हारी नसों में डिटर्जेंट पाउडर बह रहा है, जो किसी भी वक़्त ज़मीन की सफ़ाई के लिए निकाला जा सकता है। बस इतना भर है कि यह ज़मीन अगर एक वर्ग को नापाक लगेगी तो दूसरे को पाक। तो मान लो नापाक वाला कभी न कभी इसे पाक करने के लिए ख़ून बहाएगा ज़रूर। तुम तमाम दलीलें दो ज़मीन से मोहब्बत की; सब झूठी और फ़रेब से गढ़ी हुई हैं। तुम्हारे मन के एक कोने में बैठी शासन और सत्ता की खूँटी ही इस दलील को झूठा साबित करती है। दिमाग़ से यह भी निकाल दो कि कोई किसी को

ख़त्म कर पाएगा। जब अमरीका, जापान में ख़ून का समन्दर बहाने के बावजूद उसके विकास को नहीं रोक पाया, तो समझ लो, यह मामूली गोलियाँ कितना रोक पाएँगी। असल में जो आपके अंदर एक राक्षस बैठा है, उसके पास ख़ून बहाने की हमेशा दलील रहेगी। जब सब चले जाएँगे तो आप अपनों का ख़ून बहाएँगे। उस राक्षस को ख़ून से खेलना बहुत पसन्द है। आपकी ग़लती भी नहीं है; जिसे अपने जिस्म, दिमाग़ पर नियंत्रण ही न हो, उसे तो ऐसा होना ही चाहिए। आप रोज़ तर्कों की किताब का बण्डल लिए खड़े रहेंगे कि क्यों ज़रूरी है ख़ून बहाना, बदला लेना, मुँह तोड़ जवाब देना वग़ैरह वग़ैरह। दीजिये; वैसे भी कोई रोक तो सकता नहीं है। इतिहास से वह उदाहरण खोजकर लाइएगा, जिससे लगेगा कि अभी अगर ख़ून नहीं बहाया अधर्मियों का, तो ज़मीन हमसे हिसाब लेगी। बदला लेने के लिए हम कृष्ण, उमर, सलाहुद्दीन अय्यूबी, राम के उदाहरण तपाक से लपक लेते हैं न... मगर असली ज़िन्दगी में इन्हें छूते भर भी नहीं। मैं दावे से कहता हूँ कि यह जो तलवार, त्रिशूल, बम, बन्दूक लिए हैं, इन्होंने अपने जीवन का एक घण्टा भी अपने पूजनीय की तरह नहीं गुज़ारा होगा। ये बड़े झूठे लोग हैं, इसलिए इनसे सकारात्मक उम्मीद तो मेरी भी खोखली ही होगी। यह अभी हिंसा के तर्कों से हमें शय्या पर लेटा हुआ भीष्म बना देंगे। ख़ैर आपके विचार आपके हैं; आपके ख़ून से रँगे हाथ आपके हैं, जैसे चाहें जियें या मारें। वैसे भी यह ज़मीन है न... यह इतनी अद्भुत है कि उलट, पलट करके अपने लिए कोई ख़ूबसूरत निर्माण कर ही लेगी। कल न हम होंगे, न आप होंगे न आतंकी होंगे न रक्षक होंगे; कल तो कल होगा... कोई ख़ूबसूरत बच्चा अपने लिए बढ़िया पेड़ लगा रहा होगा, जिसकी जड़ें हमारे आपके बहाए ख़ून को ढूँढ़कर उसे पियेंगी, ताकि इस नफ़रत का अंत न होने पाए। नफ़रत की उम्र बड़ी लम्बी होती है; आपकी दिनभर की बातों से एक शब्द में नफ़रत जीत लेती है। आप अपने मुर्दा जिस्म और रूह में नफ़रत को ज़िंदा रखिये, क्योंकि ज़िंदा जिस्म और रूह में इसका दम घुटता है; यह नफ़रत मर जाती है मेरे दोस्त।

ग़म ए दिल

बड़े से हॉल में पाकिस्तान और हिंदुस्तान के सूफ़ी सन्त इकट्ठा थे। बहुत दिन बाद मिलने से हॉल रोने, मिलने, शिकवे की आवाज़ों से गूँज रहा था। तभी पाकिस्तान के कलन्दर बाबा दाख़िल हुए और शिकायती अंदाज़ में कहा, निज़ामुद्दीन! यह क्या है? तुम आज तक मुल्कों की सरहद तक नहीं ख़त्म कर पाए। निज़ामउद्दीन भी सकपका गए और बोले कैसे ख़त्म करें; आपकी तरफ़ वाले भी तो नाक में दम किये हैं; मेरे ख़ुद के मुरीद नहीं आ पाते। तभी करतारपुर, पाकिस्तान का चमकता हुआ रथ आया। उससे उतरे गुरु नानक देव। एक साथ सबने उनको सलाम किया और सभा शुरू हुई। ज़र्रे ज़र्रे, पहाड़, मैदान, मौसम, झगड़े, मोहब्बत सब पर ढेरों बातें हुईं। पूरे जलसे के बाद सूफ़ियों की आँखें सूजी थीं। आँसू सूख चुके थे। वह कह रहे थे... दोस्तों! हम तो कभी भी कहीं भी मिल सकते हैं, मगर मेरे बच्चे, मेरे मुरीद... वह कितनी दूर हो गए हैं। हम, जिन्होंने सरहद, मुल्क कोई बन्धन नहीं माना, हमारे बच्चे इसमें जकड़ गए हैं। निज़ामुद्दीन, बाबा फ़रीद से रोकर कह रहे थे, सोचो फ़रीद, तुमसे मिलने के लिए मेरे बच्चे को उन काग़ज़ के टुकड़ों का सहारा लेना पड़ता है, जो हमारे दरबारों में टिकता न था। मेरे बच्चे जब रोते बिलखते आते हैं, तो गुरु नानक की छाँव भी उन्हें नसीब नहीं होती। इतनी दूर बैठकर जब तुम्हारे किसी बच्चे से मेरा मिलने को दिल करता है तो यह सरहद, वीज़ा और न जाने क्या क्या उसे रोक देता है। इन्हें कौन बताए कि पीर की तड़पन क्या है, मुर्शिद की प्यास क्या है, मोहब्बत क्या है, सुकून क्या है। तभी गुरु नानक बोल उठते हैं- मुझसे पूछो, करतारपुर में बैठकर मैं उन दिलों को महसूस करता हूँ, जो मेरी आरामगाह को देखना चाहते हैं। हम सब परेशान हैं, मगर सोचो हमारे बच्चे कितना परेशान होंगे; वह कितना तड़पते होंगे और थक कर मायूस होकर बैठ जाते होंगे, हम सब तो सरहद से परेशान हैं... अब तो हमारे बच्चों के दिलों में सरहद है, दिमाग में सरहद है। वह एक दूसरे को देखना नहीं चाहते, बर्दाश्त नहीं करते। इन्होंने तो हम सबको बाँट दिया है। अब फ़रीद मुसलमान और नानक सिख हो चुके हैं। बस देखते रहिये; बिना रोए अपने बच्चों की करतूतों को बर्दाश्त करो निज़ामुद्दीन; नीम करौरी और तुलसी तो इतने दर्द में थे कि आए ही नहीं।

भैय्या जी

ज़बरदस्त कोहरा पड़ रहा था। बाहर ठण्ढ से बुरा हाल। कोई भी जल्दी बाहर नहीं निकलना चाहता, क्योंकि ठंढी हवाएँ बर्फ की तरह जमा देने के लिए लगातार शिकार ढूँढ़ रही हैं। मगर इन सबके बीच हमारे घर में जबर्दस्त गर्मी थी। सोफे पर हम, हमारी बीवी और हमारी 5 साल की बच्ची के साथ वह बैठे थे। घर का माहौल कोई बहस या झगड़े की वजह से गर्म नहीं था, बल्कि उनके होने की वजह से गर्म था, जो आज ज़माने भर बाद हमारे यहाँ आए थे। हमारे छात्र जीवन के हमारे हम उम्र या कुछ ही साल बड़े हमारे आदर्श, यानि भय्या जी।

कॉलेज छोड़ने के बाद मै जहाँ भी रहा, भय्या जी क़िस्से हमारे साथ वालों को मालूम पड़ते रहे। उनका मैं जबर्दस्त फैन हुआ करता था। एक बार वह युनिवर्सिटी के गेट पर किसानों की आत्महत्या करने पर लम्बा धरना दे रहे थे। सबको अजीब लगे, कि कहाँ युनिवर्सिटी, कहाँ किसान; मगर उनका जज़्बा था कि लगभग सभी छात्र इस राष्ट्रीय त्रासदी पर उनके साथ हो गए और 'भय्या जी तुम संघर्ष करो, हम तुम्हारे साथ हैं' नारा, गेट से युनिवर्सिटी की आख़िरी दीवार तक सुना जाने लगा।

भय्या जी के तर्क के आगे सब बेबस हो जाते। जब हम कोई बहस करते तो अधिकतर उदाहरण हमारे ही लीडर होते, मगर उनके तर्कों में उदाहरण जींद, रूसो, जिब्रान, सुकरात, स्पेंसर जैसे नाम होते, जिनके नाम ही हम भय्या जी से सुन के जानते थे। सब उनके सामने नतमस्तक थे। भय्या शुरू करते लेबनान की गलियों के क़िस्से और क्यूबा की गलियों तक पहुँच जाते... हम सब मुँह खोले सिर्फ उन्हें ही देखते रहते। जब बात आती साहित्य की... ऐसी ऐसी किताबों के नाम बता देते, जो गूगल पर भी नहीं दिखतीं। अब हम लोग ठहरे गूगल वाले बुद्धिजीवी; तो भय्या के आगे निकलते भी कैसे। एक दिन वह लांग कोट पहने और ऊँची टोपी लगाए चले जा रहे थे, कि पीछे से किसी कांस्टेबल ने उनके कंधे पर हाथ रखा और बोला कि ये मुँह क्यों छुपाए हो, चोरी वोरी करनी है क्या? उन्होंने मफ़लर हटाकर सर ऊपर किया। उन्हें देखते ही वह सकपका गया, अरे

भय्या जी आप! माफ़ कर दीजिये। वह कुछ नहीं बोले और आगे बढ़ गए। उनके चेहरे पर एक अलग ही चमक थी और आँखों में तेज़ी। हर एक उनसे मुतास्सिर हुए बिना नहीं रहता था। मुझे अच्छे से उन दिनों की बात याद है कि नए नए विधायक या नेता उनके पैर छूने आया करते थे। उनको राजनीति का ककहरा भी भय्या जी ने ही पढ़ाया था। सब जानते थे कि भय्या जी का दख़ल हर सियासी कुनबे में है। युनिवर्सिटी के पास ही उनका घर था किराये का... या ज़्यादा हमें नहीं मालूम। मगर आख़िरी बार तक उनको वहीं देखा था। हम लोग अक्सर उनके घर को हुजरा और उनकी मीटिंग्स को दरबार कहा करते थे। दरबार, बादशाहों वाला नहीं, बल्कि सूफ़ियों वाला, क्योंकि भय्या जी के यहाँ क़द, ओहदे, पहचान जैसी चीज़ें चलती नहीं थीं, वहाँ तो सब बराबर थे; फिर चाहे आइआइटी का प्रोफेसर हो या हुजरे का कोई सफ़ाई कर्मचारी। यहाँ साथ बैठना किसी को बुरा भी नहीं लगता, क्योंकि भय्या जी सबको सबके स्तर की बात करके अपने स्तर तक लाने का हुनर रखते थे। चाय के दौर चलते थे और हर दौर में ऐसी बातें निकलतीं; अगर उन्हें लिख दिया जाता तो दर्शन शास्त्र की कै किताब बाहर आ जातीं। पता नहीं भय्या में अध्यात्म और विज्ञान किस हद तक साथ साथ जड़ें जमाए था, कि हर बात इतनी गहरी और प्रैक्टिकल होती कि काटने का सवाल ही नहीं पैदा होता।

हम लोग पढ़कर आगे बढ़ रहे थे और भय्या का ज्ञान, चक्रवृद्धि ब्याज से भी तेज़ी से बढ़ता ही जा रहा था। उनके पास अब दूसरे मुल्कों के स्टूडेंट्स सीखने आने लगे थे। युनिवर्सिटी के लिए गौरव की बात थी कि उनका एक होनहार बच्चा वैश्विक पटल पर छाने जा रहा है। हमारी डिग्री पूरी हो गई थी और अब हमें यहाँ से दूर पीएचडी के लिए हिमाचल जाना था। लखनऊ को छोड़ना हमारे लिए जितना मुश्किल था; उससे कहीं ज़्यादा भय्या के बग़ैर रहना था। हर पल हम सब कितना कुछ उनसे सीखते थे। भय्या सबको भरोसा दिलाते, कि अब कौण मुश्किल है... फ़ोन है, फेसबुक है, ट्विटर है, मेल है; जैसे चाहो सम्पर्क में रहो, जब चाहो चले आओ, इसमें रोना धोना क्या। और फिर समझाते कि ज़माने को अपनी नज़र से देखो, अपने रास्ते बनाओ, आगे बढ़ो और मुल्क की ख़िदमत करो, मगर यह याद रखना मुल्क की ख़िदमत की आड़ में इन्सान की ख़िदमत में

कोताही मत करना। देश जरूरी है, मगर उससे भी ज़्यादा ज़रूरी उसके नागरिक हैं, जिनकी वजह से यह देश है, वरना सब जंगल और रेत ही तो है, चाहो उसे बचाओ, न बचाओ; मगर इन्सान को बचाना अंत तक।

हम सब उनकी हर बात को गिरह बाँध आगे बढ़ गए। हमारी ज़िंदगी से उठती हर ख़ुशबू को अगर सच कहें तो भय्या जी ने महकाया। हमें हैरत होती, कि सत्ताईस अट्ठाईस साल के भय्या जी कितने गहरे विचारों के हैं। एक हम हैं, जिन्हें हर पल सहारे की ज़रूरत थी ख़ैर... वक़्त गुज़रा भय्या से कभी कभार बात होती रही, शुरू में मगर यह ज़्यादा दिन नहीं चला। भय्या धीरे-धीरे हमारी पहुँच से दूर होने लगे। उनके इर्द-गिर्द दूसरे बच्चों का जमावड़ा हो गया और अब अलग अलग जगह के लोग उनसे सीखने पूछने और सलाहें लेने आने लगे। धीरे-धीरे सभी सम्पर्क टूट गए। अब जब उनके बारे में किसी से पूछते, तो पता चलता कि रूस किसी कांफ्रेंस में गए हैं, कभी पता चलता कि हांगकांग में हैं, तो कभी पता चलता पेरिस में महीनों से हैं। अब भय्या हम सबकी पहुँच से इतना दूर जा चुके थे कि न उनके बारे में पता चलता और न ही कोई ज़िक्र सुनाई देता। हम सब पढ़ाई के बाद बेहतरीन नौकरियाँ पा गए। हम सब पर भय्या का एहसान था कि उन्होंने हमारे जैसे गाँव के लोगों को इतना परिपक्व कर दिया था कि हम देश की शीर्ष नौकरियों में थे। मैं बार बार कहता था बीवी से, कि भय्या अगर हमारी जिंदगी में नहीं आए होते तो हम भी कहीं ग्रेजुएशन के बाद टाइपिंग कर रहे होते।

टर्किश एम्बेसी में काम करते करते दस साल हो गए थे। अब हमारे बीच भय्या का न कोई चेहरा था और न ही कोई नई बात। अक्सर पुराने दोस्तों में उनका ज़िक्र आ जाता तो कोई कहता, यार वह बहुत बड़ी चीज़ थे, किसी युनिवर्सिटी में प्रोफेसर हो गए होंगे, तो कोई कहता, नहीं, वह यहीं उस नए वाले मंत्री को सलाह देते थे, अब तो फॉरेन में पॉलिटिकल सलाहें देते होंगे। कोई कहता, नहीं यार, वह लिख रहे होंगे, हम लोग एकदम से उनकी किताबों के बारे में जानेंगे। खैर जितने मुँह उतनी बातें थीं। हममें से कोई भी उनके बारे में सच नहीं जानता था, एक दोस्त ने तो बिलकुल ही हवा बदल दी, यह कहकर कि भय्या जी ब्रूनेई के सुलतान के ख़ानदान में शादी करके वहीं रुक गए है। मगर यह भी अफ़वाह ही साबित हुई। हम सब

आज की ठंढी सुबह तक यह जानते ही नहीं थे कि भय्या जी क्या थे, कहाँ थे और कैसे थे।

आज सुबह जब ठंढ में दरवाज़े की घंटी बजी, तो मैं भगोना लेकर दूध लेने निकला। क्योंकि सब सो रहे थे, तो मेरा उसूल था कि किसी को तकलीफ़ दिए बिना ख़ुद ही कुछ काम कर डालने चाहिए। गेट खोलते ही भगोना हाथ से छूट गया। दसियों साल बाद दरवाज़े पर वह थे, जो कभी ख़्वाब ओ खयाल में भी नहीं आया था... भय्या जी! एकटक देखने के बाद मैं उनके गले लग गया और खूब रोया..भय्या आप कहाँ थे? कितना खोजा, कोई ख़बर नहीं। उन्होंने अंदर आने का इशारा किया और मैं फिर जागा और उन्हें लेकर अंदर आया। उनके आने से घर के अंदर का माहौल अजब गरम हो गया। वह सोफ़े पर बैठे थे और मेरी बीवी बच्ची जाग चुके थे; खड़े खड़े उन्हें देख रहे थे। मैंने बीवी से कहा, भय्या के लिए फौरन कॉफ़ी बनाओ; कि उन्होंने वजनी आवाज़ से मुझे रोका और कहा, तुम खुद बनाओ और वह भी चाय; इन्हें मेरे पास बैठने दो... बहुत काम कर चुकी औरतें।

मैं चुपचाप चाय बनाने चला गया। बाहर पड़ती सर्दी में घर में आई गर्मी से हम सब बेहद ख़ुश थे। भय्या एक के बाद एक चाय पीते गए, मगर कुछ भी नहीं बोले। हमने एक बार ख़ामोशी को तोड़ने की कोशिश की... उनसे पूछा कि वह कहाँ थे और आजकल किस मुल्क में ठहरे हैं। उनकी नई किताब के बारे में पूछना चाहा, मगर उनकी ख़ामोशी में सब शांत हो गया। कुछ देर बाद बोले, बेटी तुम्हारा नाम क्या है? नाम जानने के बाद मुझसे मुख़ातिब हुए और पूछा, यह कहाँ पढ़ रही है? मैंने कहा यह अभी तो यहीं पास में डीपीएस में है, मगर मैं चाहता हूँ कि उसको स्टीफेंस में डाल दूँ; वह टॉप का स्कूल है, मगर कोई जुगाड़ नहीं लग रहा। सब तरह का सोर्स लगवा चुका हूँ, मगर कुछ हुआ नहीं। तभी भय्या फोन माँगते हैं। हमें लगता है, चलो कोई जुगाड़ तो बना। नम्बर मिलाने को कहते हैं। मैं नम्बर पूछता हूँ। वह कुछ नम्बर लेते हैं, फिर बड़बड़ाते और गिनतियाँ भूल जाते। मैं कहता कि किसका नम्बर मिलाएँ; आप बताएँ, हम खोज लेंगे। वह कहते राष्ट्रपति का। मैं चौंकता हूँ... राष्ट्रपति! वह हाँ में सर हिलाते हैं। मैं सोच में पड़ जाता हूँ कि मामूली एडमिशन के लिए राष्ट्रपति। भय्या हमारे हाथ से

मोबाइल खींचते हैं और चाय का आख़िरी सिप लेते हुए कोई नम्बर मिलाते हैं। उधर से फोन उठता भी या नहीं, वह बोलना शुरू कर देते हैं, ''हाँ कोविंद, मैं भय्या बोल रहा हूँ; यह मेरे एक शिष्य की बेटी का एडमिशन स्टीफेन स्कूल में होना है, उन्हें बोल दो; यह निराश नहीं होने चाहिएँ, मेरे दिल के बेहद क़रीब हैं; इनकी बेटी को मेरी बेटी समझना कोविन्द; लौटकर बात करते हैं, अभी बहुत दूर जाना है।'' कहकर फोन रखते हुए बड़ी तेज़ी से बाहर निकल कोहरे में खो जाते हैं, हमारी आवाज़ों से बेख़बर... वह फिर जैसे आए थे वैसे ही ग़ायब होकर हवा हो जाते। मैंने लौटकर फोन उठाया, तो उससे अभी भी आवाज़ आ रही होती, ''यू हैव डायल्ड रॉन्ग नम्बर, प्लीज़ चेक द नम्बर।''

मैं अपनी बीवी और बच्ची की तरफ़ देखता हूँ... दोनों एक साथ बोलते हैं, 'पागल'।

यह शहर है अनशन का

पिछले कई सालों से शहर में अनशन की भरमार सी हो गई है। शहर का कोई भी छोटा-बड़ा पार्क नहीं बचा होगा, जहाँ अनशनोत्सव नहीं मनाया गया होगा; कोई चौराहा नहीं बचा होगा, जहाँ देश में परिवर्तन लाने के नारे न लगे होंगे। धरना तो हम सभी कर जन्मसिद्ध अधिकार है। पापा नॉनवेज नहीं खाने देते, तो हम धरना देने लगते हैं कि यह हमारे अधिकारों का हनन है। टीचर नम्बर नहीं देती, तो उनपर तुष्टीकरण का लेबल लगाकर चौराहों पर सर पटकते फिरते हैं।

अपना तो सारा ज्ञान ही धरनोत्सव और अनशनोत्सव से आया है... तभी तो यह तुर्रा है कि दुनिया के किसी भी मसले पर अपने आसमानी ख़यालों की उल्टी करने लगते हैं। यहाँ अनशन का भी अलग ट्रेंड है। गिने चुने एक जैसे लोग बड़ी-बड़ी दाढ़ी, घिसा सा कुर्ता और ज़बान, एक्सप्रेस ट्रेन जैसी, बेचारे स्टेज की शोभा बढ़ाते हैं; कुछ, वही पुरानी मोटी-मोटी औरतें, जिनको शोपीस की तरह बैठाने के लिए ख़ास मिन्नतें की जाती हैं और वह ना नुकुर कर आखिर धम्म से स्टेज पर बैठ जाती हैं।

और हाँ, धरना-स्थल भरने का टेण्डर भी कुछ अतिउत्साही युवकों को दिया जाता है। उन्हें ख़ास हिदायत दी जाती है कि अपने चाचा के लड़के को भी कह देना, उसका अच्छा लिंक है, दस पन्द्रह लोग तो ले ही आयेगा। चिल्लम चिल्ली करके धरने का कोरम पूरा किया जाता है। हाँ, एक बात तो और... इस धरने में पोस्टर पर बड़ा-बड़ा लाल रंग से छपा होता है, 'विशाल धरना', जबकि बैनर के नीचे वही दो चार घिसे पिटे लोग 23 नम्बर चाय पी रहे होते हैं।

ख़ैर अपना क्या हमें भी शहर के एकाध लोगों ने ताड़ लिया। उनकी पार की नज़रों ने हमें, राह चलते आसपास के लोगों को कोहनी मारते देख लिया। उन्हें लगा, यह बन्दा तो उनके काम का है... फ़ौरन ही हमें एक दुबले से लड़के ने एक अनशन पर इन्वाइट कर लिया। हम भी पहुँच गए अनशनकारियों की जन्नत यानि विधानसभा के सामने। एक पिद्दी से नेता या कहें एक्टिविस्ट, रूस के शासन पर अपनी ज्ञान की उल्टियाँ कर रहे थे, जबकि उन्हें अपने घर के पास मेनहोल के खुले ढक्कनों की जानकारी भी नहीं है। इतने में इस विशाल धरने के फाउण्डर, मुँह निपोड़कर आए ''आ गए आप, आइए बैठिए, अभी आपका नाम पुकरवाते हैं।''अरे वाह! मन में ख़याल आ रहा था कि हमें भी लोग सुनना चाहते हैं, लेकिन बोलें काहे पर... अनशन किस बात पर है, पता ही नहीं है। स्टेज पर विराजमान हस्तियों से पूछा तो जवाब... बस यूँ हीं......'' हमें लगा यूँ ही काहे। मैं सोचता रहा और देखता रहा एक तरफ़। यूँ ही चिल्ला रहे हैं और दूसरी तरफ़ नवाबों के शहर की अवाम इस जाम से परेशान पसीना बहा रही है। दो चार घण्टे के बाद जब सारे धरनावलम्बी उल्टियाँ कर चुके, तब धरने का आधिकारिक समापन किया गया; हाँ, बीच बीच में जब कोई कैमरा लेकर आ जाता, तो यह अपनी पोज़िशन ज़रूर सुधारने लगते हैं। मुँह पर ऐसी त्योरियाँ देते हैं, जैसे सारे जहान को सुधारने का इकलौता टेण्डर भगवान नें इन्हीं को दिया है।

हर अनशन से लौटने के बाद यह सोचता हूँ, वहाँ गया क्यों था... क्या यह धरना ज़रूरी था? क्या वाक़ई इन्हें जनता का समर्थन प्राप्त है और इन सवालों का जवाब हमारी किसी भी किताब में नहीं मिलता। हाँ, इसका जवाब तहज़ीब के शहर की अवाम के पास है।

वोह जो यह हैं

वह मीठा है। वह वैसा (हाथों का इशारा) है, भाई समझा करो; अरे उसमें लचक है, अरे उसके पेंच ढीले हैं। हम अपनी गन्दी ज़हेनियत के साथ नामकरण किया करते हैं। जो थोड़े मुँहफट हुए, कह दिया कि वह गे है। हे राम या खुदा कौन से दिन आ गए... घोर कलियुग। हम सब गे को अभी तक एक्सेप्ट नहीं कर सके हैं। आज भी वह छुपकर मन मसोसकर जी रहे हैं, चाह के भी चाह नहीं पा रहे हैं। हो सकता है हमारी मान्यताओं के हिसाब से यह फिट न बैठे, फिर भी उनका अपना वजूद है। आपको किसी की चाल में मज़ाक सूझ सकता है; आपके लिए यह तफ़रीह होगा, मगर एक बार संजीदा होकर देखिये। अगर कोई एहसास पल रहा है तो उसे जगह देना हमारा फ़र्ज़ है। क्या ग़लत है कि कोई लड़का किसी लड़के से प्यार करे... वह प्यार किस हद तक जाए, यह वह दोनों तय करें; हम या आप नहीं। एक क़रीबी कह रहे थे, कि अगर गे को छूट मिल गई तो पूरी सोसाइटी इसमें लपेट जाएगी। तो भय्या, जिसे ज़्यादातर लोग चाहे उसे क्यों रोका जाए। नौजवान, जो शायद इसे अपनी पसन्द से चुनते हैं, उन्हें मेरा पूरा समर्थन। जैसे हम हर एक को जीने का एक खुला माहौल देते हैं, वैसे ही इन्हें भी दिया जाए। किसी गे का मज़ाक उड़ाने से पहले अपने वजूद को देखिये, जो परम्पराओं का ग़ुलाम है। जब आप अपने घर में बड़ों के बताए सारे रास्ते नहीं अपनाते, वैसे ही यह एक क़दम बढ़कर नए रिश्ते बनाकर परम्परा तोड़ते हैं, इसमें ग़लत क्या।

अब रही प्रकृति की बात; तो अगर यह प्रकृति के विरुद्ध है, तो इसे प्रकृति को रोकने दें, आप दरोगा मत बनें। अगर कोई लड़का आपको प्रपोज कर दे तो आप मना करें या मान जाएँ, ऐसा खुला माहौल बनाए। एक बार दूसरे के मन में उठ रहे एहसास को इज़्ज़त दें शायद यही प्रकृति चाहती है। जब अपनी हर चीज़ को आगे बढ़कर अपनाया है, तो इसे भी जगह दीजिये; मज़ाक़ तो मत ही बनाएँ। कुछ लोग कहते हैं कि अगर आपको गे इतने ही पसन्द हैं, तो खुद क्यों नहीं हो जाते, तो वह सुन लें कि अगर उन्हें लड़की इतनी ही पसन्द है तो वह लड़की क्यों नहीं हो जाते। मेरा सिर्फ इतना मानना है कि अगर आपको, हमको, आसानी से ज़िन्दगी जीने

का हक़ है, तो इन्हें भी उतना ही हक़ है। जो धर्म का हवाला देंगे, वे पहले अपने गिरेबान में देखें, कि वे धर्म का कितना पालन करते हैं। धर्म, मज़ाक़ बनाने को रोकता है; झूठ, मक्कारी, फ़रेब समेत तमाम गुनाह से रोकता है... तब वह रुकते नहीं और गे के मामले में दरोगा बन जाते हैं। हम, आप और वह गे, अपनी-अपनी ज़िन्दगी के मालिक हैं; उन पर बंदिशें लगाकर हम अपनी ही कमज़ोरी को बढ़ा रहे हैं। जिस समाज में एक पूरी कम्युनिटी छुप छुप के जिए, उस कम्युनिटी पर लानत है। एक बार... बस एक बार, दिल पर हाथ रखकर सोचिए, कि हमारा समाज कितना ख़ूबसूरत है, तो इसमें हर एक को मुस्कराने का पूरा हक़ है। सबको खिलखिलाकर हँसने का मौक़ा दीजिए, जिसमें सबकी खुशी हो। बिना शर्म वह आपके सामने अपनी पसन्द चुन सकें और अपनी ज़िन्दगी को खूबसूरत बनाएँ।

हुदहुद

चलो नाश्ता करो। अम्मी का वही पुराना तरीका, नाश्ते पर बुलाने का और हम सभी का एक साथ नाश्ता करने का रिवाज आज तक न बदला। बड़े दिनों बाद कोठी में आमदरफ़्त बढ़ी थी। इसलिए मज़े ले लेकर बातों और क़हक़हों के साथ दालान में नाश्ता चल रहा था। हमारे मुँह में शायद दो चार लुक में ही उतरे होंगे कि आँगन में एक हुदहुद पर नज़र ठहर गयी और एक चीख निकली मुँह से... वह देखो हुदहुद बादशाह।

हाँ वही हुदहुद बादशाह, जिसे बादशाह का ख़िताब सुलेमान ने दिया था। वही बादशाह बचपन में हमारी आँखों के सामने चहलक़दमी किया करता था; लेकिन पता नहीं क्या हुआ कि वह हम मख़्लूक़ से इतना नाराज़ हो गया कि कल तक बीस साल के सफ़र में उसको कभी भी देख न पाया। इसे कारनामा कहूँ या तारीख़ की कसमसाहट, कि आज वह फिर वहीं उसी आँगन में गुलाब के झुरमुट में फुदक रहा था।

हुदहुद को देखते ही थकी हुई पुतलियों में अजब सी चमक आ गयी। आँखों की चमक ने ज़रा सी भी देर न की, होंठो पर मुस्कुराहट लाने में। दिल, जो जवानी की दहलीज़ पार कर तमाम फ़िक्रों के जंजाल में फँसा था,

कि अचानक एक बच्चे की शक्ल में सीने में खो खो खेलने लगा। फौरन ही तारीख़ के वह वरक़ उलटने लगे, जो कहीं धूल में दब गये थे। याद आ गया वह मासूम चेहरा, जिसको ख़ुदा ने अपने पास बुला लिया था। वह हमारे बड़े भाई थे, लेकिन शरारत में उनका कोई सानी नहीं था।

पिछली दीवार में बने झरोखे में हुदहुद की रिहाइश थी। शायद उसके घर की ख़बर हुदहुद के खानदान से पहले हमारे भाईजान को मिली थी। तभी तो वह दिन रात वहाँ मेहमान बने रहते थे। अगर कोई गुजरता उधर से और उसकी आहट हुदहुद को नागवार गुज़रती, तो इस अज़ीम गुनाह की सज़ा देना भाईजान का मशाग़ला था। हुदहुद से मोहब्बत करने की उनकी एक और वजह थी। वह हमउम्र सभी शरीफ़ज़ादों में यह ख़बर आम करना चाहते थे कि वह ख़ुद एक बादशाह हैं और उनकी पसंद हुदहुद बादशाह जैसी चिड़िया है। जिसके सर पर क़ुदरती ताज ख़ूबसूरती बिखेर रहा है।

हमारी आँखों के सामने भाईजान की शरारतों में ज़बरदस्त इज़ाफ़ा हो रहा था। उधर हुदहुद का कुनबा भी एक झरोखे से मुहल्ले भर में आबाद हो चला था। ख़ुशियाँ, झगड़े, रूठना-मनाना तो सुबह-शाम के नाश्ते की तरह था, जो बेहद ज़रूरी था। कोग़ी में बूढ़े कम, बच्चे ज़्यादा थे; वह भी एक से बढ़कर एक शरीफ़। चेहरे पर जितनी मासूमियत थी, उससे कहीं ज़्यादा ख़ुराफ़ात दिमाग़ में थी। सब साथ बड़े हो रहे थे... हुदहुद भी उसी तरह बढ़ रहीं थीं।

बारिश के दिन आ चले थे। तालाब लबालब भरे थे। गलियाँ कीचड़ से सनी थीं; कच्ची दीवारें स्पंज की तरह नम होकर फूल गयी थीं। शरीफ़ज़ादे भी घर से कहीं जा नहीं पा रहे थे। ऐसे में हुदहुद के सरताज को हुदहुद की याद सताने लगी। गीली छत और गीली दीवार पर चुपचाप दौड़ते भाईजान, हुदहुद तक जा पहुँचे। पता नहीं क्या हुआ कि वह दीवार से नीचे आ गये और जब आँख खोली तो मसेहरी पर थे, पैर से खून रिस रहा था। मरहम पट्टी के बाद जब दरयाफ़्त किया गया कि जनाब पिछली दीवार पर बारिश में कौन सा करतब दिखा रहे थे। उनकी बड़ी-बड़ी आँखों से बहते मोटे मोटे आँसू, सारे सवालों का जवाब पी गये।

उधर दीवार में 8-10 हुदहुद की जगह 4-5 ही बची और इधर

भाईजान इनके कम होने की ख़बरें सुनते रहे। कुदरत जाने, हुदहुद और भाईजान में क्या रिश्ता था। भाईजान की सेहत गिरती गयी और एक दिन वह हमारे बीच से चले गये। यह पहला बड़ा सदमा था, जो घर के सभी बच्चों को बराबर से लगा था। खाना-पीना, खेल, पढ़ाई, सब पर इस चोट का असर सालों दिखाई दिया। स्कूल में उदासी, मदरसे में मातम और गली-मोहल्ले में वीरानगी का वह आलम था, जिसका बयान मुश्किल है। यहाँ तक, घर के बड़ों ने शरारतों पर डाँटना तक बन्द कर दिया।

हैरत तो तब हुई जब भाईजान के चालीसवें से पहले हुदहुद का पूरा परिवार ही कूच कर गया। शायद उन्हें भी मालूम हो गया था कि उनका ख़िदमतगार मालिक अब नहीं रहा। हमें हुदहुद की नमकहरामी पर बड़ा ग़ुस्सा आया और उसे कभी न देखने की दिल ही दिल में क़सम ले ली। कमबख़्त हुदहुद ने इतना भी न सोचा कि भाईजान के बाद कम से कम हम उसमें उन्हें महसूस तो कर ही सकते थे। हादसा हुए साल दर साल बीतते रहे। सब बच्चे बड़े हो गये। जवान अधेड़ हो गये और अधेड़ बुढ़ापे तक जा पहुँचे।

आज जब हुदहुद को आँगन में धमाचौकड़ी करते हुए देखा, तो ऐसा लगा भाईजान आ गये। आँखों ने जी भर कर उस पल को क़ैद कर लेने की भरसक कोशिश की, लेकिन बेईमान आँसुओं ने सबकुछ धो डाला। शायद ही जिन्दगी में इतनी मोहब्बत किसी चिड़िया के लिए आयी होगी। हुदहुद को एकटक देखती, घर के सारे लोगों की आँखें नमकीन हो चली थीं।

ईश्वर अल्लाह तेरो नाम

यार यह बताओ, यह जो तुम्हारा रेडियो है, यह मुझे देते जाओगे? यह रेडियो कब से हम दोनों साथ में बैठे सुनते रहे हैं... भैंस चराते, धान रोपते, आम के बाग़ में, मोमफली के खेत में, कहाँ नहीं साथ सुना है रेडियो। गाँधी जी के हर बोल हमने तुमने साथ ही तो सुना है। इसी रेडियो से सुनकर तुमने... हाँ, तुमने रफ़ीक़, उस दिन जोश में आकर हिंदुस्तान

ज़िंदाबाद कहा था और तुम्हें उस शाम साठ बेंत खाने की सज़ा एक मामूली अँगरेज़ ने दी थी। उन दिनों तुम्हारा यह रेडियो मैं ही तो बजाता था, तुम तो उठ भी नहीं पाते थे। अच्छा रफ़ीक़, तुम्हें याद है, जब तुम्हारी विलायती पैंट को मैंने जला दिया था, जब इसी रेडियो पर गाँधीजी ने विदेशी सामान के बहिष्कार को कहा था। तुम कच्छे में घर लौटे थे। तब तुम्हें देसी छड़ी से अनगिनत छड़ी पड़ी थी। हम दोनों कितने चालाक थे न; विदेशी सामानों में सब जला दिया, सिवाए रेडियो के। पूरे गाँव में हम और तुम ही तो थे, जो इस रेडियो से सबको बताते थे। हम तुम ही तो इस गाँव में गाँधी की ज़बान थे। तुम, अब कुछ भी हो, यह रेडियो देते जाना; यह रेडियो हमारे साथ होने का सबूत है। मैं अभी भी यक़ीन नहीं कर पा रहा कि तुम मनीष को छोड़कर पाकिस्तान जा रहे हो। तुम्हें मुझ मनीष पर नहीं, उतनी दूर बैठे क़ायदे आज़म पर यक़ीन है; यह रेडियो तुम छोड़ते जाओ रफ़ीक़। इसमें हम अपने गाँधी को सुन पाएँगे। यह रेडियो हमें हमारी राह बताएगा। रफ़ीक़, तुम्हें नहीं पता कि मेरा दिल कितना चीरा जा रहा है। गाँव के बहुत से लोग तुम्हारी मुख़ालफ़त कर रहे हैं, फिर भी मैं तो हूँ... तुम्हारा मनीष। अच्छा आज की रात तक रुक जाओ न; हो सकता है हमारा गाँव, भारत और पाकिस्तान के बीच में पड़ जाए; या यह भी हो सकता है, हमारा ग़रीब ख़स्ताहाल गाँव इनमें से कोई न ले। तब तो हम साथ रह ही लेंगे। तुम आँखों में आँसू लिए मुस्करा रहे हो। तुम्हें लग रहा है कि मनीष पागल हो गया है... हाँ रफ़ीक मैं पागल हो गया हूँ। मेरे घर एक बच्चा पैदा हुआ है, एक बुज़ुर्ग को मारकर। बताओ मैं आने वाले के लिए खुश हो जाऊँ या जाने वाले के लिए ग़म करूँ। कुछ समझ नहीं आ रहा... रफ़ीक़ यह रेडियो यूँ ही मेरे पास छोड़ जाओ, मैं वह बापू की प्रार्थना सुनना चाहता हूँ... रघुपति राघव राजा राम... इसे चलने दो; तुम्हे कहीं जाने की ज़रूरत नही; हम और तुम ही हिंदुस्तान हैं; ....ईश्वर अल्लाह तेरो नाम......।

ख़ूबसूरती

शायद हम सबमें सबसे ज़्यादा वह मार खाता था। एक ही ग़लती की सज़ा उसे पूरे क्लास से ज़्यादा मिलती थी। जानते हैं क्यों? क्योंकि वह सबसे बदसूरत था। शुरू में पता ही नहीं चलता था यह फ़र्क़; लेकिन उम्र बढ़ते-बढ़ते एहसास हो गया कि ख़ूबसूरती के क्या फ़ायदे हैं और बदसूरती के क्या नुक़सान। टीचर गोरे, टमाटर से लाल बच्चों को कम मारते थे... शायद दिल पसीज जाता होगा। उनकी मार का कोटा कम रंग के बदसूरतों पर पूरा किया जाता था। ज़रा हल्के से दिमाग़ पर ज़ोर दीजिये और उन टीचर्स को ज़रूर याद कीजिये, जिन्होंने यह फ़र्क़ किया। यहाँ तक कि ख़ूबसूरत लड़कों के पास दोस्तों की कमी नहीं होती। जब किसी ख़ूबसूरत बच्चे को धूप में खड़ा होने की सज़ा मिलती, तो उसकी सुख़ होती खाल पर अच्छे अच्छे पिघल जाते... मगर काले रंग पर इस धूप का क्या असर; बेचारे वह भुगतते रहते। हाथों पर छड़ी पड़ते वक़्त नाजुक हाथ तो एक ही के बाद बख़्श दिए जाते, जबकि सख़्त जान को अनगिनत छड़ियों से नवाज़ा जाता। घर में भी ख़ूबसूरत बच्चे के लिए सारे रंग होते हैं, जबकि बदसूरत के लिए कुछ गिनती के रंग। मेरे तो यह फ़र्क़ तब समझ आया, जब स्टीव जॉब्स ने एक इंटरव्यू में कहा कि ख़ूबसूरती और डिज़ाइन हमेशा बिकाऊ होती है; तब लगा, वाक़ई... लेकिन वह कैसी ख़ूबसूरती, जो रंग में आकर ठहर जाए। अब गोरे रंग पर मरने वालों को कौन बताए, कृष्ण की सियाह ख़ूबसूरती। कौन इन्हें मूसा के साँवलेपन की माँग बताए। वैसे एक बार पलटकर देखिये कि आपने कितनी बार ख़ूबसूरत लोगों के लिए सीट छोड़ी है, कितनी बार ख़ूबसूरती से रीझकर आपने दूसरे को जगह दी है, कितनी बार उबाल मार रहे ग़ुस्से को ख़ूबसूरत ग़लती के सामने ठंडा किया है। यहाँ तक कि सख़्त दोपहर में गाड़ी को सड़क पर टक्कर मारने वाले ख़ूबसूरत शख़्स को माफ़ किया है। बदसूरती या ख़ूबसूरती हमारे बस की नहीं, फिर भी नाजुक हो या सख़्त दिल, दोनों ख़ूबसूरती की तरफ झुक ही जाते हैं। यही तो ख़ूबसूरती का फ़रेब है। पिछले सारे फ़रेब याद कीजिये और मुस्कराइए कि क्या ग़जब की थी वह ख़ूबसूरती।

कल आज कल

पढ़ाई पूरी करके उसे बेहतरीन नौकरी मिली। दुनिया को बदल देने वाला यह दिमाग़, ज़्यादा दिन नौकरी में नहीं टिका। उसका मन नौकरी की जगह सोशल वर्क में जा टिका। उसे लगा, एक्टिविज्म ही उसको सुकून देगा। उसने एक्टिविज्म को जब थामा, तब उसे स्टेज से पूर्व अधिकारी कहकर मिलवाया गया। वह सोचे कि आख़िर वह तो एक्टिविस्ट है... फिर काहे का पूर्व अधिकारी।

मन की भड़ास और अनुभवों को साझा करने के लिए उसने लेखन की ओर रुख किया। जब उसने लेखन की तरफ रुख किया तो उसे स्टेज से सोशल वर्कर कहा गया। लेखकों की भीड़ में वह सोशल वर्कर था। जब क़लम से भी उम्मीद जाती रही, तो उसने बदलाव के लिए राजनीति की तरफ़ दिल लगाया। जब उसने राजनीति में क़दम रखा तो उसे लेखक कहा गया। जब थक कर वह घर पहुँचा, तो उसे बेवक़ूफ़ कहा गया। घर से बाहर दोस्तों में पहुँचा तो शातिर चालाक कहा गया। जब बच्चों में पहुँचा, तो बड़ा कहलाया; जब बड़ों में पहुँचा तो बच्चा कहलाया। अजब हाल है।

वह जो था, वह है नहीं; जो है, उसे माना नहीं गया। हम सब इंसान को, आज जो है, वह मानते ही नहीं; उसके कल से आज की शिनाख़्त करते हैं। वह कल क्या था, उसके आज पर साया बन के मँडराता रहता है। हमारी आदत हो जाती है इंसान को उसके पिछले काम से इंट्रोड्यूस करवाने की। वह आज जो है, उसे कल पता चलता है। यह जो लफ़्ज़ 'पूर्व' है न, यही आज को धुँधला देता है। कुछ पूर्व के कीर्तिमान में इतने गदगद होते हैं कि आज में मग़रूरियत से जीते हैं। कुछ का पूर्व, उनके न चाहते भी पीछे लगा रहता है। हम भी आज को आज देखने में कहाँ खुश होते हैं। हो सकता है यह कन्फ्यूज़न पैदा करे; फिर भी बस इतना कि जो आज है उसी को अहमियत दें; कोई पहले क्या था, उससे उबर आइए। बीता हुआ वक़्त अच्छा हो या बुरा, वह आज की जगह नहीं ले सकता, इसलिए आज को आज की तरह देखिये... कल की तरह नहीं।

एल्बम में साज़

यह जो मैं सामने ब्लैक एन्ड व्हाइट फोटो एल्बम लिए बैठा हूँ, तुम देखकर हँस रहे हो। तुम्हें पता भी है कि इसमें क्या है? यह जो सबसे ऊपर तस्वीर है, मेरे दादा की है... तुम क्या जानो दादा की तासीर। वह दादा, जिन्होंने बिरतानियों को खूब छकाया था। बड़े रौबदार थे। ज़बरदस्त इल्म के साथ सामने वाले को अपना बना लेने का उनका हुनर खूब काम आता था। उनके बग़ल में यह जो सफेद दुपट्टे में चेहरे पर सिलवटों वाली औरत है, यह मेरी दादी हैं। इन्होंने जो दुपट्टा ओढ़ रखा है, उसमें ख़ुद ही कामदानी का काम बनाया था। बड़े मज़े में दादा की तस्वीर को देखकर कहती थीं कि यह जो तुम्हारे दादा इसमें काली शेरवानी पहने हैं, इसका चौथा बटन मेरी नक़ाब का है, मैंने तागा था; यह जो काली सफेद पुरानी सी तस्वीरें जिनकी हैं न, यह लोग बेहद रंगीन होते थे; हमारी तरह फीके नहीं। यह जो तुम्हें तस्वीरों में पुराना सा घर दिख रहा है न, यह बेहद ख़ुशमिज़ाज़ लोगों का ठिकाना था। बग़ल वाले पेज पर जो दादा के छोटे भाई की तस्वीर है, वह उस ज़माने में ठकुराइन से मोहब्बत कर बैठे थे। आगे की तस्वीर में ठकुराइन, ठाकुर के साथ पलँग पर बैठी दिखेंगी। तुम्हें क्या लगता है, मैं क्यों यह पन्ने पलट रहा हूँ... पता है, यह एल्बम मुझे देखना ज़िन्दगी का सबसे ख़ुशनुमा काम लगता है। इसके पहले पेज से आख़िरी पेज तक कई कई ज़माने क़ैद हैं। तुमसे कहे जाते हैं कि इस खानदानी एल्बम को सँभालकर रखना और इसके आख़िरी के ख़ाली पन्नों में मेरी तस्वीर भी चस्पा कर देना, कम से कम सारे खानदान से मिल तो लूँगा। इसे दीमक से बचाना... अगर दीमक लग जाए तो उससे हाथ पकड़कर कहना, यह जो आखरी तस्वीर है, इसने अपनी पूरी उम्र में दीमक लगा दी थी, अब तो बख़्श दो उसे; एल्बम में ही सही, अब तो उसे अपनों के साथ सुकून से रहने दो। मेरी पूरी दुनिया है यह एल्बम, बस इन्हें महसूस तो करो, तस्वीरें खुद तुमसे बातें करेंगी, क़हक़हे लगाएँगी, शिकवा करेंगी; बस तुम आँसू बहाकर मेरा एल्बम गीला मत कर देना

सेब में दाग़

उछलते कूदते, डाइनिंग टेबल पर रखे सेबों पर एक हाथ मारा। झट से एक सेब उठा उसकी सेहत का मुआयना करने लगे। सेब में एक दाग़ था। मैं उसे डस्टबिन में फेंकने ही जा रहा था कि माँ ने रोका और कहा, फेंको मत। मेरे हाथ से सेब लेकर चाक़ू से काटकर दाग हटा दिया और कहा बेफ़िक्र होकर खाओ। उसके बाद कहा, यूँ मामूली सी कमियों से पूरी बेहतरीन चीज़ फेंका नहीं करते; कमियों को हटा दो तो वह वैसे ही उम्दा लगेगा, जैसा तुम चाहते हो। थोड़ी बहुत कमियों से बहुत सी अच्छाइयों को नहीं फेंका जाता है। हमने भी सीखा कि यूँ मामूली नाइत्तेफ़ाक़ी से या कमियों से किसी को पूरा मत ख़ारिज किया जाए। आजकल तो पूरा सेब फेंक देने का फैशन है और डॉक्टर भी कहते हैं दाग़ लगे फल मत खाओ... तो ऐसी पीढ़ी तो हर चीज़ को एकदम से ख़ारिज करना ही सीखेगी। तभी तो बड़े बड़े लेखक, नेता, विचार, सब दो कौड़ी के कहे जाने लगे। पढ़ाई के दौरान जिन लोगों के लिखे इतिहास को रट रट के भी मामूली से नम्बर मुश्किल से मिले हों, वह लड़के उन इतिहासकारों को आईना दिखा रहे हैं। हम ज़रा सी कमियाँ देखते हैं और जी तोड़ मेहनत करते हैं उसे ख़ारिज कर देने की। हैरत है, हम सीखना नहीं चाहते और न ही बर्दाश्त करना। हम सब अब इतने सियासी होने लगे हैं कि हमारे अंदर की कलाएँ दम तोड़ने लगी हैं। आँखें सिर्फ़ सियासी रंग से ही काम करने लगी हैं; दिमाग़ ज़रा भी सियासत से नहीं हटना चाहता। हमारी सियासत ने हमें, दूसरे को पूरी तरह ख़ारिज कर देने की बीमारी दे दी है। मुझे ख़ुशी है कि मेरी माँ ने सेब के सहारे ही सही, ज़िन्दगी का वह फ़लसफ़ा समझा दिया, जो किताबों में भी न मिलता। लोगों की कमियों को एक किनारे रख, उनकी अच्छाइयों को देखो। हम मक्खी नहीं हैं जो उड़कर सिर्फ़ गन्दगी पर बैठे... मधुमक्खी बनिए और रस पर बैठिये, ताकि शहद का निर्माण हो न कि हैजा का। अब पूरा सब मत फेंकिए... उसकी कमी को हटाइये और मज़े लीजिये।

मैं ऐसा ही हूँ

हाँ तो भैय्या, यह बताओ कि तुमने कौन सी मिज़ाइल बना दी है? मिज़ाइल छोड़ो, पंखे का मोटर ही कौन सा बना दिया है; अच्छा यह भी छोड़ो; विज्ञान की कोई किताब लिखी है? मैं भी 'नास्तिक क्यों हूँ' इस पर लाखों शब्दों की किताब लिख सकता हूँ, सुबह से शाम तक धार्मिक लोगों या धर्म की तफ़रीह उड़ा सकता हूँ। भगवान या खुदा के वजूद पर वह तंज़ कर सकता हूँ; जो तुम चाहकर भी नहीं कर सकते। ''मैं धार्मिक क्यों हूँ'' इस पर करोड़ों शब्द लिख सकता हूँ। जिन्नात, हूरों, देवताओं, राक्षसों के क़िस्सों से किताबें भर सकते हैं, क़ुरान और वेद पर थोड़ा बहुत कह सुन सकते हैं; मगर इसका मतलब यह नहीं कि विज्ञान और वैज्ञानिकों को तमाशा बना दूँ। नास्तिकों की प्रैक्टिकल बातों को सिरे से काटने लगूँ, यह नहीं हो सकता। मेरे लिए आस्तिक या नास्तिक होना बेहद आसान है; दूसरे की कमियों से रफ भरना भी बेहद आसान है; मगर इनको समझना बेहद कठिन है। मैं अपने बारे में कहता हूँ कि अभी मैं आस्तिक और नास्तिक को समझ रहा हूँ... पता नहीं कितना वक़्त लगे। मेरी राय एक घण्टे, एक किताब, एक व्यक्ति, एक पैग़म्बर, एक देवता पर नहीं टिकने वाली; मैं इनको समझने में लगा हूँ, पता नहीं इसकी मंज़िल क्या हो; वैसे मुझे मंज़िल से ज़्यादा रास्ते पसन्द हैं। मैं मंज़िल को प्यार नहीं करता; चाहता हूँ कि उम्र इन रास्तों में कट जाए। मैं आस्तिक नास्तिक को सिर्फ रास्ता समझता हूँ; इनको देखता हूँ तो सोचता हूँ कि क्या दिन रात विज्ञान और भौतिक बातों को करने वाले कोई चीज़ खोज रहे हैं या विज्ञान को पूज रहे हैं। जो आस्तिक हैं, वह ईश्वर, धर्म को समझ भी रहे हैं या सिर्फ पूजने में लगे हैं। मैं माजिद दरियाबादी की प्रैक्टिकल ज़िन्दगी के ज़्यादा क़रीब हूँ। कभी-कभी ख़ुसरू तो कभी कॉर्लमार्क्स तो कभी लेनिन, तो कभी रूसो या गाँधी के क़रीब चला जाता हूँ। मेरी उम्र सीखने की है; हो सकता है पूरी उम्र सीखने में लग जाए; फिर भी मैं अभी किसी नतीजे पर नहीं पहुँचना चाहता... थोड़ा रुकिये, हमसे बहस मत कीजिये, हमें रास्ता दीजिये, सहयोग कीजिये, ताकि यह रास्ता कट जाए। वैसे काँटे भी बिछाइयेगा तो क्या... आपके पैग़म्बर और आपके ही मार्क्स और लेनिन से सीखकर

निकल जाएँगे। यह ज़िन्दगी, सीखने के लिए क़ुर्बान; यहीं सीखा हुआ अल्लम् गल्लम् लिखकर जाऊँगा। दोस्त, तुम मुस्कराते हुए लाल पीले होते रहो!

शीरा

हर कोशिश की शैतान ने एक मासूम इंसान को बहकाने की। लालच दी, डराया, धमकाया, समझाया; मगर वह मासूम उसकी किसी भी कोशिश से नहीं फँसा; आख़िर में झल्लाकर उसने कहा, यार मेरा एक़ मामूली सा काम करोगे? मासूम ने हामी भर दी और पूछा, क्या करना है? झट से शैतान ने कहा ये लो शीरा और इसे बस सामने जुम्मन की दुकान पर लगा दो। उसने ऐसा ही किया। एक बूँद शीरा लगा दिया और पूछा, इससे क्या होगा। तो शैतान ने कहा, चलो दूर बैठ के तमाशा देखते हैं। कुछ देर बाद शीरे पर एक मक्खी आकर बैठ गयी। मक्खी देख, छिपकली उसे खाने आ गयी। छिपकली पर एक बिल्ली लपकी। बिल्ली देख, पास टहल रहे शुक्ला जी का कुत्ता उस पर टूट पडा।

जुम्मन ने कुत्ता देख गाली गलौज के साथ शुक्ला जी का कॉलर पकड़ लिया। यह बात दूर तक फैल गयी कि एक मुसलमान ने हमारे पूजनीय शुक्ला जी पर हाथ उठाया। फिर क्या था, पूरा शहर आग के हवाले हो गया; दोनों तरफ़ के सैकड़ों मासूम मार दिये गये। शैतान ठहाके मारकर हँसा और वो मासूम बेचारा उँगली पर लगा शीरा देखता रह गया। शायद आप इतने मासूम नहीं; सँभल जाइये, मुल्क की बेहतरी के लिए लगिए; अपना दिमाग़ खुला रखिए, ताकि कोई आपसे शीरा न लगवा सके। आइये, पूरी समझदारी से मुल्क को मज़बूत तरक़्क़ी के रास्ते पर ले जाएँ, बिना बहके; ताकि हिंदुस्तान हमेशा खिलखिलाकर हँसता रहे।

बख़्श दो

यह मुसलमानों वाला कपड़ा नहीं पहनना है, यह हिन्दुओं वाला खाना नहीं खाना है.... यह लफ़्ज़ जब किसी सात आठ साल के बच्चे के मुँह से सुनता हूँ तो दिल बैठ जाता है। जाने अनजाने माँ बाप के दिलों का ज़हर मासूमों में उतरते देख रूह टूट जाती है। आईना देखता हूँ, चेहरा धुँधला नज़र आता है। आँसू, जो बहते भी नहीं, सूखते भी नहीं; दिमाग को भारी कर देते हैं। कितना धोखा दे रहा हूँ अपने आप को। लगता है कि यह जो अमन और मोहब्बत का एहसास रोज़ जीता हूँ, वह कितना फ़र्ज़ी है। जिस ज़हर से आने वाली नस्लों को बचाने के लिए मेहनत करता हूँ, वह बच्चों में कुदरती आ गया है या माँ के दूध के साथ आया है। उन माँ–बाप पर तरस आता है, जो बच्चे को ख़ूबसूरत ज़िन्दगी तो नहीं दे सके, मगर नफ़रत दे गए; जिन्होंने अपने बच्चे को पुचकारते हुए, दूसरे बच्चों के लिए डायनामाइट को पैदा कर दिया। यह कोई मज़ाक़ नहीं है कि चन्द सालों के बच्चे हिन्दू मुसलमान करने लगें। यह तफ़रीह नहीं है, यह एक सवाल है; हमारी परवरिश का सवाल। सोचता हूँ, अब अपना सारा वक़्त टीके को खोजने में लगा दूँ; वह टीका, जो बचपन में ही एंटी हेट वैक्सीन की तरह काम करे।

अब बड़ों को समझाना तो इसलिए नामुमकिन है, क्योंकि उन्होंने न्यूटन के सारे सिद्धान्त को छोड़कर सिर्फ क्रिया प्रतिक्रिया का सिद्धान्त रटा है और उसमें पीएचडी की है। उन्हें अच्छे से पता है कि तलवार की प्रतिक्रिया त्रिशूल से कैसे देनी है। इनकी आँखों की रेटिना, इंसान नहीं देख पाती; यह सिर्फ हिन्दू मुसलमान देख पाते हैं। यह अभी यहाँ भी डंक मारने आएँगे। मैं इन भस्मासुरों से ज़रा भी उम्मीद नहीं करता। ये वे लोग हैं जो एक व्यक्ति को पूजने में या उसका विरोध करने में इतना ज़हरीले हो चुके हैं कि इनके स्पर्श मात्र से लकवा मार जाए। यक़ीन न हो तो इनके घरों के बच्चों और आश्रितों को देखिये, उनकी ज़बानें भी काली पड़ने लगी हैं। मेरे लिए अब सिर्फ बच्चे ज़रूरी हैं, जो इनके ज़हर से भर रहे हैं। जब शिव जी ने दुनिया का सारा ज़हर पी लिया था, तब हैरत होती है कि यह इंसान कहाँ से इतना ज़हर ले आया। यह झूठे, फ़र्ज़ी मज़हब के नाम पर पूरी इंसानियत

को घुन की तरह खाने लगे हैं। हो सकता है मैं पागल हूँ, बहरा हूँ, नहीं सुनूँगा, आप कुछ भी बक्कें। मैं अपने बच्चों का जिस्म इस ज़हर से नीला होते नहीं देखना चाहता। मुझे मेरे बच्चे में बच्चा देखना है, साँप नहीं। मैं यह ज़हर मिटाकर ही रहूँगा, भले हज़ार साल जीना पड़े।

लाल प्रेमगीत

हाँ तो मैं अब प्रेम गीत लिखूँ? वह गीत, जिसमें बच्चों की भूख न हो। वह पंक्तियाँ, जो ग़रीब के ज़िक्र से ग़रीब न हों। मैं चाहता हूँ झर झर झरती बारिश पर लिखूँ, मदमस्त भौरों पर लिखूँ, मन्द मन्द हवाओं को लिखूँ। मेरे लिखने में चीख़ें एक बाधा हैं। जब मैं भौरों की आवाज़ सुनता हूँ तो मुझे भीख माँगते बच्चों की भिनभिनाहट सुनाई देती है। कैसे लिखें प्यारे भौरों पर। मेरी क़लम, बारिश की हर बूँद को समेट लेना चाहती है, मगर उस औरत के आँसू मेरी क़लम को खट्टी कर देते हैं। मैं फूलों को छूकर अपनी सियाही से उभारना चाहता हूँ, मगर ज़मीन से उठती भीनी भीनी नफ़रत की गर्मी, मेरे फूलों को कुम्हला देती है। तुम्हीं बताओ मैं कैसे प्रेम गीत लिखूँ? वक़्त घटता जा रहा है, क़लम सूखती जा रही है। कोई जल्दी से इस तकलीफ़ की बदसूरत तस्वीर को हटाए, ताकि मैं झट से उठकर प्रेमगीत लिखूँ, जिसमें शृंगार रस का अनन्त रस भरा हो। जाओ कह दो, अब मैं लिखूँगा वह गुलाबी गुलाबी गीत, जिसे पढ़ वह खूबसूरत होंठ मुस्कुराएँगे। जाओ मैं तुम्हारी नहीं परवाह नहीं करता। मैंने भूख, चीख़, तड़प, प्यास, टूटन, बिखरन सबसे मुँह मोड़ लिया है। हाँ हाँ, तुम समझ लो, यहाँ मेरे अंदर का इंसान मर चुका है और मेरा कवि हृदय ज़िंदा होकर आज कालजयी प्रेमगीत रचने वाला है। वह गीत जो कभी नहीं लिखा गया। ख़ून से सनी ज़मीन में खड़ा मैं आज नफ़रत से भीगी सियाही से वह अमर प्रेम गीत लिखने वाला हूँ, जो मेरी क़लम को अमर और मुझे मरा हुआ बना देगी।

ख़ब्त

पता नहीं वह कौन सी ख़ब्त है कि टूथब्रश चाहे जितना ख़राब हो जाए, बदलने का दिल नहीं करता; नया इस्तेमाल करने के बावजूद पुराने वाले को फेंकने का दिल नहीं करता। क़लम की रिफिल खत्म हो जाए या वह बेकार हो जाए, फिर भी हटाने का दिल नहीं करता। कंघे के कई दाने टूट जाएँ, फिर भी उसे अपने से दूर करना बुरा लगता है। झाड़ू, टूटकर पतली और छोटी हो जाए, फिर भी वह फेंकी नहीं जाती। चप्पल में अँगूठे का पूरा एक सिरा घिसकर जवाब दे जाए फिर भी दिल कहता है इसे बाथरूम में तो रहने ही दें, फेंके न। यह जो ज़िन्दगी के छोटे से लमहों में घिसी हुई चीज़ें हैं, यह बड़ी अपनी लगती हैं। घड़ी चलना बन्द कर दे, फिर भी दीवार से ड्रॉर में आ जाती है। मोबाइल का कवर जितना भी घिस जाए, डस्टबिन में फेंकने को दिल तैयार नहीं होता। चाय की प्याली का कुंडा टूट जाए, तब भी फेंकने की जगह आटा भर के अगरबत्ती लगाने के काम में ले आता हूँ। एक अजीब सी ख़ब्त है इन चीज़ों से जुड़ी रहने की। मेरी ज़िन्दगी का बड़ा लगाव टूथब्रश से रहा है। मैं दिल पर बड़ा से बड़ा पत्थर रख लूँ, फिर भी यह फेंका नहीं जाता। पुराने बैग नहीं हटाए जाते। अजीब हाल है; दुनिया ए फ़ानी की इन घिसी पिटी चीज़ में दिल रखना, पता नहीं कहाँ ले जाएगा। कभी-कभी लगता है रूह ही कबाड़ हो गई है। वैसे भी सड़े हुए गोश्त और सड़ांध मारते दिमाग़ों वाले जिस्मों से यह मामूली सी चीज़ें भली हैं; इनसे मोहब्बत है, यह वफ़ादार हैं; तब तक, जब तक हम ख़ुद इनके लिए ग़द्दार नहीं हो जाते। यह वह चीज़ें हैं, जिन्होंने अपनी आखरी साँस तक अपनी सेवा दी। हम इन्हें शहीद मानते हैं। वैसे अपनी इस ख़ब्त के लिए साइकोलॉजिस्ट से मिले, तो उन्होंने कहा हाँ यह होता है और इसका उन्होंने वह नाम बताया जो उनके सामने पन्द्रह बार लिया हो, फिर भी याद नहीं हुआ। हाँ, उन्होंने कहा जिनको ऐसी आदत होती है वह दूसरों की परवाह बिल्कुल नहीं करते। हम हैरत से उन्हें देख रहे थे, कि जो शख़्स इन यूज़लेस चीज़ों से चिपका रहे, वह लोगों की न फ़िक्र करे। ख़ैर यह साइकोलॉजिस्ट होते ही उलटे हैं या हो सकता है सही हों। मैं फ़िलहाल आज ही रिटायर अपने टूथब्रश के साथ रिटायरमेंट का ग़म मना रहा हूँ।

आशिक़ी षष्ठम

इतना भी कोई घूरता है! सारे मेहमानों में तुम टकटकी बाँधे मुझे ही घूरे जा रही थी। सोचो, सबके बीच हम कितनी आँखें झुका, तुम्हें देख पा रहे थे। पूरा खानदान बैठा था और तुम हमारी सिर्फ हमारी ही प्लेट में सब भरे जा रही थी। पापा ने एक बार आँख उठा तुमको, फिर हमको देखा था। उसी वक़्त वह पनीर का बड़ा सा निवाला गले में फँस गया था। कमबख़्त की मार... पानी के लिए झट से तुम्हीं ने हाथ बढ़ाया था। अच्छा, इतने लोगों में सिर्फ हम पर नज़र रखते हुए तुम्हें ज़रा भी शर्म नहीं आई। तुम्हें वह याद है, जब जाते हुए तुमने शरारतन मेरी सफेद शर्ट पर कोल्ड्रिंक गिराई थी... आज भी तुम्हारे फूहड़पन का धब्बा उस पर लगा हुआ है। कभी-कभी सोचता था कि तुम्हें केकड़े और झींगा खाकर पैदा किया गया होगा। मेरी ऑरकुट प्रोफाइल की तो तुमने बैंड बजा रखी थी। ऑनलाइन फब्तियों की यह पहली फ़सल थी। अच्छा है फेसबुक से पहले तुम कहीं और बुक हो गईं। वो सोचो, जब तुम्हारी अथाह कोशिशों से खुश होकर जब हमने कहा था कि तुम जो बताओ वह बाजार से ला दूँ, तो तुमने पूरा परचा थमा दिया था। मुझे आज तक वह दिन नहीं भूलता, जब तुमने मुझसे उस दिन मँगवाया क्या था... सेनेटरी पैड। बेवक़ूफ़ जैसा मैं, मेडिकल स्टोर पर खड़ा केमिस्ट की हल्की मुस्कान को समझने की कोशिश कर रहा था। तुम्हें और कुछ नहीं मिला था मँगवाने को? शरारतन जब उसने पूछा लार्ज या मीडियम, तो जी चाहा कह दें लिहाफ़ के इतने दे दो, जिसमे मुँह धर हम मर जाएँ। तुम कितनी फूहड़ थी; सबके सामने ऐसे देखती थी कि कुत्ते बिल्ली भी शर्मा जाएँ। सोते में पूरी चादर उलट देती थी, यह बेहयाई शायद ही किसी ने की हो। उसी वक़्त तुम्हें दफ़ा कर देते, मगर चुहलबाज़ी में जो मज़ा था, तो था ही। उस वक़्त पहली बार सीधे इश्क़ के इलज़ाम लेकर फँसे थे, मगर तुम इतनी बेमुरव्वत भी थीं की एक रात झट से कहकर निकल ली, कि वह सब भूल जाओ, मेरी शादी तय हो गई। बद्तमीज़! ज़रा भी तमीज़ नहीं थी; वैसे भी कौन तुम्हारी जैसी फूहड़ के साथ रहता... निकल ली अच्छा किया, वरना तुमसे पीछा छुड़ाने का कोई बहाना ही नहीं सूझ रहा था।

आशिक़ी सप्तम

हाँ तो मैं क्यों न रोऊँ। कैसे इन आँखों को समझाऊँ। तुम ही तो हो इनकी वजह। मुझे याद है, जब तुम हमारे साथ चुपके चुपके टिफिन शेयर करती थीं, जबकि तुम्हारा भाई मेरे ही क्लास में था। कितना रिस्क लेती थीं। मेरे लिए तुमने सारी खुशियाँ लाकर रख दीं; यहाँ तक कि जब तुम्हारी माँ मरी, तब भी तुमने हमें बड़ी लापरवाही में बताया कि मुझे ग़म न हो। उस वक़्त तुम मेरे सामने फ़फ़क कर रो सकती थीं; नहीं रोईं। जब तुम्हारा, मेरे हम उम्र भाई मरा, तब भी तुम ख़ामोश रहीं की कहीं मुझे दुःख न हो। तुम मेरा हर पल ख़ुशियों से भर देना चाहती थीं। स्कूल की पीटी में तुम मेरे सामने खड़ी होतीं कि कहीं मैं ग़लत न कर दूँ। मेरी ज्योग्राफी की कॉपी के सारे फिगर तो तुमने ही बनाए थे, वही तो मेरा भूगोल था। इंटरवल में खीरे में नमक तुम ही तो लगाकर खिलाती थीं। फील्ड की हरी घास के निशान जब मेरी सफेद पैंट के घुटनों में लग जाते, तो तुम ही तो उस पर नींबू घिस घिस निशान मिटातीं। मैं दावे से कह सकता हूँ, होली की पहली गुझिया भी तुम्हारे हाथ से ही खाई थी। पेपर में जब ब्लैक पेन की रिफिल खत्म हो गई तो तुमने अपना पेन चुपके से मेरी पीठ पर फेंका था... वह मेरे पास आज भी है। मैं वह भुने मटर के दाने कैसे भूल सकता हूँ, जो तुम सफेद दुपट्टे में छुपाकर लाती थीं। तुम्हारे साथ कभी लगा ही नहीं कि हम दोनों अलग हैं। तुम पण्डित थीं; लगा हम खुद पण्डित हैं। मज़ाक़ मज़ाक़ में पूरा हनुमान चालिसा और दुर्गा की आरती तुमने याद करवा दिया। आज मायूस बिख़रे हुए दिल से पूछ रहा हूँ कि जब इतनी मोहब्बत थी, तो क्यों छोड़ा? सब कुछ पता है। ऐश्वर्या-सलमान की सज़ा मुझे मिली। तुम्हारे बाप ने उस वक़्त मुम्बई में बैठे सलमान और ऐश्वर्या के किये धरे की सज़ा हमें दी। तुम भी चुपचाप मिश्रा परिवार में चली गईं। अथाह मोहब्बत को कमबख़्त सलमान की ग़लती भुगतनी पड़ी। जाते जाते जान लो, मैं आज भी पूरी पण्डित बिरादरी से मोहब्बत करने लगा हूँ; मुझे वह अपने लगते हैं... बेहद अपने।

आशिक़ी अष्टम

इमामबाड़े के सामने वाला गुलाब पार्क था, जहाँ तुम मिलने आई थीं। मैंने हाथ पकड़ तुम्हें हरी घास पर बिठाया था कि तुम चिल्लाईं, कि कीचड़ में बिठा दिया। तुम्हें नहीं याद होगा कि उस दिन आधे घण्टे हम तुम, गुलाब पार्क बनाम सीसीडी पर लड़ते रहे। जब मैंने कहा कि सीसीडी में कितनी देर बैठ पाते... बड़ी मुश्किल से सबसे सस्ती वाली 144 रुपये की दो कप कॉफी पीते और आधा घण्टा ही गुज़ार पाते; यहाँ पार्क में मौज से चाहे जै घण्टे बैठो। तब तुमने पास में लगे गुलाब का काँटा मेरे घुसाते हुए कहा था, कंजूस। मगर तुम मुस्करा दी थीं। फिर हमारी दोस्ती की पींगें आगे बढ़तीं, कि तुम सवालों का टोकरा लेकर बैठ गईं, वह भी इस्लाम पर। हमें लगा, हमारे सामने लड़की नहीं, कोई फ़रिश्ताइन बैठी है कि हम गुलाब पार्क में नहीं बल्कि क़ब्र में हैं... इतने सवाल। इस्लाम पर मेरी समझ को जितना तुमने खँगाला होगा, इतना तो पनामा पेपर्स वालों ने भी नहीं खँगाला होगा। तुमने पूरे छह कलमें मुझसे सुने, जिनमें से दो मैं सुना पाया, जो कभी अम्मी ने भी नहीं सुने होंगे; इस्लाम के पाँच फ़र्ज़ भी पूछे, जो अब्बा ने कभी नहीं पूछे। मैं नहीं बता पाया तो मेरी शर्मिंदा नज़रें, बारिश से भीगी घास में फँसे कीड़े को देखने लगी थीं। जब मैंने कहा, मैं इत्र नहीं डियोड्रेंट लगाता हूँ, तो तुमने पंचर टायर सी शक्ल बनाकर मुझे घूरा था। तुमने भुट्टा खाते हुए हमसे पूछा था कि अच्छा क़ुरान को तो मानते होंगे? तब मैं पूरी ईमानदारी से बोला था कि उतना ही मानता हूँ, जितने के मायने समझ आते हैं। तुमने अपना आधा खाया भुट्टा मेरी सफ़ेद शर्ट पर मारते हुए सड़क पर फेंका और कहा था, जाओ घुसो, काफ़िर! मैं नहीं मिलती अनाप शनाप लोगों से। मैं हैरत से एक पाक पाबन्द लड़की को इतनी वाहियात ज़बान के साथ बर्दाश्त कर रहा था। मगर जैसे ही मैं झुका और मेरा पर्स, जेब से फिसलकर गिरा, कि तुम फिसल गईं। दो दो एटीएम कार्ड जब तुम्हारे पैरों पर बिखरे, तो तुमने झट से उठाया और कहा, चलो खैर रहने दो, तुम्हारा ईमान तुम जानो, हमें क्या, हम तो तुम्हारे साथ खुश हैं। मैं पछुआ ठण्डी हवाओं में अंदर से सुर्ख़ हो रहा था। तभी मैंने तुम्हें नकार दिया कि जाओ और कोई इत्र वाला ढूँढ़ लो, काहे से कि तुम्हें प्यार तो करना नहीं है; तुम्हें तो जन्नत

का बन्दोबस्त करना है; दफ़ा हो जाओ... मुझे तो सख़्त नफ़रत आ रही है... जाते जाते सुन लो, वह एटीएम भी मेरे नहीं थे; मैं गुलाब हूँ, मनीप्लान्ट नहीं। दफ़ा हो जाओ नहीं तो काँटा चुभो दूँगा; तुम्हें तो मैं चुटकी भर भी याद नहीं करता।

आशिक़ी नवम

अब अगर पूछा कि शादी क्यों नहीं कर रहे हो, तो जान लो, या तो तुम अपने दिन पूरे कर चुकी होगी या फिर मैं। क़त्ल और ख़ुदकुशी में बड़ा बारीक़ फ़ासला रखा है। रोज़ रोज़ एक ही सवाल- 'शादी, अरे क्यों करें शादी; ज़िन्दगी तो यूँ ही गुलज़ार है, उसे यलगार में बदलने का हमें कोई शौक़ नहीं।

जब मैं यह बक रहा था, तब वह एक थके से अख़बार में मुस्कराकर 'वधु चाहिए' वाले कॉलम में मेरे नाम की ग़लत स्पेलिंग पर उँगली रखकर इशारा कर रही थी। खीझकर मैंने कहा, यह मेरे दुश्मनों की चाल है, मुझे बदनाम करने की; तब उसने कहा, आपके दुश्मन भी कितने लाजवाब हैं और यह कहकर मेरे ज़ख़्मों पर मुट्ठी भर नमक छिड़क दिया... छिड़क क्या, बल्कि धर कर रगड़ दिया।

कल फिर जब तुमने इशारों में शादी का वाहियात सवाल दागा, तो मैं धूप में खड़ा तुम्हारे घर के सामने चीखा, कि क्या कोई बादशाह अकबर हूँ, कि मुग़लिया सल्तनत को चिराग़ देने हैं या कोई राजस्थान की रेत का राणा हूँ कि कुल के बग़ैर कुछ नहीं रह जाएगा। मुझे शादी करनी ही नहीं है; अपने जैसा एक और नमूना, संसार को देने की मैं ज़रा भी हिमाकत नहीं कर सकता।

पता नहीं कहाँ से आकर एक चप्पल पीठ पर पड़ी। देखा, उधर वह दूसरी चप्पल हाथ में लिए चीख़ रही है। अरे कमबख़्त, हवसी! शादी करने को कह रहें, बच्चों की लाइन लगाने को नहीं कह रहें। मुग़लिया सल्तनत

नहीं, लेकिन क्या कमीने, ऐसे एक अदद ताजमहल नहीं बना सकते। शादी कर लो; हमीं से कर लो, इतना प्यार करूँगी कि तुम्हारा ताजमहल बनाना पड़ जाएगा। अबे कोई तो धारा नहीं डाल रहा; मैं ऑफर कर रहीं हूँ मान लो, साईं बाबा बार बार मौका नहीं देते और एक मौका हर निठल्ले को देते हैं, छीन लो मेरा हाथ पप्पा से।

मैं चौराहे पर इतनी फूहड़ तरीक़े से मोहब्बत और शादी के प्रपोज़ल को सुन बेहोश ही होने वाला था, कि दूसरी चप्पल आकर पड़ी... साथ में सवाल, कि आख़िर इतना सोच क्यों रहे हो; कौन मुग़लिया सल्तनत से हो कि लाइन लगी है; जो मिल रहा ले लो, मुझे भी तुम्हारे साथ अपने करम फोड़ने हैं।

मैंने दोनों चप्पल उठाई... अपने नंगे पैरों को पहनाई और मुस्कराकर उसके सामने रखी चाय की दुकान के टूटे स्टूल पर बैठकर तीन कुल्हड़ चाय पी। हम एक दूसरे को लगातार देखते रहे, आँखों से बातें होती रहीं। स्टूल से उठ रहे थे कि उसमें घुसी कील ने साले की तरह ज़ख़्म पहुँचा दिया। एक दर्द सा निकला। उधर वह आधे छज्जे पर लटक गई कि क्या हुआ। मैं उठ चुका था और वह हमारे जवाब के इंतज़ार में खड़ी थी। मैंने चीखकर कहा 'चल घुस' और निकल लिया। जाते जाते पीठ पर एक और चप्पल पड़ी; मगर वह टूटी थी, किसी काम की नहीं।

आशिकी दशम्

कितनी तकलीफ़ थी, जब मैंने हॉस्पिटल का रुख़ किया था। डॉक्टर ने एडमिट कर लिया। दर्द के साथ यहाँ बेड पर पड़े रहना ज़ुल्म था। मैं लाख कोशिश करता रहा कि एडमिट न होऊँ, मगर मेरी एक न चली। सिर्फ़ तीन दिन के लिए रुकने को कहा, मगर हमें यह जेल लग रहा था। किस परेशानी से वो रात कटी। सुबह तुम्हें देखा। तुम्हारे गोरे हाथों में इंजेक्शन देखा। क़सम से, इंजेक्शन से भाग जाने वाला मैं तुम्हें देखता रहा और तुम आहिस्ता आहिस्ता इंजेक्शन के सहारे मुझमें दाख़िल हो गई। हमें

भी लगा, चलो अस्पताल के मुर्दा माहौल में तुम्हारी मुस्कान हमे ज़िंदा रखेगी। तुम तरह तरह के बहाने से मेरे बेड तक आती रही और मैं तुम्हारे क़रीब। डॉक्टर ने कहा, आप तो जल्दी ठीक हो रह हैं, कल डिस्चार्ज कर देंगे। मायूसी ने हमें घेर लिया। लटके हुए मुँह से कहा कि डॉक्टर साहब, इतना ठीक कर दो कि दोबारा न आना पड़े, भले पन्द्रह दिन रोक लो। डॉक्टर मुस्कुराए और निकल गए। तुमसे दिलकश बातों का दौर चलता, दूसरे मरीज़ जलते थे। वो बग़ल के रूम वाले बुड्ढे मरीज़ से तुम भी तो छुपकर यहाँ आती थी। वो बड़बड़ाते रहते और तुम मुस्कराती। तुम अक्सर उस सामने वाली मरीज़ को नींद की दवा दे देती थीं, जो तुम्हें मेरे पास देखते ही बार बार बुलाता था। तुम्हारी बातें कभी मुकम्मल नहीं हुईं। हफ्ते भर के बाद डिस्चार्ज होकर मैं घर लौट आया। अस्पताल के बाद तुम से कोई बात नहीं। तफ़रीह समझ, सब भूलकर मैं अपने कामों में लग गया और तुम अपने। मुझे वो आँधी की रात कभी नहीं भूलेगी, जब तुम अपने शहर से साठ किलोमीटर दूर, मेरे गाँव, मेरे दरवाज़े, भीगी हुई, दो बड़े सूटकेस लिए खड़ी थीं। ज़मींदार और ईमाम की चौखट पर एक अधेड़ लड़की, वो भी रात में भीगी खड़ी थी, क्या यह किसी क़यामत से कम थी। अब्बा ने कड़े लहजे में पूछा था, तुम कौन हो और तुमने उतने ही कड़े अंदाज़ में कहा था ''आपके इकलौते चराग़ का तेल''। क़सम से इतना बेहूदा जवाब अब्बा ने कभी नहीं सुना था। मारे शर्म के वो अम्मी को आगे करके वजू करने चले गए। अम्मी सिर्फ तुम्हारी बड़ी-बड़ी आँखें और ज़रूरत से ज़्यादा खुल चुके होंठ देख भौचक खड़ी देखती रहीं। तुम बेपरवाह घर में दाखिल हुईं और मेरे सीने पर सवार होकर तुमने कहा था ''मियाँ क्या समझे थे; खेलोगो, कूदोगे और निकल लोगे... मैं फरा हूँ, अपना हक़ छीनकर लूँगी; मियाँ, मोहब्बत लौंडो का खेल नहीं है।''

मैं कह नहीं सकता कि वो डर मैंने कभी दोबारा जिया। कनपटी के पास से निकली तुम्हारी भयंकर मोहब्बत से पीछा छुड़ाने की लम्बी दास्तां है। फ़िलहाल नर्स से मोहब्बत दोबारा नहीं हुई। तुम्हारे क़दम ने सालों मुझे अब्बा की आँखों से दूर रखा। अब भी कोई कहीं मुस्करा के देखता है, तो तुम्हारे यह लफ़्ज़ मुझे ख़ामोशी से निकल लेने को कहते हैं कि.... मियाँ! मोहब्बत लौंडो का खेल नहीं है।

बाँसुरी

हाँ, तो कभी बाँसुरी सुनी है? वह टीवी वाली नहीं; वह जो होंटों से लगी सौंधी ख़ुशबू में लिपटी हो; मेरे कान्हा की बाँसुरी। कैसे सुन सकते हैं, जब दिल में इतनी गर्मी हो तो कान्हा का यह रूप कहाँ आपको दिखेगा। बाँसुरी की एक ख़ासियत होती है... जैसे ही आपको उसकी पहली आवाज़ आती है तो सारे जीव जन्तु सुनने लगते हैं, मगर अगले ही मिनट उससे मोह छूट जाता है। अब यहाँ से शुरू होता है सफ़र बाँसुरी का। जब आप दोबारा दिल लगाते हैं, तब आप डूबने लगते हैं; फिर इतना डूब जाते हैं कि कोई और आवाज़ कान में आना बन्द हो जाती है। फिर धीरे धीरे आप ज़मीन से कटने लगते हैं। वह बाँसुरी आपको ऊपर उठाती है, पूरे जिस्म में लहरें पैदा करती है। मैं जब कान्हा की बाँसुरी देखता हूँ तो सोचता हूँ, आखिर कृष्ण ने बाँसुरी को ही क्यों थामा। सोचते सोचते लगा कि बाँसुरी की यही धुन हमें इंसान बना दे रही है। मैं तमाम मन्दिरों में झाँका तो देखा, कृष्ण को बाँसुरी के साथ प्रेम के प्रतीक के लिए पूजा जा रहा है। मेरे कृष्ण के मुँह से निकली हर धुन ने लोगों के दिल को झकझोर दिया। वैसे मैं यह नहीं समझ पाया कि जो कृष्ण के महाभारत के चरित्र से सीखकर आगे बढ़े, वह कहाँ गए; उन्हें कोई नहीं जानता। कृष्ण के, रथ पर सवार, चक्र लिए चरित्र से मोहित लोगों का न मन्दिर ही जल्दी दिखा, न उन भक्तों का कोई वजूद मिला। मगर... मगर मेरे कान्हा के, गाय से टेक लगाए, मोर का पंख धरे, मासूम सी मुस्कान के साथ बाँसुरी का जो रूप था, वह हर जगह मिला। इस रूप के भक्त या प्रेमी भी उतना ही नाम कमा पाए, जैसे मीरा, रसखान। मैं बाँसुरी के हर छिद्र से निकले मधुर संगीत को महसूस कर सकता हूँ। मुझे मेरे कान्हा की बाँसुरी से उठता संगीत, बुद्ध, हज़रत मोहम्मद, ईसा, दाऊद से होता हुआ मूसा से जोड़ देता है। वैसे एक बात बताएँ; आप तब तक मेरे कान्हा का संगीत नहीं सुन पाएँगे, जब तक आपके दिल में गर्मी होगी। भला ऐसा भी हुआ है कि जहाँ नफ़रत हो, वहाँ मेरे कान्हा हों। जिस दिल में नफ़रत, बदला, ग़ुरूर, ख़ून ख़राबा, झगड़ा हो, भला वहाँ कान्हा की बाँसुरी की आवाज़ पहुँचेगी? कभी हो सके तो जल्दी से बिना कोई परवाह किये, बेलौस मोहब्बत से कान्हा को देखना, ग़ौर से उनकी बाँसुरी को देखना और

फिर अपने दिल में झाँकना... अगर उसमे नफ़रत नहीं होगी तो बाँसुरी से फूटते लफ़्ज़ तुम्हारे दिल में होते हुए दिमाग़ को इतना खोल देंगे कि तुम्हें यही ज़मीन मोहब्बत से भरी नज़र आने लगेगी, तुमसे पेड़ पौधे हँसकर बात करेंगे; तुमसे इंसान मिलने को तड़पेगा; जानते हो क्यों, क्योंकि तुम मेरे कान्हा की सच्ची आवाज़ सुनकर लौटे हो। ज़रा सा मेरा कहा मान लो, एक बार मेरे कान्हा को महसूस तो करो, तब देखो तुम्हारी सारी बेचैनी खत्म हो जाएगी। जो दिनभर हैरान परेशान चेहरा लाल लिए भागे भागे फिरते हो, तुम्हें कान्हा की बाँसुरी से सुकून मिलेगा। मेरे दोस्त, वह सुकून जो तुम माँ की गोद में सदियों पहले छोड़ आए हो, उसे महसूस करो दोस्त।

।। मुझे अपनी निगाहों के पास रहने दे।।
।। तू कृष्ण है तो मुझे सूरदास रहने दे।।

बेड नम्बर 23

अस्पताल में अपने सीरियस मरीज़ के साथ वक़्त काटना कितना मुश्किल है। सब बाहर इंतज़ार कर रहे हैं और मरीज़ अंदर... सबका इंतज़ार। यह वह वक़्त है, जब पूरा परिवार एक साथ इकट्ठे होकर परेशानी का मुक़ाबला करने की कोशिश कर रहा है। उसी वक़्त वहीं से एक लाश को वार्ड ब्वॉय ले जा रहे हैं। उस गुज़रे हुए इंसान के साथ के लोग पीछे पीछे रोते बिलखते निकलते हैं, ऐसे में हमारे साथ के भी लोग रोने लगते हैं। मेरे अपने ऐसे रोते हैं, जैसे कोई अपना निकल गया हो। इस तरह जितनी लाशें जाती हैं, वह सब हमारे लोगों को रुलाती जाती हैं। इनकी चीख़ें, इनका सिसकना, इनकी टूटन... हमें मज़हब, राज्य, जाति, दल को जाने बिना रुला देती है। जानते हैं यह कौन रुला रहा होता है; यह होती है संवेदना, जो हमें हमारे लेटे मरीज़ से जोड़कर, उसे खोने का एहसास पैदा करती है। जाती हुई लाश हमें खोखला करके जा रही होती है। मेरे साथ मौजूद हर कोई, गुज़रती लाश पर या तो रो रहा था या आँखें चुराकर इधर-उधर देख रहा था। यह एक अंजान डर होता है जो हमें रुलाता रहता है। अस्पताल हमें बहुत कुछ सिखाता है। ज़िन्दगी से लड़ना, ज़िन्दगी के लिए लड़ना; दोनों

चीज़ें सिखाता है। बग़ल के बेड पर मौजूद मरीज़ का दर्द दिखता है, न कि धर्म। डॉक्टर सिर्फ डॉक्टर दिखता है, न कि उसमें धर्म। जब परेशानी सर पर होती है तो लड़कपन के सारे चोंचले अस्पताल के गेट के बाहर रह जाते हैं। ताउम्र, कट्टर से कट्टर रहा आदमी अपने मरीज़ के लिए जब ख़ून ढूँढ़ता है, तब अपनी ज़बान की बनाई सारी सीमाएँ तोड़ देता है। तड़पते हुए मरीज़ के लिए दुआओं के बन्धन भी टूट जाते हैं। मैं अस्पताल के एक कोने में खड़ा दूर से मायूस से इंसान को देखता हूँ। दीवार से सर लगाए अपने मरीज़ के साथ सामने वाले के लिए भी दुआ खुदबखुद निकल जाती है। पड़ोस के वार्ड में झाँकता हूँ तो देखता हूँ एक हनी सिंह टाइप नौजवान किसी बूढ़े की पेशाब की थैली बदल रहा है। यह वह दृश्य था, जो हमें एहसास कराता है कि दर्द और ज़िम्मेदारी क्या होती है। दूसरे बेड पर बैठे उस अधेड़ को भी देखता हूँ, जो शायद पत्नी पर रोज़ रौब गाँठता रहा होगा, मगर आज मासूम बच्चे की तरह उसके हाथ से दाल पी रहा है। यह जो अस्पताल है न, यह मुझे बहुत उम्मीद देता है; यहाँ पर निकली लाश से लोग बिना कर्मकांड की परवाह किये उससे लिपटकर रो लेते हैं।

यहीं पर किसी का घर बिखरता है, तो किसी का बचता है। यहीं हरे पर्दों और सफेद चादरों में पता चलता है कि यह जो लेटा है, यह कितना ज़रूरी इंसान है। जिसको मुँह ढँके रोते हुए लोग ले जा रहे हैं, पता चलता है कि यह परिवार की रीढ़ था। जो एक पल में सर क़लम कर डालते हैं तो, मेरी समझ से उन्हें अस्पताल में एक महीने सिर्फ खड़ा रखा जाए, तब वह दर्द को देख पाएँगे, एक ज़िन्दगी की अहमियत समझ पाएँगे। मैं अपने मरीज़ को अकेला छोड़ अक्सर अस्पताल की सीढ़ियों पर बैठा सोचता रहता हूँ कि यह क्या है जो सब जगह है, मगर इस अस्पताल के गेट के अंदर नहीं है। नफ़रत, गेट के बाहर खड़ी है और मैं अंदर खड़ा, एक दूसरे को सवालिया नज़र से देख रहा हूँ। एक ही वार्ड में दंगे में ज़ख़्मी मरीज़ भी है और उसी में दंगे करने वाले की माँ भी लेटी है... है न संयोग। मैं देख पा रहा हूँ, दर्द हमें कैसे जोड़ता है, तक़लीफ़ हमें कैसे संगठित करती है, चोट हमें कैसे एक करती है। मैं आजकल अस्पताल से बहुत कुछ सीख रहा हूँ। बस यही दुआ, कि आपको सीखने के लिए वहाँ न जाना पड़े, जहाँ ज़िन्दगी का हेड-टेल, सेकेंडों में हो रहा हो।

आतंक के ख़िलाफ़

एक धमाका और बहुत सी साँसें थम गईं। ज़मीन का कोई हिस्सा नहीं बचा, जहाँ तुमने ख़ून नहीं बहाया। मैं वाक़ई नहीं समझ पा रहा हूँ कि तुम क्या चाहते हो। दुनिया से आबादी खत्म करने का टेंडर तुम्हें तुम्हारे खुदा ने दिया है या यह तुम्हारी .खुद की उपज है। मैं लोगों के जिस्म के टुकड़े देखता हूँ, फिर तुम्हें देखना चाहता हूँ... देखकर यह कोशिश करना चाहता हूँ कि शैतान की शक्ल कैसी होती है। यक़ीनन तुमको शैतान कहना, शैतान को भी बेइज़्ज़त करना है। लोग आतंक के धर्म को ढूँढ़ रहे हैं, जो तुम्हारे नामों से सौ फ़ीसद ज़ाहिर होता है। मैं यह नहीं कहूँगा कि इस्लाम का आतंक से कोई लेना देना नहीं। या यह भी नहीं कहूँगा कि आतंक का किसी धर्म से कोई लेना देना नहीं। बिलकुल, तुम अपने एक मज़हब के साथ वजूद रखते हो। मैं आतंक में फ़र्क़ नहीं करता। अब मैं बात करता हूँ कि तुम्हें रोका कैसे जाए। पहला आसान तरीका है कि तुम्हें पलक झपकते ही मौत के घाट उतार दिया जाए, मगर यह टिकाऊ नहीं है। ज़रूरत है जिस्म को मारने की जगह तुम्हारी सोच को मारा जाए। जिस दिन सोच मर जाएगी, उस दिन आतंक का उत्पादन ख़ुदबख़ुद खत्म हो जाएगा। अब यह उत्पादन रोका कैसे जाए? यह सवाल इतना आसान नहीं है। यह मेहनत का लम्बा रास्ता है, जिस पर धैर्य के बिना नहीं चला जा सकता। मैं आतंक को समूल नष्ट करने का विचार और युक्ति रखता हूँ, मगर यह वाक़ई वक़्त लेगा। इस वक़्त में लाखों और जिंदगियाँ ख़त्म हो जाएँगी।। बहुत बार जज़्बात से हम लम्बे रास्ते बन्द कर देते हैं। मैं भी ख़ून देखता हूँ, तड़पता हूँ, चेहरा सुर्ख़ लाल हो जाता है; जी चाहता है कि अब नहीं... मगर फिर कहता है दिल, ठहर कर सोचो, शैतान को शैतान बनकर कभी खत्म नहीं किया जा सकता; शैतान को खत्म करने के लिए भगवान बनना पड़ता है। अब आप कहेंगे यह असम्भव है, मैं कहूँगा, हरगिज़ नहीं। जब शैतान बनना सम्भव है तो भगवान बनना भी सम्भव है। ख़ून, जिस्म के लोथड़े, तड़पती ज़िन्दगी को देखकर विचलित होइए मगर ध्यान से। अपने गुस्से को पालिए, ताकि निशाना सही दिशा में लगे। त्वरित जवाब, पागलपन की निशानी है; इससे आतंकियों को खुशी मिलती है। मैं विस्तृत रूप से इसे

ख़त्म करने की सोच रखता हूँ, मगर आपको परेशान देख मैं भी परेशान हो जाता हूँ। आपकी भीगी आँखें हमें कमज़ोर करती हैं। मैं अपने घर की लाशों पर नहीं टूटा, मगर आपके दिल की नमी हमें तोड़ देती है। मेरे घर में जिस्म के टुकड़े सफेद कपड़े में भरकर आए, मगर मैंने दिशा नहीं बदली, मगर आपका यूँ तड़पना मुझे धुँधला करता है। मैं हर आतंकी हमले के बाद बेहद कमज़ोर हो जाता हूँ। खाना छूट जाता है। घर में अकेला बन्द ख़ुद से सवाल करता हूँ कि यह कैसे रुकेगा? कब रुकेगा, यह तो पता है; यह तब रुकेगा, जब हमारा इलाज का सिद्धान्त कारगर होगा। क्रिया की प्रतिक्रिया कभी शांत न होने वाली क्रिया है, इसको रोकने का काम करना होगा। आज मैं आतंक के विरुद्ध और कारगर रास्ते की तलाश में हूँ, तब तक आप इसे जैसे चाहे नष्ट करने में लगे रहें। हो सकता है मैं थोड़ा गलत हूँ, या पूरा गलत हूँ, मुझे नहीं पता; बस मैं किसी भी हाल में इस आतंक ख़त्म करने के लिए लगा हूँ। वक़्त लगेगा, मगर हर निर्माण का वक़्त लम्बा और कष्टकारी है। मुझे धैर्य से, सधे हुए, ईमानदार साथ की ज़रूरत है... वह सब एक हों; रास्ता यक़ीनन निकलेगा।

नासूर

मैं झाँक कर तुम्हारी आँखों में देखता हूँ; तुममें मुझे हिन्दू दिखता है; मैं तुम्हारी आँख में आँख डालकर देखता हूँ, तुममें मुसलमान दिखता है; मैं हर कोण से देखता हूँ; तुममें मुझे ईसाई, बौद्ध, जैन, सिख दिखता है। मैं सच बताऊँ, लाख कोशिश करता हूँ; आँखों में गुलाबजल डालता हूँ, ताकि साफ़ दिखने लगे... शहद भी लगा लेता हूँ ज़बरदस्त मिर्च के साथ, फिर भी नहीं दिखता। तुममें मुझे किसी कोने से भारतीयता नहीं दिखती... तुममें हिंदुस्तान नहीं दिखता।

तुम चाहे जितने नारे लगा लो, चाहे जितनी आवाज़ बुलन्द कर लो, चाहे जितनों को भरी सड़क पर पीट लो, चाहे जिसके गिरहबान फाड़कर देशभक्ति को चेक कर लो; सच्चाई यह है कि तुममें ही हिंदुस्तान नहीं है।

तुम जब भी निकलोगे, अपने धर्म की चादर ओढ़कर निकलोगे। तुम चाहे जैसे रंग चढ़ा लो, भारत तुम सा तो नहीं है। यक़ीन न हो तो सुबह उठना और दिल पर एक थर्मामीटर रखना; देखना, दिल में कितनी गर्मी है... वह गर्मी, धर्म की आड़ की है, न कि मुल्क़ की।

अपनी ज़बान से बेहिसाब गालियों को तौलना और देखना, कि क्या यही भारतीयता है, या यह तुम्हारी निजी संस्कृति है। मैं यहाँ एक धर्म की बात नहीं कर रहा, मेरी फ़िक्र हज़ारों साल से, 800 साल से, 200 साल से, 70 साल से हर एक के शासन को पूजने वालों से है, कि क्या वह कभी हिंदुस्तानी बनकर आज को जिएँगे। पुरखों को जो करना था वो कर गए... तुममें कितना हिंदुस्तान बचा है, यह बताओ। मैं जानना चाहता हूँ कि देश की बात करते करते तुम कब धर्म का झण्डा थाम लेते हो... फिर चाहते हो कि धर्म की आँख से देश देखा जाए... यह तो भरम है और कुछ भी नहीं। देशप्रेम की पहली सीढ़ी है, उसमें बसने वाले हर नागरिक से अटूट प्रेम; जिसमें तुम सब बुरी तरह फेल हो जाते हो। आगे की सीढ़ियों का ज़िक्र ही क्यों करूँ। इतने बिखरे, बँटे और टूटे हुए लोग कभी भी मज़बूत इमारत की बुनियाद नहीं हो सकते। जाओ और ख़ूब, मीनारों से नारा ए तकबीर बुलंद करो, मन्दिरों से धर्म की जय जयकार करो, एक दूसरे धर्मों से भिड़ो, एक दूसरे को ख़त्म कर डालो; मगर इसे भारतीयता तो मत ही कहो। मेरे हर शब्द बुरे लगेंगे; लगने भी चाहिए... नासूर में जब औज़ार लगता है तो दर्द तो होता है। यह दर्द आपकी ज़बानों पर गाली भी लाएगा; दीजिये, मगर मैं लिखता रहूँगा, करता रहूँगा। या तो तुम्हारी नफ़रत का नासूर ख़त्म होगा या तो मैं। मैं आख़िरी साँस तक तुम्हारे बँटे हुए दिलों को रफ्फू करता रहूँगा। एक बार मुल्क़ के लिए सोचो... नफ़रत को दिलों से निकाल दो, ताकि इस ज़मीन की भारतीयता बनी रहे। इतनी ज़िद, घमण्ड, झगड़े, फ़साद, नफ़रत, बदले से तुम धर्म का झण्डा तो लहरा दोगे; मगर भारतीयता की लाश पर। ख़ुद सोच लो कि करना क्या है।

सुर्ख़ छींटे

अब बिख़रे ख़ून की तस्वीरों से मन रत्ती भर विचलित नहीं होता। रोते बिलखते ज़ख़्मी बच्चों की तस्वीरें भी अब बुरी नहीं लगतीं। ख़ून से लथपथ जिस्मों को देखकर रत्तीभर दिल पर फ़र्क़ नहीं पड़ता। वह बचपन था, जब उँगली का हल्का सा ख़ून देखकर दिनभर का खाना छूट जाता था; किसी की पीठ पर बने छड़ियों के निशान को देख, उस रात सो नहीं पाता था। अब कटे हाथ, उलटे पड़े नंगे जिस्म, मिट्टी में लथड़े मरे जिस्म पर भिनभिनाती मक्खियों से अब फ़र्क़ नहीं पड़ता। अब सच बताएँ, किसी के लिए कोई एहसास नहीं लगता। जिस दिन से समझदार हो गया, उस दिन से संवेदना, दर्द, एहसास, सब ख़त्म हो गया; जैसे आपका हो गया है। कितना ख़ूबसूरत दृश्य है न... दूर गोरे गोरे गालों पर ख़ून की छींटें... है न? काश! काश! यह हमारे आपके घर तक आ जाए, ताकि क़रीब से इतने सुंदर दृश्य को देख पाएँ। दूर से ख़ून के धब्बे अच्छे नहीं लगते... जब यह ख़ूबसूरती आपके सफेद कपड़ों पर आ जाए तो आपको बहते ख़ून के पक्के धब्बे महसूस हों। आपको क्या लगता है, यह ख़ून आपकी तश्तरियों में नहीं आएगा। किसी गफ़लत में मत रहिये; ख़ून गाढ़ा भले ही होए, मगर बहता बहुत तेज़ है। ख़ून बड़ी तेज़ी से बड़ी से बड़ी आबादी को अपनी ज़द में ले लेता है। अरे वह नमूने तो और ख़ूबसूरत लगेंगे, जिनसे दुकानों पर टँगा गोश्त का टुकड़ा नहीं देखा जाता। जब उनकी गलियों से ख़ून बहेगा, तो वह देखेंगे और मुस्कराएँगे कि यह मेरा ख़ून थोड़े है, यह तो अधर्मियों का ख़ून है, जिसे बह ही जाना चाहिए। जिसने जिसने ख़ून को त्यौहार की तरह मनाया है, वह इसका हिस्सा बनेंगे ही। इतना तो मान ही लो कि हज़ारों की तादाद में जब ख़ून बहता है, तो उसमें कुछ ही गुनहगार होते हैं, बाक़ी सब बेगुनाह। उन बेगुनाहों का ख़ून हमारी चाय की प्यालियों में रंग ज़रूर लाएगा। बेशर्मी से गेहूँ के साथ घुन पिसने वाला मुहावरा मत देना, क्योंकि तुम्हारी नज़र में वह मौतें घुन होंगी; मेरी नज़र में वह मौत थी, सिर्फ मौत। मैं तुम्हारी थालियों में ख़ून और गोश्त के टुकड़े को देख पा रहा हूँ। झूठ मत बोलना; तुम्हें ख़ून का मज़ा लग गया है... तुम्हारी ज़बान ने औरतों, बच्चों, आदमियों की उधड़ती खाल और जिस्म के कच्चे लाल टुकड़ों का मज़ा ले

लिया है। इनकार मत करना... तुम्हारी हर मौत पर खुशियाँ साबित कर चुकी हैं कि तुम कितने मासूम हो। मेरी तो अब किसी भी ख़ून से कोई संवेदना नहीं। न कोई दर्द, न कोई तड़प; क्योंकि मैंने अपने क़रीब के लोगों को लाशों पर ठहाके लगाते देखा है। यह लोग हर धर्म, हर जाति के हैं; यह हर रंग के झंडे के नीचे के लोग हैं, जो अपने विपरीत के ख़ून पर ठहाके लगा रहे हैं। यह पूरी पृथ्वी के लोग हैं; इन्हें ज़मीन के किसी एक हिस्से से जोड़ना बेईमानी होगी। मुझे पता है, मेरी असंवेदनशीलता अभी उन लोगों को ज़रूर बुरी लगेगी, जो पूरी संवेदनशीलता से ख़ून की तरफ़दारी करते रहे हैं; हमें अलाँ फलाँ दिन की याद दिलाएँगे। मुझे खुशी है कि यह ख़ून पर मुस्कराते, तालियाँ बजाते, जशन मनाते, मेरे अपने हैं, जिन्होंने मेरी कमज़ोरी, मेरी संवेदना को मार डाला है; जिनकी सूरत, इस ख़ून ख़राबे वाले दृश्य से मिल जाएगी। वह अभी मुझ पर बरस उठेगा। उसके बरसने से अब मैं नहीं डरता, क्योंकि मेरी संवेदना पहले ही मर चुकी है। यह अभी आएँगे और अपने बहाए ख़ून का मौन समर्थन मुझसे भी माँगेंगे। अभी यहाँ इतिहास, भूगोल, धर्म, राष्ट्र के नाम पर यह मुझे ललकारेंगे और मैं मरे हुए दिल और लुटी पिटी रूह के साथ इनका समर्थन करूँगा। तुम सही हो, तुम जो कर रहे हो वह सही है, तुम जो करोगे वह सही होगा... मेरा मुर्दा दिल कह रहा है, तुम धर्म मार्ग पर हो... मेरा तुमको शत् प्रतिशत समर्थन है

हिरोशिमा

''मुझे बेहद दर्द है दोस्त! इतना दर्द, कि आँखें खुलतीं नहीं; इतनी तक़लीफ़ है कि साँस नहीं ली जाती। मैं मुस्कराना चाहती हूँ, मगर दर्द से रो देती हूँ। दोस्त! क्या मैं अब मर जाऊँगी ?'' बारह साल की सडाको सासाकी अपनी दोस्त से रेडक्रॉस अस्पताल में लेटी कह रही थी। उससे दो साल बड़ी उसकी दोस्त, सडाको को बहलाती हुई कहती है कि अगर तुम एक हज़ार काग़ज़ की चिड़िया बनाओ तो तुम ठीक हो जाओगी। ठीक होने के नाम से सडाको की आँखों में चमक आ गई। वह बोली ''और दर्द भी ख़त्म हो जाएगा न!'' उसकी दोस्त ने हाँ में सर हिलाया। उसने अस्पताल के बेड

पर रोज़ काग़ज़ की चिड़िया बनाना शुरू किया। दवा के लिफ़ाफों, पर्चों और दूसरे काग़ज़ों से वह चिड़िया बनाती रही। जैसे जैसे चिड़िया बनती, उसकी तकलीफ़ बढ़ती जाती। करीब पाँच सौ चिड़िया बनाने के बाद सडाको के हाथों ने काम करना कम कर दिया, नज़र धुँधलाने लगी, गला कसने लगा। फिर भी वह हिम्मत और उम्मीद से लेटी लेटी चिड़िया बनाती रही। 600 चिड़िया बनाने के बाद वह बिलकुल टूट चुकी थी। उस बारह साल की सडाको की बनाई चिड़ियाँ उसकी माँ, सँभालकर रखती रही। उसके दोस्त उसे हौसला देते। आखिर 644 चिड़ियाँ बनाने के बाद उस हिम्मती लड़की ने अपनी आख़री साँस ली। सडाको, ल्यूकेमिया बीमारी से पीड़ित थी। हिरोशिमा, जापान में जन्मी सडाको को यह बीमारी परमाणु बम, के अटैक से विरासत में मिली थी। वही परमाणु बम, जिसके गिराने की आज बरसी है। वही बम, जिसने सडाको समेत करोड़ों बच्चों की ज़िंदगियाँ बर्बाद कर दी; बच्चों की मुस्कान की जगह वह तकलीफ़ लिख दी, जो हर साल उभर आती है। सडाको को उसके साथियों ने ख़ूब हिम्मत दी थी। उसकी मौत के बाद उसके दोस्तों ने बाक़ी चिड़ियाँ बनाई और पूरी एक हज़ार की गिनती पूरी करके सडाको की क़ब्र में रखा। आज भी हिरोशिमा समेत पूरी दुनिया में लोग एक हज़ार कागज़ की चिड़िया बनाकर, अपनी संवेदना दिखाते और इसी से न्यूक्लियर बम का विरोध करते हैं। हम भी इन चिड़ियों को बनाते हैं। हर साल सडाको के साथ इस विनाशक हथियार का विरोध करते हैं। एक बार उस सडाको की तरह बिस्तर पर पड़े, अपने आप को रोज़ मरते हुए देखिये... अपने जिस्म को अपनी आँखों के सामने अपाहिज होते देखिये; अपनी मुस्कान को एक दर्द में बदलते देखिये, तो एहसास होगा कि विनाश क्या होता है। न्यूक्लियर बम, ज़मीन के लिए बेहद बुरे हैं; दुनिया को इनसे पीछा छुड़ाना ही होगा, वरना फिर कोई पागल उठेगा और करोड़ों ज़िंदगियाँ बिखर जाएँगी। आज हिरोशिमा परमाणु बम की बरसी है; हो सके तो एक काग़ज़ की चिड़िया बनाइये और अपने बच्चे को दीजिये। बच्चा अगर मुस्करा दे, तो समझ लीजिये, मेरी सडाको मुस्करा रही है... वह हम सबमे ज़िंदा है। काश! हम हथियारों से छोड़, मुस्कराहट से मोहब्बत कर लें। नफ़रत हारेगी सडाको! पक्का हारेगी।

नंगी

उसकी शलवार से ख़ून टपक रहा था। रिस रिस कर ज़मीन पर एक ख़ून की धार सी करीब डेढ़ मीटर की बन गई थी। शलवार के पायँचे उतर कर पैर के पंजों में फँसे थे। शरीफ़ महल्ले का मामला था, तो लोगों ने एक तहमद, ऊपर के जिस्म पर डालकर इज़्ज़त ढक दी थी। उसका सीना इतना फैल चुका था कि लग ही नहीं रहा था औरत का है। पूरा तहमद, जिस्म पर सपाट सा पड़ा था। चेहरा खुला था, आँखें भी पूरी खुली थीं। किसी ने उसे बन्द करने की ज़हमत नहीं की। खुली आँखों में रात के नंगेपन को साफ़ तरह देखा जा सकता था। मैं खड़ा देखता रहा। हल्का हल्का सुनने में आया कि गई बारिश की रात कोई चार लड़के इसे यहीं छोड़ गए थे। उसका एक हाथ तहमद से बाहर था... गोरा था काफ़ी। क़रीब जाने पर उन गोरे हाथों में नाख़ूनों के निशान दिखे, जिन पर ख़ून जमकर काला पड़ गया था। जब ग़ौर से बिना शिकन वाला माथा देखा, तो अंदाज़ा हो गया कि करीब चौदह या पन्द्रह साल की रही होगी बेचारी। कुछ लोग अफ़सोस कर रहे थे, तो कुछ बेहद ग़ुस्सा। मैं सोच रहा था, कौन कमबख़्त लोग रहे होंगे, जिन्होंने इसकी यह हालत कर दी... हालत क्या, मार ही डाला। बार बार उसकी हरी और पीले फूल वाली शलवार दिख रही थी। आँखें हटतीं फिर टिकतीं। सभी का यही हाल था। सुबह से काफी देर मैं यही देखता रहा। ख़ून खौल भी रहा और जम भी रहा। मन सोच सोच के परेशान, कि कौन लड़की थी; इसके परिवार पर क्या असर होगा। माँ तो इसकी टूट ही जाएगी, बाप तो ज़मीन में धँस ही जाएगा... अगर भाई हुए तो तड़पकर रह जाएँगे। तहमद से हल्का झलकता पेट देख लगता, बेचारी पता नहीं किस ख़ूबसूरत, नाज़ों से पली खानदान की है। तभी हवा में नाम तैरा। किसी ने बताया... तबस्सुम। क्या तबस्सुम... ओहो, फ़ालतू वक़्त बर्बाद कर दिया; कोई मेरे मज़हब की तो थी नहीं; ज़िंदा होती तो बच्चे ही पैदा करती या कहें दुश्मन। पहले बता देते कि मेरे मज़हब की नहीं है तो वक़्त न बर्बाद होता, चलो चाय पिया जाए; सुबह से फ़ालतू में कुछ खाया भी नहीं; आज ऑफिस में बड़ा काम है... चलो हटो, रास्ता दो!

बलात्कार

इसे पूरा मत पढ़ियेगा; फ़ालतू आपको अफ़सोस जताना पड़ेगा। यह जो आप बार बार कह रहे हैं कि बच्चियों का बलात्कार हुआ है, लड़कियों का बलात्कार हुआ है... झूठ बोलते हैं आप; आपकी पुरानी आदत है झूठ बोलने की; अपनी बदसूरती पर पर्दा डालने की। हिम्मत हो तो हमसे सच सुनिए। बलात्कार आपका हुआ है, बलात्कार हमारा हुआ है, बलात्कार समाज का हुआ है। यह जो इज़्ज़त रौंदी गई है, वह आपकी इज़्ज़त थी। शीशे को देखिये, सच्चाई से आँखें मत फेरिये। सच बताइये, जब आपका बलात्कार हो रहा था, तो कोई आया था बचाने? जब इसी ज़मीन पर समाज को नंगा किया जा रहा था, तब हम क्यों ख़ामोश थे। क्या समाज की इज़्ज़त पर शैतान के खरोंच के निशान हमारे आपके घरों से नहीं निकले। वह जो लड़के थे, वह हमारे समाज का हिस्सा नहीं थे क्या; वह जिन्होंने हाइवे पर आपके कपड़े उतारकर ठहाके लगाए थे, वह आपकी चौखट के नहीं थे? जब समाज इनके सामने बेबस, सिसक कर, गिड़गिड़ाकर छोड़ देने की भीख माँग रहा था, तब यह हमारे सपोले खिलखिला नहीं रहे थे। जब यह कोर्ट में होंगे, तो हमारे ही वकील इन्हें बचाने की जी-तोड़ मेहनत नहीं करेंगे? वही वकील, जो हर एक पर हाथ उठा लेते हैं, इनके मुक़दमे लड़ने के लिए ख़ुद लड़ेंगे... आप ज़रा भी आँखें मत चुराइए।

हाँ, आपका ही बलात्कार हुआ है... आपने धर्म, दल, संगठन, रिश्तेदारी, दोस्ती में बहुत बार गुनाहों पर पर्दा डाला है, शैतान को नंगा नाच करने की खूब छूट दी है, अपने घरों में शैतानों को चारा डाला है। आख़िर इन खूँखार जानवरों ने हमारा बलात्कार कर ही दिया। जब जब हम सियासत की खाल ओढ़कर अपने निकम्मेपन को छुपाएँगे, तब तब हमारे समाज पर शैतान खरोंच मारते रहेंगे। और हाँ, आपकी तो पुरानी आदत है कि बलात्कार होने वाले को अकेला छोड़ देने की। आप बलात्कार करने वाले का बहिष्कार कभी नहीं कर पाओगे। आप जब कभी विरोध करोगे, तो सियासी झंडों में लिपटा हुआ विरोध। कभी बिना सियासी बैसाखी के नहीं निकलोगे। मैं अभी कह रहा हूँ कि समाज को बचाए रखना है, तो पहले बहकना छोड़ दो; यह सियासी लोग सिर्फ आरोप आरोप खेलते रहेंगे, कभी

तुम्हारी इज़्ज़त को नहीं बचाएँगे। यह मान लो कि यह बलात्कार तुम्हारा और हमारा था। चलो निकलो घर से और हर तरह के लफंगे, बदमाश, गुंडे को खींच के सलाखों में डाल दो। जो गुंडई और हिंसा से लड़ भी सकता है, वह बलात्कार भी कर सकता है। अभी कह रहा हूँ, किसी पार्टी, संगठन, धर्म, जाति, बिरादरी के बहकावे में मत आओ, हर बुरे को बुरा कहो, उससे लड़ो, उसकी मुख़ालफ़त करो... घरों से निकलो। चलो मेरा तुमसे वादा है, अपने समाज के लिए अंत तक लड़ूँगा, आख़िरी साँस तक जूझूँगा; तुम्हारे सामने अपनी ख़ून की आख़िरी बूँद भी बहा दूँगा, मगर तुम उठो। किसी धर्म वर्म से ज़्यादा, समाज को बचाना ज़रूरी है। आओ अपने बलात्कार को ख़ुद रोकें। ख़ुद हर उससे सवाल करें, जो हमारी हिफ़ाज़त के लिए एसी में आराम फ़रमा रहे हैं, उनसे पूछें जो ख़ुद तो कई स्तरीय सुरक्षा में हैं और हमारा समाज, निहत्था कमज़ोर सा खड़ा है। बिना फ़र्क़ हर उससे पूछें, जो ख़ुद तो ख़ाकी वर्दी से घिरे रहते हैं और हमारे समाज को बिना वर्दी छोड़कर मज़े करते हैं। आओ अपनी आवाज़ ख़ुद बनें; यूँ सिसक सिसक के मरने से अच्छा है, लड़कर मर जाना। चलो उठो! कन्धे से कन्धा मिलाओ और अपने बलात्कार को रोको

यह जिस्म

देखिये, आपके बदन में कुछ तकलीफ़ हो जाए; दाना या फोड़ा निकल आए, तो तकलीफ़ होगी। एक पैर सड़ जाए, तब भी शिद्दत की दर्द होगी। पूरा बदन ख़राब हो जाए, तब दर्द से बिलबिलाएँगे, मगर बदन छोड़ नहीं देंगे, बदन से मोहब्बत कम नहीं होगी। अपने बदन को कोसने तो नहीं लगेंगे। तकलीफ़ के बावजूद थोड़े बचे साफ़ जिस्म की ख़ूब हिफ़ाज़त करेंगे। रूह जब जिस्म छोड़ेगी, तब ही सब खत्म होगा; वरना जैसा भी है, हम जिस्म को चलाए रखेंगे। यह जो मुल्क है न, यह हमारा बदन ही तो है और हम इसकी रूह।

एक बात दिमाग़ में बिठा लीजिये; एक पार्टी या एक नेता के आ जाने

से हम अपने मुल्क पर उँगली नहीं उठाएँगे, चाहे यहाँ पूरी आबादी भेड़िया हो जाए, फिर भी मैं अपने अंत तक अपने देश को नीचा नहीं दिखाऊँगा। हम जूझेंगे, बीमारी से लड़ेंगे, मगर अपने जिस्म को बदनाम थोड़े ही करेंगे। यह मेरा देश है, हमें इससे अथाह मोहब्बत है। मोहब्बत में ख़ूबसूरती, बदसूरती नहीं देखी जाती। मेरे खिलाड़ी चाहे हारे या जीतें, मगर हम उनके साथ हैं। मेरी मुल्क के लिए मोहब्बत किसी की हार जीत से नहीं तय होगी; किसी के कुर्सी पर बैठने या न बैठने से तय नहीं होगी... किसी का साथ देने या न देने से तय नहीं होगी। मेरी मोहब्बत मेरी ज़मीन से तब तक रहेगी, जब तक मुझमें रूह है। मैं किसी पार्टी, किसी नेता, किसी लेखक के बहकावे में अपने मुल्क पर कभी कीचड़ नहीं उछाल सकता। पन्द्रहियों भूखा रहूँगा, मगर अपने मुल्क पर भूख का ठीकरा नहीं फोड़ूँगा बहुत लोग लिख देते हैं यह देश अब इनके, उनके, फलाने, ढीमाके के लायक नहीं रहा... तो भाई यह मुल्क आपके लायक हो या न हो, मेरे लिए यह मेरी इज़्ज़त है; मेरा जिस्म है। देश का कोई लीडर जब विदेश में अपनी गन्दी सियासत की वजह से हमारे देश पर सवाल उठाता है, वह उसी दिन हमारी नज़र से गिर गया। देश में मौजूद आजकल के सारे हिंसक संगठन चाहे जितने ताक़तवर हो जाएँ; चाहे हर नागरिक इसका सदस्य हो जाए, फिर भी अंत तक हम अपनी ज़मीन, अपने मुल्क को नहीं कोसेंगे। लोगों के बुरा होने से मेरी ज़मीन कभी बुरी नहीं हो सकती। आपको भी इस भारत भूमि को समझना होगा; इसकी मोहब्बत को छूना होगा। इतना ख़याल रखिये कि चाहे कुछ भी हो जाए, मुल्क को नीचा नहीं दिखाना है। लोग तो आते जाते रहेंगे। कुर्सियाँ बदलती रहेंगी, मगर मेरी माटी हमेशा उपजाऊ रहेगी। उसकी ताक़त हमारी मोहब्बत है। जो जो मोहब्बत में कमी कर रहा है, नफ़रत को बढ़ा रहा है... वह हमें आपको नहीं, बल्कि भारत भूमि को धोखा दे रहा है। वह हमारी ज़मीन का गुनहगार है; वह हमारी माटी को तड़पा रहा है। हम और आप मोहब्बत से रहकर अपनी माटी, अपनी भारत भूमि को सुकून दें। लोग चाहे जितने बुरे, हिंसक अपराधी हो जाएँ; हम अपनी माटी को अपनी मोहब्बत से इनकी लगाई तपिश से बचाएँ। हम सबसे पहले हमारा देश हैं; हमारा अपना भारत। जिसकी महानता सिर्फ़ और सिर्फ़ मोहब्बत, भाईचारा है।

दोस्त

तुम्हारे पास अगर एक के अलावा पेन्सिल हो तो दे दो, मैं भूल गया लाना। दूसरे ने पेन्सिल दे दी और इस तरह एक सहयोग का रिश्ता बढ़ा। धीरे धीरे बातों, खेल और फिर होमवर्क साझा करने का रिश्ता बना। वक़्त और बीता तो टिफिन शेयर करने की भी नौबत आ गई। यह वह रिश्ता था, जो एक मामूली सी ज़रूरत से शुरू हुआ और बिला ज़रूरत परवान चढ़ता गया। वह एक लड़का, पेन्सिल के सहारे सामने आया और दिल में घर कर गया। यही तो दोस्ती है। मेरा मानना है कि दोस्ती की पहली सीढ़ी ज़रूरत और सहयोग की होती है, जो आगे बढ़ते-बढ़ते निःस्वार्थ होती जाती है। फिर एक वक़्त वह दोस्त हमारे ख़ून के रिश्तों को फाँदकर ज़िन्दगी का हिस्सा हो जाता है। यह जो दोस्त होता है न, यह हमारा चुना हुआ रिश्ता होता है... ख़ालिस हमारा चुना; न इसमें कुंडली होती है, न पण्डित; न कोई बड़ा बूढ़ा और न ही कोई कोर्ट वोर्ट। पता नहीं वह क्या होता है कि ज़िन्दगी में दाख़िल हुआ दोस्त इतना अपना हो जाता है कि वह मेरी उन बातों का राज़दार हो जाता है, जो समाज, परिवार, खानदान, संस्था किसी को नहीं पता होती है। दोस्ती का रिश्ता एक ज़रूरत से शुरू होता है और धीरे-धीरे ज़रूरतों को छोड़ आगे बढ़ जाता है। यह कोई ठोस नियम नहीं है कि बचपन का ही दोस्त वाक़ई दोस्त हो; बहुत बार जवानी या उसके बाद या फिर बुढ़ापे में हमको सच्चा दोस्त मिलता है। जिसे जितनी जल्दी मिल जाए, वह उतना क़िस्मतवाला। मैंने सोचा कि चलो आज सभी दोस्तों के नाम लिखेंगे, तो लगा पोस्ट तो नॉवेल हो जाएगी। फिर भी बहुत से दोस्त हैं, जिन्हें मैं याद करना चाहता हूँ। मैं उन्हें महसूस कर सकता हूँ। वह हमें सालों न मिलें, मगर मेरी ज़िन्दगी का एक हिस्सा हैं वह। मेरे वह दोस्त, मेरी किसी कामयाबी, नाकामयाबी में शामिल नहीं होते। उन्हें नहीं मतलब मैं क्या कर रहा, कैसे कर रहा, क्यों कर रहा... बस मैं हूँ, तो वह हैं। मेरे काफ़ी दोस्त रोज़ मिलते हैं... वह मेरे लिए मेरी साँसें हैं, इसलिए रोज़ ज़रूरी हैं। कुछ, महीनो में मिलते हैं, तो वह मेरे लिए बेहद अहम् हैं; अगर वह न हों तो अगला महीना कैसे आए। बिना उनके मिले मैं महीना ख़त्म मानता नहीं हूँ। मेरे सभी दोस्तों का मुझपर हक़ है; मैं चाहकर भी उन्हें टाल

नहीं सकता। अलग अलग फील्ड के मेरे दोस्त, मुझे हर फ़ील्ड में ज़िंदा रखते हैं। मेरा भी मानना है, जिसके साथ मुझे चाय पीने का मौका मिल गया, वही तो मेरा दोस्त है। हर उम्र के दोस्तों की वजह से कभी अपनी उम्र का अंदाज़ा भी नहीं होता। हर शौक़ के दोस्तों की वजह से अपने शौक़ भी नहीं पता चलते। हर फील्ड के दोस्तों की वजह से अपनी फील्ड भी नहीं पता। हर धर्म के दोस्तों ने मेरा धर्म ही धुँधला कर दिया। यह जो दोस्त हैं न, यह बड़े बदतमीज़ हैं; यह आपको बदलकर रख देते हैं। वैसे एक चीज़ गाँठ बाँध लीजिये, कि कभी कोई दोस्त मासूम नहीं होता है; वह आपके लिए सबसे नटखट ही होगा। वह आपसे लड़ेगा, तफ़रीह करेगा, धमकाएगा, झगड़ेगा और फिर हँस के मिलेगा। मैं रोज़ अपने दोस्तों के इर्द-गिर्द रहता हूँ... ज़्यादातर दिमाग़ में मैं अपने सभी दोस्तों के साथ हूँ हमेशा। मैं उनके दिलों की धड़कन सुन सकता हूँ... वाक़ई। मेरे लिए मेरा बहुत कुछ मेरे दोस्त ही हैं। चलो, चाय पियें! चाय ही तो हमें जोड़ती है न दोस्त, तुम तो जानते होगे। हम, दोस्त और चाय। वाह क्या सीन है...

कुछ दाग़ महकते हैं

तुम सही मुसलमान नहीं हो; आओ तुम्हें सही मुसलमान बनाएँ। तुम देखो, तुममें कितने गुनाह शामिल हो रहे हैं। तुम्हारे किस क़दम से तुम्हारा खुदा नाराज़ हो रहा है। तुम्हारे रंग खेलने, गाना गाने, ढोल तमाशे में देखो इस्लाम नहीं है; तुममें दूसरे मआशरे की बुराइयाँ आ गई हैं। तुम हल्के हल्के बुत परस्ती तक जा रहे हो। तुम दूसरों में इतना घुल मिल रहे हो कि तुममें मौजूद इस्लाम अकेला पड़ रहा है। आओ हम तुम्हें सही इस्लाम बताएँ। तुम्हें हर बहके हुए, ग़ैर शरई, ग़ैर इस्लामिक चीज़ों से बचाएँ। तुम जन्नत की ज़ीनत हो, यहाँ दुनियावी चकाचौंध में मत पड़ो; सही मुसलमान बनो, जिसका दिल सिर्फ मुसलमान के लिए धड़के... मैं तुम्हें सच्चा मुसलमान बनाऊँगा।

तुम कैसे हिन्दू हो? तुममें सनातन तो है ही नहीं। तुम मस्जिद के

सामने भी क़तार लगाए हो और मज़ार के सामने भी; तुम बाबर की औलादों को अपना समझ रहे हो। तुम इन आतताइयों, मलेच्छों के साथ उठ बैठ रहे हो। तुम्हारे हृदय में वास्तविक सनातनी संस्कृति लगातार दम तोड़ रही है। जिन्हें तुम्हें त्रिशूल पर टाँग देना चाहिए, उन्हें तुम अपना रहे हो। तुम्हारे धैर्य की परीक्षा बहुत हुई। तुम्हारी सहिष्णुता अब तुम्हारी कमज़ोरी बन गई है। उठो और अपनी वास्तविक संस्कृति और धर्म की रक्षा करो। हम तुम्हें एक सही हिन्दू बनाएँगे, जिसका हृदय, आत्मा और शरीर, केवल और केवल हिन्दू होगा।

यह जो दोनों तरह के सही बनाने वाले ग़लत लोग हैं, इन्होंने ही जीना हराम कर रखा है। यह जो आपको सही मुसलमान और वास्तविक हिन्दू बना रहे हैं न, असलियत में आपकी ख़ूबसूरत नसों में ज़हर भर रहे हैं। यह जो सही वाला कॉन्सेप्ट है न, यही सबसे ग़लत है; यह आपको दूसरे धर्मों, संस्कृतियों से अलग कर रहे हैं; उनकी खूबियों से किनारे कर रहे हैं... दिलों में इतना फासला पैदा कर रहे हैं, कि आपको सामने वाला इंसान हर वक़्त गुनहगार और प्रत्येक दिल, पापी अधर्मी नज़र आए। मैं नहीं कहता, मैं सही हूँ; बस एक बार ठहर जाइये। थोड़े बिगड़े रहिये, पूरा सही मत होइये। आपके बिगड़ने से दिल सँवरते हैं। आपका दूसरी संस्कृति के प्रति लगाव, ईश्वर की मंशा का विस्तार है। आपकी, दूसरे मआशरे की मोहब्बत आपके दिल को नरम करती है। मैं फिर कह रहा हूँ, ऊपर की तरह सही मत बनिये; ग़लत ही रहिये... यक़ीन मानिये, अब तक आप ग़लत थे तो धर्म पर थे, जबसे यह सही करने लगे, तबसे आप अधर्मी हो गए।

बहकिये मत! धड़कते दिल आपका सहारा ढूँढ़ रहे हैं, मोहब्बत से उन्हें थाम लीजिये। थोड़े ग़लत भी हुए तो क्या हुआ; कम से कम दूसरे का दिल तोड़कर महापाप तो नहीं किया, किसी की रूह को नोचकर दोज़ख का रास्ता तो नहीं खोला। हल्का फुल्का एक दूसरे के साथ घुलमिल कर इंसान बने रहिये।

तमाशा

हाँ मानता हूँ, मेरे यह लफ़्ज़ बुरे हैं, उदाहरण तकलीफ़देह है, मगर क्या करूँ; अगर बर्दाश्त हो सके तो पढ़िए; सुनो... सुन सको तो सुनों, हम सबकी हालत एक वेश्या जैसी हो गई है; जैसे वह रोज़ बिस्तर पर हर दूसरे के संग आवाज़ें निकालती है, उसे एहसास कराती है कि मैं आज ही पहली बार सिर्फ उसके साथ लेटी हूँ; जबकि उसको अच्छे से पता है, बिस्तर और लोग बदलते रहेंगे, उसका काम तो एक है। उसका एहसास सुन्न हो चुका है, उसे फ़र्क़ नहीं पड़ता कि क्या हो रहा। उसे सिर्फ पैसों के लिए अपने नयेपन का एहसास करवाते हुए आवाज़ें निकालनी ही निकालनी हैं। उसी तरह हमारे भी एहसास सुन्न हो चुके हैं। जब कुछ बुरा होता है तो अफसोस लिख देते हैं, मोमबत्ती लेकर खड़े हो जाते हैं। दुआओं में भी यही हाल है.. बस रोज़ खड़े होकर माँगते रहते है। दुआ, प्रार्थना, पार्टी, जुलूस, सब जगह सिर्फ हम एक आवाज़ निकालते हैं, जिससे लोगों को एहसास हो कि हम हैं, संघर्ष है... जैसे वेश्या एहसास दिलाती है। ज़रा भी सच्चाई हो दर्द में, तो सिर्फ तमाशे न हों, काम हो; दिल से काम हो। जब दिल में कुछ उलझन होती है तो दुनिया उसे महसूस करती है, जुड़ती है और साथ चलती है। आज जो आपकी आवाज़ों की तासीर ख़राब हो गई, उसकी वजह ही है कि आपने लड़ाई सिर्फ प्रतीकों में लड़ी है। हम महँगाई, भ्रष्टाचार, अत्याचार, साम्प्रदायिकता, ग़रीबी, बेरोज़गारी, सूखा, किसान... सबके लिए बस एक आवाज़ ही उठाते आए हैं; वैचारिक जूझना तो हममें है ही नहीं। घर से निकलकर लड़ना, लोगों के साथ खड़े होना, भूखे प्यासे, बिना तमाशे के हमें अब नहीं भाता। विचारों की तो बात ही नहीं... विचार के लिए तो सिर्फ दो ही रास्ते हैं... या तो बढ़ जाना या तो मर जाना; तीसरा विकल्प विचार के लिए नहीं है। अपनी आवाज़ में सच्चाई, वज़न और मोहब्बत लाइए, ताकि एक अच्छा क़दम, फ़रेब न लगे। जिन्हें भी अल्पसंख्यकों, बहुसंख्यकों, पिछड़ों, दलितों, महिलाओं या किसी के लिए वाक़ई कुछ करना है, मुल्क से ज़रा भी मोहब्बत है, वह निकले; तब तक निकले, जब तक या तो दिक़्क़त ख़त्म न हो जाए, या वो ख़ुद। वैसे यह कठिन रास्ता है; बेहद कठिन। आसान है, बिस्तर पर पड़े आवाज़ निकालना। अपना रास्ता

ख़ुद चुनें। जिन्हें कड़वी लगें यह बातें; उन्हें लगें। आप मुझे जी भर कोस लीजिये, मगर एक बार अपना गिरेबान झाँक कर देखिये, कि आप दर्द के लिए कितना लड़े हैं, कैसे लड़े हैं; कब तक लड़े हैं... या सिर्फ लड़ने के लिए लड़े हैं

लुटा पिटा ज़मींदार

एक झटके में जमींदारी गयी। हज़ारों बीघा का मालिक, जिस्म भर के ज़मीनी टुकड़े में सिमट गया। अनाज से भरे जाने वाले सैकड़ों गोदामों में कुत्ते लोटने लगे। बग्घी के घोड़ों को उसने आज़ाद कर दिया, क्योंकि अब भूख से लड़ने की बारी उसकी थी। लम्बे लम्बे बरामदे और उसमें बिछी सफ़ेद चादरें सूनी हो गईं, हुक्कों की आग बुझ गई, आवाज़ की कड़क धीमी हो गई। शेरवानी, दीवान में चली गई और सादे से कुर्ते पैजामे ने जिस्म को ढँक लिया। ताँबे के बर्तनों की जगह अल्युमिनियम ने ले ली। चीनी की प्लेट चिटख गईं। चिटखन के निशान हर बर्तन पर ऊसर ज़मीन सी तस्वीर बनाने लगे। ज़मींदार, हरियाली के बाबत ख़ूब लड़ा अपने आप से, अपने बच्चों के मायूस चेहरे देखकर ख़ूब तड़पा, क्योंकि उसके हाथ में कोई हुनर नहीं था। हमेशा खरीदने वाले हाथों ने बेचना शुरू किया। ज़ेवर, बर्तन... यहाँ तक गरारों के लचके गोटे तक बिके। अपने सामने मुँह बाए बड़ी हवेली देखता, फिर जेब। सिसकता हुआ, दीवारों पर लगी काई को देखता रहा। अपने बचपन में आख़री बार पुती हुई दीवारों को देख, उसे एहसास हो गया था कि इस ज़िन्दगी में उसकी तरह यह कोठी अब दोबारा नहीं चमकेगी। ज़िन्दगी की सीलन में खुश था, कि चलो, उसकी हज़ारों बीघा ज़मीन, सैकड़ों का पेट भरेगी... सैकड़ों को वह एहसास देगी, जो उसकी पुश्तों ने सैकड़ों साल उठाया। असर भी हुआ। ज़मीन पाया हर शख़्स आगे बढ़ चला और वह ज़मींदार सबसे पीछे। हर शख़्स आगे बढ़ बढ़ दूर बढ़ गया। ज़मींदार पिछड़ते पिछड़ते इतना पिछड़ गया कि अब लोगों को उसका नाम भी याद नहीं। अपने बच्चों को रियासत की कहानी सुनाते सुनाते, हाशिये पर बैठा वह ज़मींदार, दुनिया से कूच कर गया। लोगों ने पुर अक़ीदत से कहा, मियाँ, अच्छे ज़मींदार थे।

बेच दें

प्लीज़ कोई तो इसको बिकवा दो! यह मेरी क़लम है, जिसने ख़ूब लिखा है; सब पर लिखा है, हर जगह, हर एक, हर मौज़ू पर लिखा है... मैं इस क़लम को आज बेचना चाहता हूँ। यह लिखते लिखते इतनी बिगड़ चुकी है कि यह अब मेरी भी नहीं सुनती। मैं देख रहा हूँ, इसमें सियाही पूरी भरी है, फिर भी यह लिख नहीं रही है। मेरी यह क़लम, खाई अघाई हुई है, तभी इसे कमज़ोर पर लिखकर ज़ाया नहीं होना है। मैं क़लम से कहता हूँ कि तुम कश्मीर के डेढ़ महीने के कफ़्यूँ पर लिखो, तो वह रुक जाती है; हमसे कहती है, कश्मीर की ख़ूबसूरत वादियों पर लिख दूँ? मैं झिड़क देता हूँ। फिर कहता हूँ, महीनों से लापता AN32 विमान पर लिखो, उसमें बेचारे 43 सैनिक लापता हैं; तो क़लम फिर रुक जाती है... कहती है, स्वर्ग की सीढ़ी पर लिखूँ? मस्त लिखूँगी। मैं डाँट देता हूँ, मगर बेहिस कलम मेरा कहा एक लफ़्ज़ नहीं लिखती। मैं कहता हूँ कि चलो अच्छा, आतंकवाद पर लिखो, तो क़लम कहती है इससे अच्छा मैटेरियल आई एस आई एस में है, वह लिख दूँ। मैं कहता हूँ, सियाचिन में खड़े सैनिक की बर्फ़ से ढकी टाँग में ठण्ढ से फटी एड़ियों पर लिखो, तो वह कहती है, यह मज़ेदार नहीं है। मैं कहता हूँ कि बलात्कार के बाद औंधी पड़ी उस लड़की की सिसकियाँ लिखो; तो वह कहती है कि लड़की का पास्ट लिखूँ? मैं चाहता था कि पैलेट गन से छलनी चेहरों को लिखूँ, तो वह कहती है सेब और ज़ाफ़रान पर लिखूँ। मैं बेरोज़गारी और महँगाई पर चाहता था मेरी क़लम चले, मगर वह कहती है कि बढ़ती हुई जीडीपी पर लिखूँ। मैं कहता हूँ कट्टरपंथ पर लिखो, तो वह कहती है, जाओ और जितनी चाहे कोशिश कर लो, मैं नहीं लिखूँगी। मेरी क़लम मेरे बस से बाहर हो गई है, इसे बेच देना बेहतर है। कोई इसे ख़रीद ले, ताकि इसे सही दिशा मिल सके। यह मेरी तरह अपनी मर्ज़ी की मालिक हो गई है, इसलिए दो आज़ाद ख़याल लोग एक जगह नहीं रह सकते। तुम दूर हमसे, बहुत दूर चली जाओ। वैसे बिकने से पहले एक सच तुम्हें ज़रूर बता दूँ; तुममें मेरा ही ख़ून है; जहाँ जाओगी, वहाँ आख़िर कब तक दुनिया की भीड़ को देखकर लिखोगी; एक न एक दिन तुम चाहोगी सच लिखना, जब तुम्हारे अंदर सच को सच कहने, ज़ुल्म को

जुल्म कहने, झूठ को झूठ कहने की पुरानी सलाहियत आ जाएगी; तब तुम कहीं भी होगी, मैं लपक कर तुम्हें अपना लूँगा। इस दोराहे पर हम और तुम साथ नहीं चल सकते। जब तक मैं जूझता हूँ, तब तक तुम प्रेमगीत लिखो। चलो, कुछ वक़्त के लिए हम अलग हो जाएँ।

कश्मीर

कश्मीर न जन्नत है, न ही ख़ूबसूरत ज़मीन का टुकड़ा; यह सिर्फ और सिर्फ एक प्रयोगशाला है। यहाँ इंसान नहीं रहते... यहाँ वह जिस्म हैं, जिन पर सिर्फ प्रयोग किया जाता है। अब ज़रा देर छद्म देशभक्ति को किनारे रख दीजिये; अपने-अपने धर्मों के चोंगे उतारकर खूँटियों पर टाँग दीजिये। आइये, एक एक कप चाय साथ लेकर बैठिये। देखिये, यह एक प्रयोगशाला है कि नहीं। देश में आने वाले हर उन्नत हथियार को प्रयोग करने की इससे ख़ूबसूरत जगह कोई हो सकती है? पहले के हथियारों का ज़िक्र करके आपके उचाट हो चुके मन को नहीं थकाएँगे। हम अभी की बात करते हैं। आपने पैलेट गन का प्रयोग किया, सैकड़ों की आँखें चली गईं। जिस्म पर आपकी सोच के तारामण्डल बन गए। दुनिया को लगा, यह तो हैवानियत है; तब आपने देखा और कहा, ओह! गलत हुआ, यह पैलेट ठीक नहीं हैं; अब से इनके लिए मिर्ची बम ठीक रहेगा; वह इन्हें बेहोश कर देगा, इनकी लड़कियों को भी बेहोश कर देगा... शायद बेहोश जिस्म कुछ काम आ जाए। खैर छोड़ो, मिर्ची बम देखो; हम बताएँ, जब यह भी प्रयोग हो जाएगा, तब आप कालीमिर्च बम का भी लगे हाथ प्रैक्टिकल कर लीजियेगा। वैसे उस बम का भी प्रयोग करिये न, जो ज़बान को ख़त्म कर देता है। ताज्जुब है कि आप पोखरण गए थे, परमाणु बम का प्रयोग करने; अगर कश्मीर में किया होता तो अच्छा प्रयोग होता। मैं शुरू से देखूँ तो यह वाक़ई प्रयोगशाला ही तो है। राजा हरी सिंह, शेख़ अब्दुल्लाह, कथित सांस्कृतिक संगठन, राजनीतिक दल, धार्मिक कट्टरपंथी, आतंकवादी, अलगाववादी, सबके लिए प्रयोगशाला। कश्मीरी पंडितों का पलायन भी तो

एक प्रयोग था। यहाँ प्रयोग ख़ूब हुए हैं और डिस्टिल वाटर की जगह इंसानों के ख़ून का ख़ूब इस्तेमाल हुआ है। मैं घर में उस मंत्री की बात के ज़िक्र को सुनता रहा हूँ, जिसकी घनिष्ट दोस्ती, जवाहर लाल नेहरू और शेख़ अब्दुल्लाह दोनों से रही है; जिसके बुलावे पर शेख़, बिना शक किये दिल्ली आ गए और गिरफ़्तार हो गए। जिसकी कोशिश से कश्मीर में चरमपंथी किनारे हो गए थे, वह रफ़ी अहमद क़िदवई थे, जिनकी अचानक मौत ने उस क़दम को तोड़ दिया, जिससे कश्मीर में मरहम लगता थाः कुछ बेहतर रास्ता निकल सकता था। अब उनको भी ज़रा ढूँढ़िए, जो किसी भी हाल में कश्मीर में सुकून नहीं देखना चाहते थे। नेहरू को बदनाम करने के लिए नेहरू को बिना बताए वह कौन था, जिसने शेख़ की गिरफ़्तारी का आदेश दिया? वो कौन लोग थे, जो कश्मीर में धार्मिक विद्रोह के बीज बो रहे थे? मैं लिखूँ तो किताब भर जाए। ऐसा नहीं है कि कश्मीर में इकतरफ़ा नफ़रत बोई गई है; यहाँ नफ़रत का किसी ने पेड़ लगाया, तो किसी ने खाद डाली, तो किसी ने पानी डाला। बड़े सलीक़े से इस प्रयोगशाला में नफ़रत को पाला गया है। जब शेख़, धोखे से गिरफ़्तार हुए, तो उनके ही उत्तराधिकारी ने उनसे मुँह मोड़ा।

शेख़ अब्दुल्लाह के उत्तराधिकारी बख्शी ग़ुलाम मोहम्मद थे। रफ़ी अहमद क़िदवई ने उनसे कहा कि हम भरसक कोशिश करके शेख़ को रिहा करवा लेंगे। बख्शी ने जवाब दिया, शेख़ के रिहा होने के मायने हैं कि मेरा हट जाना। तब रफ़ी अहमद क़िदवई ने कहा कि इससे कोई फ़र्क़ नहीं पड़ता कि कौन आता है और कौन जाता; शेख़ का रिहा होना कश्मीर के लिए ज़रूरी है... कश्मीर में सुकून, देश के लिए ज़रूरी है और मैं देश के लिए कोई भी क़दम उठा सकता हूँ। रफ़ी अहमद ने संयुक्त राष्ट्र के प्रतिनिधि डॉ. ग्राहम को भी भारत बुलाया था। तब भारतीय मुसलमानों ने कश्मीर को भारत का अटूट अंग और कश्मीरी संविधान सभा पर पूरा विश्वास और पाकिस्तान के दावे के विपरीत हस्ताक्षर का ज्ञापन दिया था, जिसका पॉज़िटिव असर रहा और बाहरी देश इससे दूर ही रहे।

रफ़ी अहमद क़िदवई, आख़िरी दम तक यह कहते रहे कि कश्मीर को नासूर बनने से पहले, हमें उसे उसके नेचर के साथ अपनाना होगा।

मैं उन सभी सालों को लिख सकता हूँ, जिसमें कश्मीर में प्रयोग की नींव रखी गई। मेरे लिए इतिहास बड़ा महत्त्व अब नहीं रखता। मैं आपमें से बहुतों के बहुत से उलटे सीधे कमेंट पर कान भी नहीं धरता। मेरे लिए कश्मीर को भारत के अभिन्न अंग के साथ उसे प्रयोगशाला बनने से रोकना भी है। मेरे लिए ज़मीन की अहमियत, इंसान की अहमियत से ज़्यादा नहीं है। कितना गन्दा लगता है सुनते हुए कि अब इन पर पैलेट की जगह मिर्ची बम डाली जाए। मुझे नहीं लगता कि इनमें से किसी के पास इसे सुलझाने की समझ या नीयत है। कश्मीर पर हर बात करने वाला बढ़िया तर्क रखता है, मगर उस तर्क में कश्मीरियत नहीं होती। मैं नहीं कहता कि मेरा हर लफ़्ज़ सही ही है, मगर इतना तो देखिये, जो हम कश्मीर में करते हैं, वैसे देश के दूसरे हिस्सों में भला करते हैं? पुलिस पर पत्थर मारने वालों से हम एक जैसा बर्ताव करते हैं? नहीं। मेरी सिर्फ इतनी ख़्वाहिश है कि कश्मीर को प्रयोगशाला मत बनाइये; वहाँ इंसान हैं, चूहे नहीं। एक एक इंसान की उतनी ही अहमियत है, जितनी आपकी और हमारी है। इसे बहुत से राज्यों में होने वाले चुनाव में फ़ायदा लेने वाला भी प्रयोग मत बनाइये। आपकी ज़बरदस्ती, वोट तो दिलवा देगी, मगर देश को कमज़ोर कर देगी। देश को पहले रखिये। देश, जोड़ने से मज़बूत होता है, तोड़ने से कमज़ोर। देखिए कि हमारी हरकतें जोड़ने वाली हैं या तोड़ने वाली। कश्मीर का हल हो सकता है, बशर्ते आप ईमानदारी से हल चाहते हों। हमारे मुल्क़ की बेहतरी के लिए एक बार धर्म, चुनावी फ़ायदे को किनारे करके ईमानदारी से बैठिये, ताकि कश्मीर में सुकून आए तो साथ ही मुल्क में सुकून आए। टूटे, मायूस, बिखरे हुए दिलों पर कभी कोई देश मज़बूत नहीं हो पाया है; समझिये और आगे बढ़िए।

वोह वादियाँ और तुम

उठते ही पहली फ़िक्र थी, कि आज यह पूरा पहाड़ पार कर लूँगा। जम्मू से वादियों की दूरी लम्बी थी। क़िस्से तमाम तरह के थे। भूख तो लगी थी, मगर जाने की जल्दी में खाना छोड़ दिया। अकेले का डर; ऊपर से

कश्मीर की तरह तरह की कहानियाँ। पहले भी गया था, मगर तब दसियों साथी थे। बातचीत में न रास्ता देखा न कोई फ़िक्र, मगर अब डर था। पहाड़ ख़ूबसूरत तो लग रहे थे, मगर डरा रहे थे। सब भीगा भीगा था। इतना भीगा कि मेरा माथा भी भीग सा रहा था। ढेर भर इलायची भी थी, मगर खाई नहीं जा रही थी। थोड़ी थोड़ी दूर पर लगे चेकपोस्ट पहले से डरे लड़के को और डरा रहे थे। एक तरफ़ गाड़ी में बैठे अनजाने लोग, दूसरी तरफ यह रौबदार रंगरूट। मन में था, काश कोई जानने वाला मिल जाए। तभी पाँच घण्टे के बाद गाड़ी एक जगह रुकी थी। हल्की बदली में रौशनी धुँधली हो गई थी, कि अचानक तुम दिख गईं। तुम्हें देखते ही लगने लगा कि वाक़ई ख़ुदा है। तुम्हारे होने से मैं चहक उठा। मुझे वादियाँ ख़ूबसूरत लगने लगीं। तुम्हें देखते ही लगा कि वाक़ई इकलौती तुम ही तो हो, जो मेरे हर बुरे वक़्त पर मिलीं। जैसे ही तुमने बढ़कर मुझे छुआ, मेरी रूह खिल गई, एक हिम्मत सी आ गई। जैसे ही तुम मेरे होंठों से आ लगीं, मेरी दुनिया मुझे यहाँ दूर वादियों में मिल गई। रास्ते से ठंढे हुए बदन ने हल्की सी गर्मी के एहसास को जिया। अब सारे अजनबी लोग दोस्त लगने लगे। रंगरूटों की ख़ूबसूरत मुस्कानAK47 पर भारी पड़ गई। तुम्हारे होने से ही ख़ूबसूरती निखर आई। मुझे लगा कि वाक़ई, मैं तुम्हारी मोहब्बत से कुछ वक़्त के लिए ख़ाली था, तभी यह मायूसी आई। सुन लो! हाँ सुन लो मेरी चाय, तुम्हारे बग़ैर मैं ऐसा ही हो जाता हूँ। मेरी, हाँ सिर्फ मेरी चाय; तुम यूँ इतनी देर दूर मत रहा करो, आओ हम तुम एक हो जाएँ। या तो तुम मुझे पी लो या तो मैं तुम्हें। मेरी चाय, सिर्फ तुम ही तो हो, मेरी रूह, मेरी हिम्मत, मेरा हौसला; तुम्हारा गाढ़ा रंग मुझे कश्मीर से ज़्यादा ख़ूबसूरत लगने लगा है उस दिन से। चलो देर हो गई काफी; आओ, अब देर मत करो... मेरा सबकुछ, मेरी चाय...

मोबाइल

चाय के साथ जैसे ही मोबाइल उठाया तो पहली नज़र fb पर गई। कुछ देर देखा। अलग अलग विचारों, तस्वीरों को देखा, फिर पोस्ट

लिखकर डाल दिया। पोस्ट डालने के बाद fb से बाहर निकल वॉट्सएप देखा... बहुत से मैसेज। कुछ के जवाब दिए, कुछ गोल। कोई अच्छा मैसेज लगा, फॉरवर्ड कर दिया, फिर वहाँ से भी बाहर। इतने में एनडीटीवी के एप ने पन्द्रह बीस खबरें भेज दी, वो देखने लगे। उसी में एडिटोरियल बढ़िया आ गया, उसे पढ़ डाला, कि तभी समंदर पार बैठे भाई का मैसेज आ गया तो उसे देखा। उनसे बात का सिलसिला शुरू हुआ। कुछ देर बाद वो ख़त्म हुआ तो लगा, अभी मेल तो चेक नहीं किया। फौरन मेल देखा। कुछ ज़रूरी का जवाब, नहीं बाक़ी डिलीट। किसी ने अर्जेंट आर्टिकल माँगा, तो उसके लिए अर्जेंट लिखने लगा।

लिखते में लगा, यह तो हमें पूरा मालूम नहीं, चलो गूगल खोलते हैं। गूगल पर गए... तबियत से ढूँढ़ा पढ़ा, मगर मतलब का कम ही मिला। फ़ौरन उस सब्जेक्ट की मौजूद ई-बुक ढूँढ़ी गूगल प्ले स्टोर से... खरीदी, पढ़ डाली, फिर लिखना शुरू। किसी तरह चाय, नाश्ते के साथ यह सब चला, कि दूर के रिश्तेदार की वीडियो कॉल आ गई। बातचीत फिर शुरू। वो ख़त्म हुई तो नज़र ब्लॉग पर गई। आज तो लिखा ही नहीं। लिखने से पहले लगा कि fb चेक कर लें, कुछ आया तो नही। fb के बाद दोबारा वाट्सएप फिर ब्लॉग। ब्लॉग लिखने के बीच पसन्दीदा ब्लॉग को पढ़ने का रुख। पढ़ने में किसी ने यूट्यूब वीडियो का बढ़िया रिव्यू लिखा, तो उसे ढूँढ़कर देखने लगा।

इसके बाद बारी आती है ट्विटर की। बढ़िया सा ट्वीट किया और वहाँ से दफ़ा हुए। उतने में आई राइटर का मेल आ गया। उन्हें तीन आर्टिकल चाहिए। वो लिखे, कि फ्रीलांसर एप ने बताया कि फलाँ बुक का रिव्यू चाहिए। वो लिखा, उसके बाद दूसरा मेल। उसी बीच फोन। फोन पर बात के बाद मैसेज। तो मैसेज के जवाब। बेड़ा ग़र्क हो हमारा। हमें यह समझ नहीं आ रहा, कि हम मोबाइल यूज़ कर रहे हैं या मोबाइल हमें। दूसरे सवाल करते हैं, हर वक़्त मोबाइल हाथ में... उन्हें कौन बताए कि इसमें हम क्या क्या कर आए हैं। कोई रिश्तेदारों से न मिलने का ताना दे रहा, तो उन्हें कैसे बताएँ कि समन्दर पार के भी रिश्ते निभा रहा हूँ। कोई पढ़ाई का ताना दे, तो कैसे दिखाऊँ कि इसी मोबाइल में सैकड़ों ई-बुक पड़ी हैं। चाय मोबाइल चाय मोबाइल चाय मोबाइल... बेड़ा ग़र्क है।

एक दिन आजिज़ आकर मोबाइल बैग में डाल दिया कि आज नहीं छुएँगे। उसी दिन क़रीबी रिश्तेदार निकल गए। पूरा घर हैरान इत्तेला को। जब वो क़ब्र में कीड़े मकोड़ों से जा मिल बैठे, तब हमने फोन देखा और अफ़सोस किया। कोशिश कर रहे हैं कि दुनिया को देखें... टच स्क्रीन से नहीं, वाक़ई महसूस करके। बड़ी खूबसूरत है। पूरे का लब्बोलुआब यह है कि यह जो कमबख्त स्मार्टफोन है न, बड़ा स्मार्ट है। ग़ुलाम बना लिया है कमबख्त ने। अरे बुरा न मानो, अभी चार्जिंग पर लगा रहे हैं। ज़रा सा कुछ कहो, सुख़्र होने लगते हैं। इनकी अदाओं पर लिखने को बहुत कुछ रह गया है, इसलिए कम लिखे को बहुत बहुत बहुत ज़्यादा मानियेगा। ज़िन्दगी, सिमटकर चाय के कप और स्मार्ट फोन में आ गई है। लोग कहते थे, पैर चलते हैं, यहाँ तो उँगलियाँ सुबह सुबह कई किलोमीटर चल आती हैं। ख़ैर इसमें बुराई भी क्या; सब कुछ एक जगह है, बढ़िया ही है... मज़े कीजिये।

शम्मो

झींगुर की आवाज़ सीं सीं आ रही थी। रूसे के पत्तों पर हल्की हल्की ओस ठहर रही थी। बँसवारी के बाँस आपस में हल्के हल्के मिल रहे थे। दूर से कहीं कुत्तों के भौंकने की भी आवाज़ें आ रही थीं। कोहरे की शाम ने गाँव के खड़ंजे पर पर्दा डाल रखा था। दूर एक बल्ब जल रहा था। उसी के सहारे, पैर तेज़ी से बढ़ रहे थे, कि अचानक पतवर की ओट से किसी की सिसकियाँ सुनाई दीं। डर और फ़िक्र, मिलकर उस तरफ देखने को मजबूर कर रहे थे। बड़ी मुश्किल से लगा की कोई लड़की है; मगर रो क्यों रही है। हिम्मत बटोरकर पास गए तो देखा, शलवार पकड़े वो जम्पर ढूँढ़ रही है, दर्द से रो भी रही थी। क़रीब जाकर ग़ौर से देखा तो शम्मो थी; पागल शम्मो। कोई इस ठंढे अँधेरे में इतना ठण्ढा हो चुका था कि पागल शम्मो में भी अपनी हवस देख चुका था। पता था, दूसरी सुबह चाहे शम्मो चीख़ चीख़ के रोए, किसी को फ़र्क़ नहीं पड़ता। हाँ, प्रधानिन को तरस आ गया तो रोटी चाय ज़रूर दे देगी। मैं भी अगली सुबह चीख़ता रहूँगा, तो भी

सिवाए हँसी मज़ाक़ के कुछ नहीं होगा। उस वक़्त बिना डरे बस उसका जम्पर ढूँढ़कर दे दिया और बैग में पड़ा दो रुपये के पारलेजी बिस्कुट का पैकेट। शम्मो, बिस्कुट देख, दर्द में भी मुस्कराकर बँसवारी में ग़ायब हो गई। एक पागल शम्मो, पूरे गाँव में पनपती गन्दगी को समेटे थी। कभी झाड़ियों में, कभी पुराने टूटे मदरसे के गिरे हुए कमरे में, कभी मियाँजान की मज़ार से सटी खुदी क़ब्र में, कभी पुआल के ढेर तो कभी आम की बाग़ की मड़ैया में, शम्मो सिर्फ़ गाँव भर के काम आ रही थी। एक पागल शम्मो, गाँव की दूसरी लड़कियों के लिए सुरक्षा थी। उस रात जब वो भागी तो फिर नहीं दिखी। वो कब आई थी किसी को नहीं याद, वो कहाँ गई, किसी को नहीं फ़िक्र। हाँ, वो लम्पट ज़रूर ज़िक्र कभी कभी कर देते, जो दिन में तो उसे चिढ़ाते, मगर रात में उसे अपना लेते। हमारे बीच एक पागल की इससे ज़्यादा क्या अहमियत। तफ़रीह तफ़रीह सिर्फ तफ़रीह... और अगर पागल लड़की हुई तो दो क़दम आगे। शम्मो का पागलपन बहुतों के लिए फ़ायदेमंद था। उस रात इतनी ठण्ढ थी कि उसने या तो शम्मो को जमा दिया था, या तो हमें। अब तो वो रास्ता और डराता है। अब तो झींगुर की आवाज़ के साथ शम्मो की सिसकियाँ भी सुनाई देती हैं। पूरी तरह उजाड़ हो चुके गाँव में कहीं शम्मो की शलवार तो कहीं जम्पर, तो कहीं दुपट्टा दिखाई देता है। कभी ज़मींदार की ख़ाली हो चुकी कोठी में पागल टहलते छोटे मियाँ में शम्मो दिखती है, तो वीरान मस्जिद की मुंडेर पर बैठी चील की आँखों में शम्मो। हर ज़ुल्म की एक ख़ामोश सज़ा होती है, जो अपने साथ वीरानी, मनहूसियत और हैवानियत लाती है। शम्मो का बँसवारी में ग़ायब क्या होना था कि, बाँस ने भी फूल दे दिए और पूरा का पूरा गाँव काँटों में बदल गया।

परत दर परत ज़बान

काली झक शेरवानी, शैम्पू की हुई ज़बरदस्त काली दाढ़ी, होश उड़ा देने वाला इत्र। जनाब की रीढ़ बिलकुल सीधी, ज़बान में तलवार की धार सी सफ़ाई। जनाब के इंतज़ार में बेक़रार महफ़िल। एकदम से सफेद चादर और

गाव तकिये से सजे स्टेज में जनाब की आमद हुई और महफ़िल ने ज़ोर ज़ोर से नारे लगाना शुरू किया। लग रहा था आज आसमान फट पड़ेगा। काली शेरवानी वाले ने धीमी सी सधी हुई आवाज़ में बोलना शुरू किया। धीरे-धीरे लहजा गर्म होता गया और चेहरा सुर्ख़। महफ़िल ज़ार क़तार रो रही थी। जनाब, रसूल की सीरत पर आ गए थे। उनके दो जौ की रोटी खाने और पत्थर पेट पर बाँध करके इंसानों को इंसान बनाने को बता रहे थे। रसूल और जौ की रोटी, महफ़िल, रसूल की शिद्दत की मेहनत और सब्र पर बेतहाशा रो रही थी। जनाब चीख़ चीख़ के लोगों के दिलों में गर्म पानी डाल रहे थे। जब क़रीब तीन घण्टे बाद उनके दिल में जमा सारा मवाद बाहर आ गया, तब उन्होंने सुकून पाया और तक़रीर खत्म हुई।

तभी एक मामूली सा आदमी उचक कर उनके सामने आया और कहा, मोहतरम, आपने हमारी आँखें खोल दी; आज तो आपको हमारे साथ ही खाना खाना होगा। जनाब को पहले से पता था कि हर तक़रीर के बाद यह क़ौम बेलौस मोहब्बत से भरकर दावत देने की आदी रही है। मुर्ग़ा और बिरयानी उनका इंतज़ार कर रहा था। जनाब ने हामी भर दी। सबसे हाथ वाथ मिलाकर जनाब उसके घर पहुँचे। सामने खाना लगाया गया। जनाब, खाना देख भड़क गए। सामने सिर्फ़ जौ की रोटी और सिरके में पड़ा प्याज़। जनाब को लगा, इससे तो गला छिल जाएगा। सुर्ख़ आँखों से देखकर उन्होंने उस मामूली आदमी से पूछा कि यह क्या है? उसने बड़ी मासूमियत से कहा, हमारे रसूल वाला खाना; इससे अच्छा आपके लिए क्या हो सकता है... आज आपकी तक़रीर ने हमारी आँखें खोल दीं। जनाब ने ख़ून का घूँट पी, उसे देखा और कहा, बेवक़ूफ़! कहाँ मेरा गुनहगार मुँह और कहाँ रसूल; कहाँ यह रसूल के मुबारक होंठों को छूने वाली जौ और कहाँ मेरा गुनहगार मुँह; तुम उनके लुक़्मे को मेरे मुँह में लगाकर गुनहगार हो जाओगे; जाओ मेरे लिए कुछ मामूली सा, घूरे पर चरने वाला, तुम्हारा ठुकराया अनाज बीन बीन कर खाने वाला खाना लाओ, मेरा गुनहगार मुँह रसूल की बराबरी नहीं कर सकता, जाओ यह जौ की रोटी ले जाओ। बेचारे ने मासूमी से कहा, तो वोह क्या है जो घूरे पर चरता हो? जनाब ने चीख़कर कहा बेवक़ूफ़, मुर्ग़ा लाओ।

खैर, ऐसे जनाब हर जगह हैं, गली कूचे में हैं। एक बार इन्हें

पकड़िये; देखिये इनके लफ़्ज़ सिर्फ लफ़्ज़ हैं या किरदार में हैं। यह आपसे बच्चे पैदा करने को कहेंगे, मगर यह ख़ुद इससे ख़ाली होंगे। ये वो लोग हैं, जो किसी दंगे, किसी धर्मयुद्ध में शहीद भी नहीं होते। यह माइक पर चीखते हैं और आप पागलों की तरह ख़ून पीने को तड़प उठते हैं। सरल जीवन जीने की सलाह देने वाले, ख़ुद इतनी कठिन ज़िन्दगी जीते हैं कि कभी भी AC पंडाल, सेक्योरिटी, बड़ी बड़ी गाड़ियों से बाहर नहीं आते हैं। आप डिग्रियों का ढेर लगाकर भले अपने आप को पढ़ा लिखा कहें; अगर यह आपको एक झटके में प्रभावित कर जाएँ तो आपकी कुण्टलों डिग्रियाँ दो कौड़ी की हैं। मज़हब को अपने दिल ओ दिमाग़ से समझें, न कि इनसे। बार बार कह रहा हूँ कि अगर आप इनकी दलीलों में आकर चीखते हैं, लड़ते हैं, तो प्लीज़ अपने आपको पढ़ा लिखा मत कहें। मेरे लफ़्ज़ बुरे लगेंगे, मगर एक बार अकेले में, ख़ामोशी से, अपने इर्द गिर्द ईश्वर का ध्यान करके इनके बोल और इनके किरदार को समझिये, तौलिये, फ़र्क़ देखिये; फिर दिल जो भी गवाही दे, वो ही ईश्वर की आवाज़ है, वही सच है। अपनी ज़िन्दगी को डमरू मत बनाइये। मुस्कुरा के जिएँ और दूसरे की मुस्कान बचाए रखिये, ताकि हमारे बच्चों के चेहरों पर मुस्कान रहे और हमारा मुल्क मुस्कराता रहे।

सच्चा सलाम

तुम्हारे दिल पर निकले छालों पर अपने नाख़ून रख सकता हूँ; तुम चीख़ उठोगे; तुम्हारे ज़ख़्मों में नमक डाल सकता हूँ, तुम तड़प उठोगे। मेरे पास लफ़्ज़ हैं, जिनसे तुम रोओगे, चीखोगे, तड़पोगे; मगर क्या होगा, कुछ भी नहीं। मैं अपने शहीदों की ऐसी दास्तान लिख सकता हूँ, जिस पर तुम हफ़्तों मायूस बैठोगे... मगर मैं ऐसा नहीं करूँगा। मेरे लिए तुम्हारे आँसू, तुम्हारी चीख़ों, तुम्हारी तड़पन की कोई ज़रूरत नहीं है। मैं तुम्हारे नक़ली दर्द में अपने लफ़्ज़ बेकार नहीं करना चाहता; मैं तुम्हारे ज़बरदस्ती के रोने को अल्फ़ाज़ नहीं देना चाहता। मेरा हर लफ़्ज़ उसके लिए है, जो देश के लिए दिल से तैयार है। मैं उन्हें एक रत्ती भी शब्द नहीं दे सकता, जिनका

देश-प्रेम क़दम क़दम पर बदलता हो; जो सैनिक की शहादत पर ज़बरदस्ती के आँसू निकाले और नागरिकों की मौत पर ठहाके लगाए। मैं तिरंगे में लिपटे उस शहीद सैनिक की धड़कन को आवाज़ दूँगा, जो आख़िरी तक अपने नागरिकों की हिफ़ाज़त के लिए लड़ा; जिसका पहला और आख़िरी दिन अपने देश के नागरिकों के लिए था। मेरे लफ़्ज़ तुम्हारे दिमाग़ को खुरच रहे होंगे, तुम्हारे सड़े दिमागों में नफ़रत की बदबू उठने लगी होगी। मुझे फ़र्क़ नहीं पड़ता। मैं हर उसके साथ हूँ, जो दिल, दिमाग़, रूह से मुल्क के साथ है। अभी वक़्त है; सारा बनावटीपन छोड़ दो, दिलों से नफ़रत को निकाल दो और एक हो जाओ। तुम आपस में मामूली मामूली चीज़ के लिए लड़ते हो, खोखले विचारों के लिए लड़ते हो और दुश्मन... दुश्मन तुम्हारी दरारों में तेज़ाब डालकर, तुम्हारी रीढ़ तोड़ देता है। तुम्हारे दिलों में इतनी दरारे हैं, जिस पर हर बात बेमानी लगती है। एक बार खड़े होकर छत से, देश को देखो... हर हिस्से में नागरिक मर रहे हैं, लूटे जा रहे हैं, बलात्कार हो रहे हैं, नफ़रत में सर काटे जा रहे हैं, घर जलाए जा रहे हैं। जिसको यह सब दृश्य सुंदर लगते हों, वो मेरे शहीद सैनिकों का मातम मत ही मनाए। मेरे सैनिक, मेरे नागरिकों के लिए शहीद हुए हैं; उन सैनिकों की रूह, तुम्हारी नफ़रत और तोड़ने की आदत से बेचैन होगी। कोई कुतर्क मत देना, क्योंकि तुम्हारे पास नफ़रत करने के इतने कुतर्क हैं कि तुम्हारा उसमें साफ़ चेहरा भी नहीं दिखता। ऐ मेरे सैनिकों! तुम्हारी शहादत से हम टूट रहे हैं; वादा, कि अंत तक तुम्हारे मक़सद के साथ रहेंगे। मुल्क का हर नागरिक खुश रहे, सुरक्षित रहे, तरक़्क़ी करे, यही तो तुम्हारा सपना है... हम सब पूरा करेंगे।

ठहाके वीरानियत

देखो इस लखौरी पर पैर मत रखना; यह मेरे गुज़रे हुए अपनों ने अपने हाथों से जोड़ी हैं। इसमें लगी माश की दाल, मेरे अपने खेतों में हुई थी। तुम उस दरवाज़े की दहलीज़ पर भी पैर मत रखना, वो मेरे परदादा ने अपने परदादा के लगाए नीम के पेड़ से बनवाई थी। यह जो सामने मेरी टूटी

हुई दीवारों की कोठी दिख रही है न, इसमें आँगन में दो दर्जन पलँग लगते थे। सफ़ेद चादरों पर बैठे हमारे अपने खूब हँसते, ठहाके लगाते। ऐसे ठहाके, कि कमज़ोर दिल वाले डर जाते। आज सब ख़ामोश है। आँगन में ऊँची ऊँची घास उगी हुई है, ताखों पर चरागों की जगह मकड़ी के जाले हैं। टूटी हुई छत पर झाड़ फ़ानूस की जगह चमगादड़ लटकी हुई हैं।

आज तुम हमारे साथ हो तो बता दें, जब इस घर से हमारी दादी का जनाज़ा जा रहा था, तो पास में फफकती बूढ़ी माई कह रही थीं कि भय्या यह घर ठहाकों से भरा हुआ था, यहाँ हँसी की आवाज़ें पिछली दीवारों तक सुनी जा सकती थीं। सारे लोग ख़ुशदिल और मज़ाक़िया थे। फिर भी जब वो ठहाके मारकर ज़ोर ज़ोर हँसते, तो दूर पलँग पर बैठी बड़ी बी रोकतीं। वो कहतों, अरे बेहयों, इतना मत हँसो; ठहाके, वीरानीयत की अलामत हैं, यानि ठहाके, आने वाले सन्नाटे की आवाज़ हैं। हम सब ठहाके लगाकर उन पर ही हँस लेते... मगर आज क्या कहें।

ठहाके हमारे दिल को दहला देते हैं। तुम यह वीरानीयत देख लो। टूटे चूल्हे और चबूतरे को देख लो। झड़े हुए दर ओ दीवार को देख लो, घर में टहलते नेवले और अबाबील को देख लो। मैं आज तुम्हें यहाँ लाया हूँ कि जब कभी मैं बहुत खुश होकर ठहाका लगाऊँ तो प्लीज़ हमें हमारी बिखरी हवेली याद दिला देना। ज़्यादा खुशी में मैं अपने पुरखों की तरह बहक जाता हूँ। हमारे ठहाके दूसरों के दर्द को नज़रअंदाज़ कर जाते हैं। हमारी ख़ुद की हँसी हमारे कानों को बहरा कर देती है। मेरे क़दमों को रोक लेना। मैं नहीं चाहता कि मेरे फर्श में लगे संगमरमर को तोड़कर उसमे घास निकले और मेरी नक़्क़ाशीदार ख़ूबसूरत छत पर चमगादड़ लटकें। तुम पकड़कर मेरे ठहाकों को मुस्कान में बदल देना; ऐसी मुस्कान, जिसमें सबका दर्द हमेशा दिखता रहे। तुम ठहाकों में बहरा होने से रोक लेना मुझे।

फ़र्ज़ी

एक मुँह बोले सूफ़ी थे। खूब ज्ञान की उल्टियाँ करते फिरते। उनके पास हमेशा हर तरह के सवाल का जवाब रहता था। एक दिन एक पड़ोसी ने

उन्हें आजिज़ करने की सोची। सुबह ही उनके दरवाज़े पर पहुँचा और सलाम करते ही एक सवाल दागा। अरे सूफ़ी साहब! गू का मज़ा क्या होता है? सूफ़ी साहब बेचारे ग़ुस्से में लाल पीले हो गए, दरवाज़ा बन्द कर लिया। अब क्या था... रोज़ सुबह शाम उनसे यही सवाल... बेचारे वह भागने लगे। कोई राह न सूझे। अज़ाब जान हो गया पड़ोसी। फिर तंग आकर अपने बुजुर्ग उस्ताद, जो बेहद सच्चे और तजुर्बेदार थे, उनके पास पहुँचे, उनसे यह परेशानी बताई। उन्होंने उस पड़ोसी को बुलवा भेजा। उस शरारती पड़ोसी का उनसे भी वही एक सवाल। बड़ी ख़ामोशी से उन्होंने जवाब दिया, मीठा; गू मीठा होता है। पड़ोसी कहने लगा, वह कैसे? क्या आपने चखा है? बुजुर्ग बोले, नहीं, बस उस पर मक्खियाँ बैठी देखी हैं; जहाँ तक हमें लगता है, मक्खियाँ ज़्यादातर मीठी ही चीज़ पर बैठती हैं; अगर आप चखकर तस्दीक कर दें, तो मेरा जवाब पुख़्ता हो जाए; आने वाली नस्ल को मज़ा भी पता चल जाए और आपका नाम भी मशहूर हो जाए। अब क्या था... पड़ोसी कहाँ भाग गए पता नहीं। उस्ताद ने अपने मुँह वाले सूफ़ी को ख़ूब हिदायत दी। कहा, काम करो, लगन से मेहनत करो; सिर्फ़ प्रवचन नहीं, वरना तुम्हारे जैसों के ही लिए यह फालतू सवालों वाली तादाद खड़ी है। यह लोग रोज़ तुमसे उलटे सीधे सवाल करेंगे, जिनसे किसी का कोई मतलब नहीं, मगर तुम ऐसे ही उलझे रहोगे। यह तुम जो चीख़ते फिरते हो, यही तुम्हारे गले की हड्डी बनता है, इसलिए बोलने से ज़्यादा काम और इबादत में लगो; वही ख़ुदा की आवाज़ है... उससे अच्छे अच्छे बदल जाएँगे, न कि तुम्हारी गला फाड़ आवाज़ से।

जंगलियत

घने जंगलों के बाद जब उसने बाहर क़दम रखा, दूर तक मैदान, रौशनी, तो वो चहक उठा। लम्बे अँधेरे के बाद रौशनी ने उसे सुरक्षा दी, तो वो उसे पूजने लगा। जंगल में चीज़ें क़रीब थीं, तो बड़ी दिखती थीं; मैदान में चीज़ें दूर थीं, तो उसकी आँखों ने मेहनत की और दूर का देखने की ताक़त

विकसित की। जंगल में वो झुक कर चलता था, मगर मैदान में उसने आसमान देखा, उस पर चमकता सूरज; तब उसकी गर्दन और जिस्म खड़ा हुआ। मैदान में उसने सुबह को शुभ माना और रात को अशुभ; सूरज को भगवान माना, तो अँधेरे को शैतान। फ़ायदा पहुँचाने वाली चीजों को समेटा और नुक़सान पहुँचाने वाले से दूरी बनाई। फ़ायदे को भगवान और नुक़सान को शैतान की चौखट पर पटकते वो आगे बढ़ रहे थे।

मैं आपको बहका नहीं रहा, बस उस ज़िन्दगी को बता रहा हूँ, जब हम और तुम बन रहे थे। जंगल से मैदान, मैदान से जंगल; दो तरह की ज़िंदगियाँ बन रही थीं। जिस्म तरह तरह से बढ़ घट रहा था, दिमाग़ अपने भगवान और शैतान को डर और उल्लास के साथ गढ़ रहा था। जंगल की उभरी आकृतियाँ, मैदान में साथ ही थीं। ज़बान, लफ़्ज़ फोड़ रहे थे। समूह बनना, शिकार, खेती, भगवान, शैतान, पूजा, खाना... सब कड़ी कड़ी जुड़ रहा था। इंसान का विकास ऐसे ही तो हुआ है... एक दूसरे के अनजाने बोल को लफ़्ज़ में उतारना, समझना और हाथ पकड़कर निर्माण में लगना। यह बिलकुल वैसे ही हो रहा था, जैसे दिल काम करता है। दिल, पहले खून खींचता है, फिर बाँटता है, फिर रुकता है। यह तीन क्रियाओं से जिस्म चलता है; वैसे ही इंसान चल रहा था।

अब समझो इस बात को, कि हम क्यों वापिस लौट रहे हैं। पहले एक होने की जद्दोजहद थी, तो अब बिख़रने की क्यों है। अब हमारा रिवर्स गेयर लग चुका है। हम इतना बँट चुके हैं, जितनी जिस्म में हड्डी नहीं। रंग, धर्म, जाति, ज़मीन, धन, कपड़े, बोली, भाषा, खाने सबमें बँट चुके हैं। यह बँटना तो शुरू से साथ था; बस एक चीज़ जब तक नहीं बँटी थी, तब तक सब सुंदर लगता था; वो था दिल। जंगल से मैदान तक दिल नहीं बँटे थे, कोई किसी की भौतिक चीजों पर अपना निर्माण नहीं रोकता था। मेरी बात को ध्यान से सुनो; देखो, तुम्हारे दिल की सिलाई खुल चुकी है। अब तुम निर्माण के रास्ते पर नहीं हो, बल्कि विनाश के रास्ते पर हो; जिस अँधेरे को तुमने शुरू में बुरा कहा था, वो तुम्हारे दिलों को सियाह कर चुका है।

वैसे मैं निराश नहीं हूँ... मुझे पता है यह रुकने वाला पल है, यह सियाही कोयले वाली है, जो एक बार फिर जलकर रौशनी पैदा करेगी। यह

उन्हीं दिलों में पैदा होगी, जिनके दिलों में नफ़रत नहीं होगी; जिनके दिलों में इतनी जगह होगी कि उसमें दूसरा ख़ुशी से रह सके। संकुचित, काली कोठरी से बन्द दिलों का निर्माणकाल ख़त्म हुआ है। वो वक़्त काटें बस। कभी कोई हवा उनके सीलन भरे दिल को ज़रूर दहकाएगी और वो फिर से निर्माण की प्रक्रिया का हिस्सा बनेंगे, जैसे हमारे पुरखे बने थे। जिस दिल से मोहब्बत चली गई, उसका निर्माण रुक गया। आप अपना निर्माण मत रोकिये; जीवन, पृथ्वी, सभ्यता को विस्तार दीजिये। मोहब्बत से ही विस्तार होगा; बाक़ी सारे रास्ते झूठे हैं।

महात्मा गाँधी

देखिये! गाँधी भगवान नहीं हैं, गाँधी को ज़बरदस्ती देवता मत बनाइये। मेरा यक़ीन न हो तो गाँधी की खादी की चादर हटाकर ख़ून के निशान देखिये... देखिये कैसे एक दिमाग़ से पैदल प्यादे ने कैसे गाँधी पर गोलियाँ चलाई। क्या गाँधी के बहते ख़ून से भी आपको नहीं लगता कि वो भगवान नहीं हैं। मैं तो कहता हूँ कि आप उन्हें सन्त भी मत कहिये। गाँधी के जिस्म को देखिये तो एक एक पसली गवाही देगी कि हाँ वोह इंसान ही थे; बस पसलियों के अंदर मत झाँकियेगा। पसली के नीचे दबे दिल को मत देखिएगा, वरना ऊपर कही हर बात सवालों में निपट जाएगी। दिल में उनके जो मानवता बाँहें फैलाए बैठी है, वो आपको खींच लेगी; दिल के रास्ते गाँधी आपको अपने जादू से खींच लेंगे, आपके दिल में भरी नफ़रत को थपकी देकर कभी न उठने वाली नींद सुला देंगे। एक बार बिना किसी के कहे, अपने दिमाग़ से देखिए कि गाँधी कौन हैं। मैं जब लिख रहा हूँ, तो गाँधी मेरे सामने हैं; इशारे से तारीफ़ के पुलिंदे लिखने को मना कर रहे हैं। मैं ग़ौर से उनकी गहरी आँखों को देख रहा हूँ। मुझे लगा वो रो रहे होंगे, मगर नहीं; उनके दिमाग़ में कुछ चल रहा है। वो चाह रहे हैं, मैं मानवता को लिखूँ, मैं अहिंसा की बात करूँ, मैं दिल जोड़ने में लगूँ, मैं देश को मोहब्बत से एक करूँ, मैं इंसानियत के ख़ून के ख़िलाफ़ आवाज़ बुलन्द करूँ, मैं

बेइंसाफी को मज़बूती से खड़े होकर रोकूँ, मैं ग़रीब को सहारा दूँ, मैं दुनिया के सामने ख़ूबसूरत दुनिया बनाने का नक़्शा रखूँ, मैं बच्चे बच्चे के दिल से ख़ौफ़ दूर करूँ, मैं नफ़रत को खूब ऊँचाई से गिराकर चकनाचूर कर दूँ... मगर... हाँ, मगर जैसे ही मैं सामने बैठे गाँधी से कहता हूँ कि आपकी सफ़ाई को हम थाम रहे हैं, तो गाँधी बिना देर किये उठ कर चले जाते हैं। हमें पता है उनको धक्का लगा होगा कि विचारों के अथाह प्रवाह में भी हमने क्या थामा। गाँधी को ख़ारिज मत कीजिये, क्योंकि लाख कोशिश के बाद भी उन्हें ख़ारिज नहीं कर पाएँगे। उनके विचार को पढ़िए; आलोचना का दिल करे तो कीजिये। गाँधी, खुदा नहीं हैं, जिनकी आलोचना गुनाह हो; बस यह देखिये की गाँधी कितने अहम् हैं। उनकी हर बात को परखिये; न समझ आए तो वक़्त दीजिये... गाँधी आसानी से समझ आ जाएँगे। उनके दिल को देखिये, उसमें ज़िंदा मोहब्बत को महसूस कीजिये और देखिये, दुनिया गाँधी के पीछे क्यों पागल हुई जा रही है। उन्हें पता है, दिल को जो सुकून देगा, वो हैं गाँधी; जो दिल को तरावट देगा, वो हैं गाँधी; जो जोड़ेगा, जो बनाएगा, जो निखारेगा, जो ऊँचाई पर ले जाएगा, जो हमेशा दिलों को हौसला देगा; वो हैं गाँधी। गाँधी को भगवान, देवता या सन्त बनाकर क़ैद मत कीजिये... उन्हें अपने जैसा देखिये तो आप उन्हें जी पाएँगे, उनसे सीख, आगे बढ़ पाएँगे। यही तो गाँधी हैं, जो थोड़ा थोड़ा हम सबमें हैं।

गोमती नदी

हाहाहाहा! कैसी बचकानी हरकतें हैं तुम्हारी। तुम आज मुझे गन्दी और नापाक कह रहे हो, तुम मुझे छूने से भी बच रहे हो; डर रहे होगे, कहीं बीमार न पड़ जाओ। तुम्हे पता है, तुम्हारे दादा... नहीं नहीं परदादा, या उनके भी दादा मेरी कितनी इज़्ज़त करते थे। जब भी मेरे पास आते तो मैं भी पूरे खुलूस से उन्हें समेट लेती थी। इस मोहब्बत से उन्हें चाहती थी कि उनके अंदर बाहर दोनों की गन्दगी मुझमें घुल जाती और वो निकलते तो पाक और शफ़्फ़ाफ़। मैं सदियों से तुम्हारी ख़िदमत करती आ रही हूँ,

आज़ाद बेलौस मोहब्बत के साथ और तुम आज मुझे छूने से भी घबराते हो, हैरत है। मालूम है, मुझमें वो पहले सी ताज़गी नहीं, मगर ये तो मेरे बस में नहीं था। तुम्हें पता है, तुम मुझसे दूर क्या हुए, मुझे लोगों ने ऐसे जकड़ दिया, जैसे मैं आवारा थी। मुझे संगेमरमर में चुनवाने की साज़िशें चल रही हैं और तुम मदमस्त बेफ़िक्र मेरे ही सामने बैठे चाय पी रहे हो। अपने पुरखों की लाज रख लो, मुझे ऐसे तो न चुनवाओ। जब तुम गंदे से आते थे तो मैं तुम्हें नहलाती थी; आज मैं गन्दी हूँ तो तुम मुह मोड़ रहे हो। तुम्हारे मैलेपन में मेरी गलती न थी, लेकिन मेरे मैलेपन में तुम्हारा ही हाथ है। मुझे पता है मैं ही चुनवाई जाऊँगी, क्योंकि मैं एक औरत हूँ और तुम आदमी बनकर मुस्कराना, ठहाके मारकर चाय से खेलना। तब भूल जाना अपनी गोमती को, गोमती नदी को; गोमा मैया को। यूँ ही किनारे बैठे मुझे कंक्रीट में सिसकने देना... जाओ ऐ बेवफा। मैं एकटक आँसुओं के साथ गोमती नदी को देखता रहा और वो यूँ ही शिकायत करती रही।। अंतराष्ट्रीय नदी दिवस पर मैं गोमती के पाँव पकड़कर दिनभर रोना चाहता हूँ; चाहता हूँ कि मेरे आँसू तुम्हें खड्डा कर दें गोमा... हम, गोमती और चाय, तीनों बेवफा; जाने कब धोखा देंगे एक दूसरे को...

कर्बला

क्या अब मैं तुम्हारी आँखों में आँसू लाने के लिए उनकी शहादत को लिखूँ, या कहो तो तुम्हारे मुर्दा दिलों में जुम्बिश के लिए उनके ख़ून के इक इक क़तरे को अल्फ़ाज़ दूँ। मैं तो यह भी नहीं कर पा रहा कि तुम्हारे नफ़रत से भरे दिलों को इंसानियत की हवा दूँ। तुम्हारे घर की चौखट पर खड़ी सच्चाई, मोहब्बत और इंसानियत को किसने किसने ज़िंदा रखा, तुम्हें तो यह तक नहीं पता।

तुम्हें तो यह भी नहीं सुनना पसन्द, कि यह जो हक़ है, यह जो सच्चाई है, यह जो सही है, यह जो धर्म है; यह कैसे आज तुम्हारे सामने, तुम तक पहुँचा।

कभी दिल करे कि ज़ुल्म के ख़िलाफ़ कैसे खड़े होते हैं तो कर्बला का रुख़ करना। जब लगे कि तुम्हारे हक़ को तुम्हारे सामने कुचला जा रहा हो, तब कर्बला की तरफ देखना; जब ज़ालिम का जुल्म तुम्हारी बच्चियों पर उतरे, तब कर्बला को देखना। हाँ, तब भी कर्बला को देखना, जब तुम टूटने लगो... जब तुम्हारे अपने, तुम्हें हक़ बात कहने, करने से रोकें; जब तुम्हारे अपने लोग खुदा की राह के काँटे बनने लगें, तब तुम्हें कर्बला, रास्ता दिखाएगा।

छह महीने के प्यासे बच्चे की गर्दन में धँसे तीर के दर्द और हक़ पर मिटने की ललक को महसूस कर पाना, तो सोचना, यह जो गुलदस्ता तुम्हें मिला है, यह है क्या। कभी दुनिया में ऐसी लड़ाई की जीत देखी है, जिसमें 72 बनाम हज़ारों की तादाद हो और 72 में से ज़्यादातर शहीद होकर भी आज भी ज़िंदा हों? उन 72 के लश्कर का अमीर, शहीद होने पर भी करोड़ों दिलों, दिमाग़ में ज़िंदा हो।

कभी मज़हब, फ़िरक़ा, पार्टी, विचार, सियासत से फुर्सत मिले तो हुसैन को पढ़ना, कर्बला को देखना, हर खून के क़तरे पर नज़र रखना... तब तुम्हारे दिल को भी मज़बूती मिलेगी; दिल की बुज़दिली, नफ़रत खत्म होगी और मोहब्बत, इंसानियत के साथ तुम भी जुल्म के ख़िलाफ़ और ज़रूरतमंद के साथ खड़े हो पाओगे।

विटामिन्स और मिनरल्स

यह जो सामने पालक पनीर, राजमा चावल और रोटी से सजी थाल है, ज़रा नज़रें झुकाकर देखिये इसे। जब यह ज़बान पर पहुँचता है तो ज़बान लपक कर इसे समेट लेती है, दाँत खुशी खुशी इसे चबाते हैं। यह सब मिलकर पेट से उठ रही ज़बरदस्त भूख को मिटाने चल देते हैं। गले से सरकता हुआ निवाला पेट में पहुँचता है; जिस्म के हर हिस्से अपनी-अपनी ज़रूरत की चीज़ें इससे लेने लगते हैं। खाने में मौजूद प्रोटीन, आयरन, विटामिन्स, ग्लूकोज़ जैसी सभी काम की चीज़ें पूरे जिस्म में बिखर जाती हैं।

जब सब काम की चीज़ें निकल जाती हैं, तब क्या बचता है...

तब बचता है गू, जो देर सबेर पेट से बाहर आ जाता है। अब ज़रा आईना देखिये। अपने जिस्म की तरह रूह को देखने की कोशिश कीजिए। रूह के लिए ज़रूरी चीज़ें, इंसानियत, मोहब्बत, सब्र, एहसास, सच्चाई, उन विटामिन्स की तरह हैं। इनके निकल जाने पर आप वैसे ही हैं, जैसे पेट से निकला फ़ालतू, बेकार, ग़ैरज़रूरी पदार्थ यानि गू। जैसे पेट से निकला गू बदबू करता है, वैसे ही बिना मोहब्बत, इंसानियत के रूह भी बदबू करती है। जब रूह को ज़रूरी विटामिन्स और मिनरल्स नहीं मिलते, तो वो नफ़रत से अपनी ताक़त लेती है। जब नफ़रत रूह में दाख़िल हो जाती है, तब जो सड़ांध फैलती है, वो अच्छे से अच्छे दिमाग़ को पागल कर सकती है।

तय करिए कि रूह को क्या उसकी ख़ुराक आप दे रहे हैं। जिस्म तो चल ही रहा है, रूह को उसके हिस्से के विटामिन्स और प्रोटीन मिल रहे हैं। आप जो बेचैन, हैरान, परेशान घूम रहे हैं, यह कुछ और नहीं है, बल्कि आपकी रूह को उसका हिस्सा नहीं मिल पा रहा। यक़ीन न हो तो इंसानियत को थामिये... रूह को सुकून मिलेगा तो बेचैनी भी दूर होगी। नहीं थामियेगा तो नफ़रत आपको झुलसाएगी, रूह भुनेगी; बेचैनी आपको वहशी बना देगी।

रास्ते बड़े साफ़ से हैं, बस अपनी आँखें साफ़ कीजिये; सुकून से रहिये और रहने दीजिये। फ़ालतू के सवालों, नफ़रत से भरी बहसों, ऊलजलूल कुतर्कों से अपनी गन्दगी के वायरस दूसरों में मत डालिये। भारत समेत दुनिया को अच्छाई की दरकार है। बुराई तो झब्बों में ढेर है; बस रूह में झाँकिए और मुस्कान की वजह बनिए, न कि आँसुओं की वजह।

हड्डी

यह जो जिस्म है, ज़रा ग़ौर से देखिये इसे। इसमें अलग-अलग खाल है, खाल के नीचे गोश्त है, गोश्त में नसें हैं, नसों में ख़ून है। ख़ून में अब

हम नहीं घुसते, वरना पूरी विज्ञान लिख जाएगी। इस ख़ून, नस और गोश्त के ख़मीर के नीचे हड्डी है। जब मेरी नज़र हड्डी को देखती है तो रुक जाती है। सोचता हूँ कि क्या इन हड्डियों की ज़रूरत थी। बिना हड्डी के बदन को देखते हैं तो सिर्फ़ गोश्त की गठरी दिखती है, यानि पूरा जिस्म बिना हड्डी के खड़ा भी नहीं हो सकता। जब मैं और ग़ौर से देखता हूँ तो हड्डियाँ मुझे अनुशासन की निशानी लगती हैं। हाँ, यह हड्डियाँ हमारे जिस्म पर अनुशासन हैं। गोश्त कहीं से भी मुड़ सकता है, मगर हड्डी नहीं। हड्डी उतना ही मुड़ेगी, जितना जिस्म के लिए ज़रूरी है। उससे ज़्यादा मोड़ने पर टूट जाएगी, चटख जाएगी। मैं जब इंसान की रीढ़ को देखता हूँ तो लगता है कि टुकड़ों टुकड़ों में भी हम काफ़ी झुक सकते हैं, मगर सीधी दिशा में; दिशा के उलटे होते ही वो टूटने लगती है। मुझे लगता है कि थोड़ा अनुशासन हड्डी की तरह ही है, जो ज़रूरी है; जो हमें खड़ा रखता है, जो हमें समेट लेता है, जो हमें एक सुन्दर आकृति देता है। इसलिए जिस्म की तरह ज़िन्दगी में भी अनुशासन ज़रूरी है। थोड़ा अनुशासन ज़रूर रखिये, अपने पर और अपनों पर। जिस्म की तरह मुल्क को भी उस हड्डी की ज़रूरत है। यह अनुशासन हमें हमारे रहन सहन में दिखना चाहिए। जैसे बदन आपका है और हड्डी आपकी, वैसे ही मुल्क आपका है और अनुशासन भी आपका; जैसे चाहिए मुल्क की तामीर कीजिये, समाज बनाइये; सब आप पर ही है। अपने रास्ते और रास्ते के नियम और अनुशासन को तय करके आगे बढ़िए; बस आगे बढ़ जाइये... ख़ूब आगे।

हम्म

          ''उफ्फो! अईल्ल्लाह, बिलकुल चला नहीं जा रहा है; पता नहीं क्या हो गया हैं कमबख़्ख़ पैरों में।'' कराहती हुई आवाज़ से मियाँ मंसूर अली की हमेशा आँख खुलती थी।

          यह कराहना किसी और का नहीं, बल्कि उनकी बेगम हमीदा का था। बेचारी, जहां के सारे रोगों में मुब्तिला थीं। हाई ब्लड प्रेशर, शुगर तो उनकी साँसों के साथ गुँथे हुए थे। पचपन की उम्र में भी पैर ऐसा निकला, कि

लगता था कि जुड़वा नहीं, तुड़वा रही हैं। चलना तो पहाड़ ही था। मंसूर मियाँ को बहुत ही खलता था। दिन भर कचेहरी की भागदौड़ के बाद बेगम का रेंकना उनसे बर्दाश्त नहीं होता था। आज भी झल्लाकर कहा, पचास बार कहा है कि कोई नौकरानी रख लो; अब हम वकालत करें या तुम्हारे लिए कामवाली ढूँढ़ें। उधर से “हाँ हाँ, जब अच्छी थी, तब तो हर बात में शीरा लगती थी; उम्र बीत गयी खिदमत करते तो अब चिल्लाओगे तो है ही, अल्लाह उठा भी नहीं लेता है, लाचार बनाकर रख दिया है।’’ ‘‘अच्छा अच्छा, अनाप शनाप न बक्को, आज रशीद मियाँ से बात करते हैं, शायद उनकी कोई जानने वाली काम कर जाए... वह काफी सोशल हैं तो हो सकता है बात बन जाए।’’ मियाँ मंसूर ने ढाँढ़स बँधाया। बेगम फिर बोलीं, ‘‘कह दीजियेगा 11-12 साल की लड़की हो; इससे ज़्यादा की होगी तो पर निकली हुई होगी; दिन भर आवारागर्दी करेगी, कोई देखने वाला भी नहीं होगा।’’ ‘‘हाँ हाँ कह देंगे, वैसे देखने के लिए बाबर और फसीह हैं।’’ हाँ, हमारे 10-11 साल के लड़के ज़रूर सँभाल पाएँगे उड़न तशतरियाँ वो।’’ हमीदा के दो ही बेटे थे, बाबर और फ़सीह। दोनों में साल भर का फ़र्क था। बाबर 12 का और फ़सीह 11 साल का था। दोनों बच्चे भी अम्मी की बीमारी से परेशां थे। घर में खुशी होने पर भी कराहने की आवाज़ आती थी। हालाँकि हमीदा में बड़ी हिम्मत थी। घिसट घिसट कर भी वह खाने का इन्तिज़ाम तो कर ही लेती थी; अच्छा बुरा जैसा हो, कच्चा से पक्का हो जाता था।

उसी शाम में मियाँ मंसूर ने दो दो ख़ुशख़बरी दी हमीदा को, ‘‘बेगम! दो कामवाली मिल गयी हैं; एक 30-35 की है और दूसरी 11-12 साल की; बड़ी वाली दोनों टाइम खाना बना दिया करेगी और छोटी वाली तुम्हारे साथ रहेगी, तुम्हारी ख़िदमत करेगी। अल्लाह का बड़ा शुक्र है, लेकिन दो दो ख़र्चे कैसे उठेगा?’’ ‘‘अच्छा तुम पैसों की फ़िक्र न करो, यह तुम्हारा काम नहीं हैं, जाओ आराम करो; कल से गुड़िया और नसीमन आ जाएँगी।’’ ‘‘अच्छा अच्छा।’’ हमीदा कहती हुई धम्म से बेड पर गिर गयीं और ज़लज़ले वाले खर्राटों से घर आबाद हो गया। दोनों बच्चे भी बड़े खुश थे। चलो अब शायद ढंग का खाना मिल जाए।

अगली सुबह नसीम पहले आ गयी। उसे खाना बनाना था।

‘‘सलामवालेकुम बाजी!’’ ‘‘वालेकुम, तुम्हीं नसीमन हो?’’ हमीदा ने पूछा।
‘‘हाँ अम्मी, हम इधर कॉलोनी में सारे शरीफ घरों में खाना बनाते हैं; कल
वकील साहब ने कहा तो हमने कहा कि पहले बताते साब, काहे तकलीफ़ में
रहे; अब हम आ गए हैं अम्मी आप परेशान न होइए।’’ हमीदा मन में
बुदबुदाई बड़ी बक बक करती है। खैर ‘‘हाँ ठीक है, तुम बस खाना बना
दिया करो, बाक़ी बातें वकील साब कर ही चुके होंगे।’’ ‘‘जी अम्मी और
बताइए आपको क्या पसंद है, हम आपकी पसंद के खाने बना बनाकर
आपको सेहतयाब कर देंगे; हमने अपनी सास को उठाकर बैठा दिया, आप
तो माशाल्लाह अच्छी हैं; दौड़िएगा अम्मी दौड़िएगा।’’ ‘‘हाँ हाँ तुम बड़ी
ख़ुशदिल हो; जाओ रोगानिया रोटी और आमलेट बना लाओ नाश्ते में,
अल्लाह तुम्हारी ही सुन लें।’’ कहकर हमीदा ने पीछा छुड़ाया।

इतने में एक दूसरी औरत एक बच्ची लिए आ गयी। ‘‘सलाम
बाजी!’’ वालेकुमसलाम आप कौन?’’

‘‘अरे बाजी, वकील साब कहिन था बच्ची के लिए, उसी को लेके
आई हैं।’’

‘‘हाँ हाँ, क्या नाम है?’’

‘गुड़िया।’

‘‘अच्छा ठीक है, बैठो।’’

‘‘बैठेंगे नहीं बाजी, बहुत काम है; बस इनका घर दिखाने आये थे।’’
‘‘अच्छा ठीक है, फिर आना।’’

गुड़िया को वहीं छोड़कर वह औरत चली गयी। गुड़िया 11-12
साल की थी। रंग गोरा, बाल घुँघराले, रंग उतरा सा था। गंदी सी फ्रॉक
पहने खड़ी थी। हमीदा ने मीठी सी आवाज़ में कहा, देखो बेटा गुड़िया
सलीके से रही तो सब कुछ मिलेगा, वरना फिर तुम जानो। गुड़िया ने सिर्फ
इतना कहा ‘जी।’ गुड़िया थी बहुत सीधी या बनी हुई सीधी, ख़ुदा जाने।
बचपन में ही बेचारे की माँ ख़त्म हो गयी थी... बाप पाल रहे थे अब तक,
लेकिन दूसरी शादी की वजह से ज़्यादा दिन पाल नहीं सके शायद, तभी तो
वह हमीदा तक पहुँच गयी। पूरा दिन हमीदा, गुड़िया से घर के क़ायदे

क़ानून बताती रही... अपने दोनों बच्चों के बारे में, उनकी पसंद नापसंद के बारे में सारे क़ायदे समझाने के बाद कहा, जाओ अब आराम करो।

अभी तक घर में चार लोग थे, गुड़िया से पाँच हो गए।

नसीमन तो दिन में दो बार आती थी। बाबर और फ़सीह ने अभी गुड़िया से बात नहीं शुरू की थी, लेकिन बाहर से लगता था, घर में तीन हम उम्र बच्चे हैं। गुड़िया को सभी ने अपना लिया, सिवाए बाबर के... पता नहीं वह क्यूँ उससे चिढ़ता था। कभी भी बाबर ने गुड़िया से सीधे मुँह बात न की... शायद दोनों बराबर के थे। कोई भी काम उसे गुड़िया से करवाना होता था तो हमीदा से कहता था और वह गुड़िया से कहकर काम करवा देती थी। खैर... रफ़्ता रफ़्ता वक़्त गुज़र रहा था। मंसूर मंज़िल में थोड़ी तो रौनक़ आ ही गयी थी; कम अज कम कराहना तो बंद ही हो गया था। हमीदा बेचारी तीन मंज़िला मंसूर मंज़िल में ग्राउंड फ़्लोर में क़ैद सी थीं। सीढ़ियाँ चढ़ना उनके बस का नहीं था। अन्दर के कमरों में बाबर और फ़सीह का क़ब्ज़ा था। एक दिन गुड़िया से कहा हमीदा ने, गुड़िया, कभी ऊपर भी देख लिया करो जाकर; कुछ साफ़ सफ़ाई कर दिया करो; हम तो चार पाँच साल से छत पर नहीं गए... आख़िरी बार ईद का चाँद देखने चढ़े थे, तब से आज तक टीवी पर ही चाँद देख रहे हैं। गुड़िया ने कहा, जी हम कर देंगे अम्मी, आप परेशान न हों। गुड़िया के काम से सभी ख़ुश थे, खासकर हमीदा और बाबर को भी कोई ऐतराज़ नहीं था, बस वह गुड़िया से बोलता नहीं था। मंसूर मंज़िल में काम करते करते गुड़िया को साल भर हो गया। अब तो घर के सभी फ़र्दों के मुक़ाबले गुड़िया को ज्यादा पता था, कि कौन सा सामान कहाँ रखा है। पूरा घर गुड़िया पर डिपेण्ड था। अच्छा, शुरू से गुड़िया को बाबर बड़ा खटकता था, लेकिन उसने कभी कुछ कहा नहीं। इसके बावजूद जब कभी बाबर नहाकर, नंगी पीठ निकलता, तो गुड़िया उसे कपड़े पहनते देखा करती। उसे ऐसा करना अच्छा लगता था। कभी परेशां सी हो जाती, कि उसे आखिर यह देखने में मज़ा क्यूँ आ रहा है, जबकि उसी वक़्त उसकी पसंद का सीरियल टीवी पर आ रहा होता। वह उस सीरियल को छोड़कर सिर्फ छुपकर बाबर की नंगी पीठ देखा करती। बाबर को इसकी ज़रा भर इत्तिला न थी। वह अपने को समझाती, लेकिन समझा न पाती। अक्सर काहिली में बाबर, स्कूल गोल कर जाता था। आज भी उसने गोला मारा।

मंसूर मियाँ कचेहरी निकल गए और फ़सीह स्कूल। घर पर तीन फ़र्द रह गए। अम्मा भी नाश्ता करके बेड पर लुढ़क गयीं और गुड़िया बाहर बरामदे में टेबल फैन लगाकर बैठ गयी। दोनों लोग रोज़ ही दोपहर भर सोया करते थे। एकदम से बाबर का चाय पीने का मन हुआ। उसने आज पहली बार सीधे गुड़िया से चिल्लाकर कहा, ''गुड़िया! एक कप चाय दे दियो।''

उधर से कोई जवाब नहीं आया। खैर... कुछ देर इंतिज़ार के बाद वह बाहर आया, देखा गुड़िया सो रही है। टेबल फैन सर पर चल रहा है, बाल उड़ उड़कर गालों पर जा रहे हैं। उसे यह देखकर बड़ा अच्छा लगा। उसने उस वक़्त गुड़िया को नहीं जगाया। कुछ देख देखा किया, फिर भागकर कमरे में गया और पेट के बल सो गया।

शाम को हमीदा की आवाज़ से गुड़िया जगी और एक कप चाय हमीदा को और एक कप चाय बाबर के कमरे में देने गयी। बाबर उल्टा पड़ा सो रहा था। उसने सिरहाने चाय रखी और बाबर को जगाने झुकी, कि एक अजीब सी ख़ुशबू से ठिठक गयी। शायद बाबर के पास से वह महक आ रही थी, लेकिन गुड़िया को लगा आज तक किसी भी परफ्यूम की ख़ुशबू उसने सर पर चढ़ नहीं सकी तो यह कौन सी ख़ुशबू है। अजीब सी ख़ुशबू थी। क्या यह बाबर की ख़ुशबू है। वह सवाल कर रही थी। एक बार उसने फिर सूँघना चाहा, लेकिन यह हिम्मत आ नहीं पायी और वह बाहर भागी।

भागते वक़्त उसने इतनी कस के दरवाजा बन्द किया, कि उसकी आवाज़ से बाबर जाग गया। उसने देखा, सिरहाने चाय रखी है। ज़ाहिर है, बाबर भी उस ख़ुशबू से अनजान था।

रात में हमीदा से बाबर कह रहा था, ''अम्मी, आज बिरयानी बनवाइए, बड़ा मन कर रहा है खाने को।''

हमीदा बोली, ''यह सूरज किधर से निकल रहा है; तुम्हारे पास तो कभी फ़रमाइश नहीं थी, क्या बात है बच्चू।''

और बाबर झेंप सा गया। ''कुछ नहीं, ऐसे ही बस मन किया।'' बाबर की पसंद की बिरयानी बनी, सबने बड़े मज़े से खाई। अगले दिन बाबर स्कूल में था। हमीदा आज अपनी अलमारी साफ़ कर रही थी। भानमती का

पिटारा थी अलमारी। एक से एक पुराना कबाड़ भरा था अलमारी में। ग़ैरज़रूरी सामान वह गुड़िया को देती जा रही थी। ''यह लो गुड़िया, यह इतर तुम रख लो; यह इत्र हमारे भाई मित्र से लाये थे; हमारे पास तो ढेरों हैं, यह तुम रख लो।

गुड़िया ने उनके हाथ से इत्रदान लिया। ज़बरदस्त सुनहरे पत्ते और पत्थरो का जुड़ा हुआ बाक्स था।

उसने शीशी निकाली और खोलकर सूँघा। वाक़ई उसने आज से पहले कभी इतना महँगा इत्र देखा न था।

उसकी ख़ुशबू उसने ज़िंदगी में पहली बार सूँघी थी, फिर भी उसे उस ख़ुशबू से ज़्यादा, बाबर के पास से आ रही ख़ुशबू अच्छी लगी थी, क्यूँकि आज भी उसके दिमाग़ में वही ख़ुशबू रह रह कर आ रही थी।

अब तो बाबर की भी अकड़ कुछ कम हो गयी थी। वह भी चुपके चुपके गुड़िया को देखा करता। एक रात सबके सोने के बाद बाबर ऊपर से उतरा और सीधा गुड़िया के पास पहुँच गया। कुछ देर अँधेरे में गुड़िया को देखा किया और चला गया।

उसे ख़ुद नहीं पता था वह ऐसा क्यूँ कर रहा है, क्यूँ जाग रहा है। पता नहीं गुड़िया में ऐसा क्या है, जिसे वह चाहने लगा है। एक शाम बाबर, चीकट हुआ घर आया। बारिश में भीग गया था, ''अम्मी, बहुत दर्द है सीने और सर में; पूरा जकड़ गए हैं।'' हमीदा बोली ''विक्स लगा लो, दवा न खाना।'' ''हाँ लगा दीजिये।'' हमीदा ने कहा हम नहीं लगायेंगे, हमारे हाथ में सूजन है, एक हाथ तो उठ ही नहीं रहा; गुड़िया से कहो लगा दे। बाबर ने कहा उससे नहीं लगवाएँगे, आपको लगाना हो लगायें वरना रहने दें, हम जा रहे हैं। ऊपर हमीदा ने कहा जाओ जूझो, हम नहीं करेंगे, आखिर हर्ज़ ही क्या है गुड़िया से लगवाने में; बहुत बड़े हो गए हो। बड़बड़ाती रही, फिर गुड़िया को आवाज़ दी और वो आ गयी। गुड़िया यह लो विक्स; जाओ बाबर के पीठ और सर में लगा दो, बेचारा जकड़ गया है। गुड़िया ऊपर चली गयी। दरवाज़ा बंद था, खटखटाया। कौन है? हम विक्स लगाने आये हैं। जाओ रहने दो। ''लगवा लीजिये, सर्दी कम हो जाएगी।''

कुछ देर बाद आवाज़ आई, आओ अच्छा, दरवाजा खुला है। गुड़िया ने धक्का दिया, दरवाजा खुल गया। बाबर लेटा हुआ था। वह पास गयी, शर्ट उतारकर चादर ओढ़ लें, ताकि विक्स कपड़ों में न पुँछ जाए।'' बाबर ने शर्ट उतार दी। गुड़िया ने विक्स हाथ में ली और सबसे पहले सर में लगाया। बाबर को बड़ा अच्छा लगा। फिर वह उलट गया पीठ में लगवाने के लिए। विक्स की ख़ुशबू नाक में घुसी जा रही थी, लेकिन गुड़िया को तो बाबर की महक ने पागल कर रखा था। उसने झट से उसकी पीठ पर हाथ रख दिया। बाबर का दिल तेज़ तेज़ धड़कने लगा। उसे पता नहीं था कि यह दिल क्यूँ उछल रहा है, जबकि उसने बीसों बार विक्स, अम्मी से भी लगवाया, लेकिन कभी ऐसा नहीं लगा। ख़ैर... गुड़िया पूरी पीठ में विक्स लगा रही थी और एकटक चमकती हुई गोरी पीठ को घूरा भी। उसे बचपन में किसी भी खेल से ज़्यादा आज विक्स लगाने में मज़ा आ रहा था। वह गर्दन से कूल्हों तक एक बार में हाथ फेरती और हटा लेती। एक अजीब सा मज़ा दोनों को आ रहा था।

एकदम से उसने कहा, ''अब सीधे हो जाएँ तो सीने में लगा दूँ।'' और फ़रमाबरदार बच्चे की तरह बाबर सीधा हो गया। गुड़िया ने फिर विक्स हाथ में लेकर सीने पर हाथ रखा। बाबर को लगा, दिल बैठ ही गया। ख़ैर उसने आँखों पर अपनी कलाई रख कर क़ाबू पाया। गुड़िया धीरे-धीरे उसके सीने पर हाथ फेर रही थी। अभी तो बाबर का सीना बिलकुल साफ़ था, लेकिन फिर भी गुड़िया का हाथ उस पर फँस फँस के चल रहा था। गुड़िया, विक्स की फिसलन और बाबर के सीने के चिकनेपन से खेलने सी लगी। बाबर सिर्फ राल घूँट रहा था, उसके मुँह से कुछ भी न निकला। हाँ उसकी साँसें ज़रूर तेज हो गयी थीं। बाबर, बिस्तर पर सीधा सीधा पड़ा हुआ था। गुड़िया ने देखा कि उसके पैजामे में कुछ अकड़न सी है। गुड़िया कुछ देर उस अकड़न को देख रही थी। सीने पर हाथ फेरते फेरते, गुड़िया का भी सीना फूलने लगा था। अचानक उसने झुक कर देखा अपना सीना, तो शर्मा गयी। या ख़ुदा, यह क्या बला है। वो घबरा रही थी, लेकिन उसे ऐसा करने में जो लज़्ज़त आ रही थी, उसका उसे अंदाज़ा न था।

अब तो बाबर के पास से और तेज़ महक आने लगी थी। गुड़िया ने विक्स लगाते हुए महसूस किया कि बाबर के बग़ल से ज़्यादा महक आ रही

है। उसे लगा, शायद उसने बग़लों में कुछ लगाया होगा। लेकिन इस ख़ुशबू से गुड़िया का सर फटा जा रहा था। एकदम से आवाज़ आई, गुड़िया! विक्स लगाने गयी हो या बनाने; आधा घंटा हो गया ऊपर गए हुए, कहाँ हो। ''गुड़िया झट से उठी, ''जी अम्मी! बस आई।'' और लड़खड़ाती हुई वो नीचे उतरी बहुत हड़बड़ी सी। हमीदा ने टोका, क्या हुआ गुड़िया तुम हाँफ क्यूँ रही हो? कुछ नहीं अम्मी, जल्दी जल्दी जीने से उतरी हूँ, इसलिए। उधर बाबर, दोनों टाँगों में तकिया दबाकर सो गया। बेचारा आज भीग जो गया था।

बाबर अभी चौदह साल का ही तो था। लम्बाई बढ़ गयी थी। थोड़े थोड़े बाल, गाल और होंठों में उग आये थे। उसे नहीं पता था कि उसे गुड़िया क्यूँ पसंद है। उसने तो कभी गुड़िया को जीभर देखा भी नहीं था, लेकिन उसकी नज़र उठते बैठते, गुड़िया के उभारों पर ठहर जाती थी। झिझककर वो मुँह फेर लेता था। उस दिन विक्स लगाने के बाद से वो गुड़िया के कमरे में चला जाता, उसे सिर्फ देखता रहता। एक आध बार तो गुड़िया को लगा कि कोई है, लेकिन उसने कभी कुछ कहा नहीं। हाँ, बाबर की ख़ुशबू तो वो अच्छे से जानती थी। बहुत सी रातें ऐसे ही गुज़रीं। बाबर का हाफ इयरली रिजल्ट आ गया। शाम को खाने पर; बाबर, यह तुम्हारा रिजल्ट है, तुम्हें पता है इस बार तुम्हारा बोर्ड है, इतना घटिया रिजल्ट... कहाँ रहता है तुम्हारा ध्यान। उधर बाबर सर झुकाए सिर्फ सुनता रहा। उसे ख़ुद नहीं पता था, ऐसा क्यूँ हुआ। हमेशा की तरह वो आज भी पढ़ता था। वैसे ही पेपर हुआ, मगर फिर रिजल्ट क्यूँ इतना बुरा आया। उस दिन की फटकार के बाद बाबर झल्लाकर कमरे में जाकर लेट गया। पीछे से अम्मी ने फ़सीह से कहा, ''जाओ बेटे, बाबर के साथ बात करो; रिजल्ट खराब होने की वजह से वो परेशान है, थोड़ा मन बहल जायेगा।

हम नहीं जाते; सारे दिन तो अकेले अकेले रहते हैं हमारे साथ में नहीं... और हम जाएँ बात करें; पड़ा रहने दें; बड़ी हमदर्दी आ रही है तो ख़ुद ही चली जाइए या गुड़िया को भेज दें। हमीदा चुप हो गयी। सोचा, कल तक ठीक हो जायेगा; बच्चा तो है, थोड़ा परेशान है। रात बढ़ी। सब सो गए। बाबर भी रोता रोता सो गया। गहरी रात में बाबर की आँख खुली। उसे लगा कोई उसके सर पर हाथ फेर रहा है। वो अचानक उठ बैठा। ''कौन...

गुड़िया!'' 'जी।' ''इतनी रात गए तुम मेरे कमरे में...'' हूँ क्या हुआ। कुछ नहीं आप कुछ परेशान थे, तो हमें नींद नहीं आ रही थी तो आ गयी।

''अरे वोह कुछ नहीं...।'' वो कह ही रहा था कि गुड़िया ने उसके मुँह पर हाथ रख दिया। ''रहने दें, हमें पता है आपने मेहनत की थी, लेकिन रिजल्ट नहीं आया।'' हाँ गुड़िया, लेकिन किसे समझाएँ; अब्बा भी ख़फ़ा हैं और टीचर भी।'' वो बोल रहा था और गुड़िया उसके सर को सहला रही थी। खिड़की से चाँद की रोशनी सीधे बिस्तर पर पड़ रही थी। बाबर सिर्फ पैजामा पहने बैठा था, तो उसने कुरते की तरफ हाथ बढ़ाया, लेकिन गुड़िया ने उसे रोक दिया। काफी परेशान देख गुड़िया ने बाबर को झप्पी दी; खींचकर सीने से लगा लिया। बाबर को इतना सुकून तो कभी हमीदा की गोद में भी न मिला था। वो बच्चों की तरह उससे लिपट गया। दोनों को नहीं पता था कि वो क्या कर रहे हैं; बस अच्छा लग रहा था, मज़ा आ रहा था, तो वो गले लगे रहे। गुड़िया, बाबर की जाँघों पर हाथ फेर रही थी। बाबर से वैसी ही ख़ुशबू निकल रही थी। एक अजब सी अकड़ उसकी टाँगों के बीच में हो रही थी। बाबर उसी अकड़ से गुड़िया को जकड़ ले रहा था। दोनों कुछ देर बातें करते रहे। गुड़िया अपने घर के बारे में बताती रही और जैसे जैसे चाँद चढ़ रहा था, गुड़िया की बातें कम और साँसें तेज़ हो रही थीं। दोनों काफी देर एक दूसरे में उलझे रहे। फिर अचानक चिड़ियों की आवाज़ आने लगी। गुड़िया बोली, ''बाबर अब सो जाओ, सुबह होने वाली है।'' हाँ हाँ, तुम जाओ।'' ख़ैर एक बार फिर बाबर को बाँहों में भरकर गुड़िया चुपचाप नीचे चली गयी। नाश्ते पर बाबर चहक रहा था, कि हॉफ इयरली से सबक़ ले लिया; अगर अगले बार टॉप नही किया तो आपका बेटा नहीं। यह बादशाह बाबर का वादा है। मंसूर मियाँ बोले, यह हुई न मर्दों वाली बात; मेरा भी वादा है कि अगर तुमने हाईस्कूल में टॉप कर लिया, तो आर वन फाइव दिलाएँगे। बाबर, 'डन अब्बा।' हमीदा ने कहा, ''देखो हमारे बच्चे के चेहरे पर कितनी चमक है; आज अल्लाह इसे तमाम नेमतों से नवाज़े; यह तो हम मायूस थे, लेकिन अल्लाह की रहमत तो देखो, आज क़ुदरत फिर से मेरे बच्चे में कितनी हिम्मत भर दी है। बड़ा ख़ुशगवार दिन बीता। फिर तो बाबर और गुड़िया का मिलना रोज का शग़ल हो गया था। घर भर इससे अनजान था। दिन कटते गए... महीने गुज़र गए।

घर में बड़ी चहल पहल थी। मंसूर मियाँ भी कई रोज़ के लिए लखनऊ से कोलकाता गए हुए थे, किसी केस के सिलसिले में। वो सुबह सुबह तैयार हुए। हमीदा गुड़िया से बोली, जा, चाय बना ला दो; अब्बू की ट्रेन है सुबह 7:30 बजे की; गुड़िया चाय बना के लायी और उन्हें दिया। फिर हमीदा से कहा, अम्मी!'' आज रातभर बड़ा पेट में दर्द हो रहा है।''

''अचानक कुछ अटक गया होगा; आजकल तो हल्का खाना था; जाओ जीरा और काला नमक पी लो सही हो जायेगा।'' ''जी अम्मी।'' कहकर वो चली गयी। मंसूर मियाँ जाने के लिए निकल गए। बच्चे स्कूल चले गए। दोपहर में जब हमीदा उठीं वज़ू करने, तो उन्हें किसी के सिसकने की आवाज़ लगी। ''अरे गुड़िया'', क्यूँ रो रही हो? ''पेट में बहुत दर्द है, लगता है उलटी हो जाएगी लेकिन हो नहीं रही है।'' ''ल... अरे तो बताती हम दिखा न लाते; चलो उठो अभी चलो डॉ तानवी के यहाँ; अभी उठी नहीं होगी वो।'' हमीदा बड़बड़ा रही थीं। गुड़िया तैयार हुई और हमीदा के साथ डॉक्टर के यहाँ गयी। डाक्टर तन्वी ने पहले पूछा, उम्र क्या है? यही चौदह साल। अच्छा जंपर ऊँचा करो, पेट दिखाओ। गुड़िया ने चुपके से जम्पर सरकाया। डॉ0 तन्वी ने पेट पर हाथ फेरा, फिर एक पर्चे पे पता नहीं क्या लिखा और गुड़िया को अन्दर भेज दिया, फिर डॉ0 तन्वी हमीदा से मुखातिब हुईं।

''यह कौन हैं आपकी?''

''नौकरानी; क्यूँ क्या हुआ?''

''कब से है पेट में दर्द?''

''आज सुबह ही तो बताया; क्यूँ, सब ख़ैरियत

''हमें शक है, इसका पेट भारी है।''

''क्या बक रही हैं डॉक्टर साहब, ऐसा नहीं हो सकता।''

''अरे भाभीजी उखड़िये, मत, आप नौकरानियों के चाल चलन नहीं जानतीं।''

''लेकिन यह तो घर से निकलती भी नहीं है।''

“आपसे बताकर जाएगी... होगा कोई सड़क छाप; यह तो होती ही हैं आवारा।” “हमारा दिल बैठ रहा है; जल्दी से नमक शक्कर का घोल दीजिये डॉ0 साहब।”

“अरे आप घबराएँ नहीं, उधर बैठ जाएँ।” हमीदा को तो काटो तो ख़ून नहीं। उनकी नाक के नीचे इतना सब हो गया, वो भी गुड़िया... उन्हें विश्वास नहीं हो रहा था। फिर हिम्मत रखकर हमीदा ने डॉक्टर से पूछा कि क्या करें डॉक्टर? “देखिये; आप से हमारे पुराने सम्बन्ध हैं, इसलिए यही राय है, बच्चा गिरवा दें; वो अभी 14 साल की है और पता नहीं किसका पाप है।” चुपचाप दोनों ने तय कर लिया और गुड़िया को एडमिट कर लिया गया। जब हमीदा जाने लगीं तो गुड़िया ने उनसे कहा, “अम्मी, हमें क्या हुआ है और एडमिट क्यूँ कर रहे हैं?” कुछ नहीं, तुमसे कुछ नहीं हुआ है, बस लेटी रहो, कल डिस्चार्ज हो जाओगी। बिना बड़बड़ाये हमीदा ने जवाब दिया। अगले दिन हमीदा शाम चार बजे गुड़िया को हॉस्पिटल से घर ले जा रही थीं। गुड़िया ने कहा, अम्मी बड़ी कमजोरी लग रही है।” “चुप रहो।” ग़ुस्से से हमीदा ने डाँट दिया, वो सहम गयी। घर आते ही हमीदा ने घर सर पर उठा लिया। गुड़िया को थप्पड़ ही थप्पड़ मार रही थीं हमीदा “कमीनी, कहाँ मुँह काला करा कर आई है, चुड़ैल किसके साथ सोई है मनहूस...। और गुड़िया सिर्फ रो रही थी। बाबर और फ़सीह चुपचाप यह तमाशा देख रहे थे। उन्हें भी नहीं पता था कि क्या हुआ। डरते डरते बाबर ने पूछा क्या हुआ है? “यह कमीनी है।” ख़ैर... बड़बड़ाते हुए वो लेट गयीं और सो गयीं। उधर गुड़िया को अंदाजा हो गया था कि उसके पेट में बच्चा था, जिसे ऑपरेशन कर गिरा दिया गया, क्यूँकि जब नर्स अपने में बात कर रही थी तो वो सुन रही थी। इस वक़्त सूजी हुई आँखों से सिर्फ सोच रही थी, कि उसने आज तक किसी लड़के से बात नहीं की, सिवाय बाबर के... वो तो बाहर भी नहीं जाती थी; उसे तो बाबर की ख़ुशबू के अलावा और कुछ पसंद भी नहीं। उसने तो सिर्फ बाबर को गले लगाया था और किसी आदमी का नक़्श उसके ज़हन में नहीं था, बल्कि चार महीने से तो वो घर से बाहर भी नहीं गयी थी। इसी उधेड़बुन में वो सो गयी।

रात के खाने के बाद हमीदा ने फरमान सुनाया, बाबर! तुम इस घर में बड़े हो, ध्यान से सुनो; गुड़िया घर से बाहर क़दम रखने न पाए; आज से

यह ऊपर तुम्हारे सामने वाले कमरे में ही रहेगी, नज़र रखना।'' बाबर सकपकाया सा प्लेट देखने लगा। हमीदा की सलाहें जारी थीं, ''कमबख़्त के पर निकल रहे हैं; गेट फाँदकर कमीनी चली जाती है, हमसे तो उठा नहीं जाता, तो इसका फायदा उठाती है मनहूस।'' बाबर भी सर झुकाए सुन रहा था। आखिरी निवाला गटकते हुए हमीदा ने गुड़िया को फरमान सुनाया ''मनहूस! तुम आज के बाद ऊपर लेटोगी; बिना बाबर से पूछे घर से बाहर क़दम नहीं रखोगी; तुम्हारे सारे आशिक़ों को ठीक कर दूँगी, हट जाओ नज़र के सामने से। फिर बाबर से बोलीं ''सुनो, तुम अभी समझोगे नहीं; छोटे हो; फिर भी इस कमबख़्त को इधर उधर ताक झाँक करते हुए देखना, तो वहीं जूता चला देना, कमीनी के होश ठिकाने लाने हैं समझे... और हाँ, यह भी पता करो, इससे कौन कौन चुपके से मिलने आता है, समझे? और बाबर के गले से सिर्फ इतना निकला... हम्म्म।

इन्हें चुनाव मत कहो

दिल काँप जाता है, जब जब चुनाव आता है। मैं नहीं चाहता कि यह बार बार आए। यह जब जब आता है, तब तब मासूमियत चीख़ उठती है। जिस्म से बोटियाँ नोची जाती हैं, मज़लूम की हड्डी तोड़ी जाती है, तिनका तिनका जोड़कर बने आशियाने जलाए जाते हैं; जो जहाँ पैदा हुआ है, उसे उस ज़मीन से दूर जाने को मजबूर किया जाता है। त्यौहार भी सियासत की भेंट चढ़ जाते हैं। पाँच लोगों का जमावड़ा, इनकी रोटियाँ सेकने के काम आता है। मासूम का ख़ून, चुनाव का रंग चोखा करते हैं।

ऊपर से फूहड़ मज़ाक यह, कि जनता अपना नेता चुन रही है। नेता नहीं, वहशी चुन रही होती है। जो कभी उनकी जलती झोपड़ी में पानी नहीं डालता, जो कभी ग़रीब की उधेड़ती खाल पर अपना हाथ नहीं रखता। या तो वो घर जलाता है, या तो जलते हुए देखता है। तुम्हें पता है, यह जो चुनाव हैं, यह क्या लाते हैं अपने साथ?

यह अपने साथ ट्रकों भर भर कर मौत लाते हैं; वहशी दरिंदो के बीच अकेले कमज़ोर को तड़पते हुए, मरते हुए, बिख़रते हुए वजूद का खेल लाते

हैं। चुनाव का सबसे तेज़ असर मज़हब पर होता है; यह पूरे मज़हब को ज़हरीला कर देता है, यह इंसान को जातियों में बाँटता है, यह बच्चों और औरतों को निशाना बनाकर आदमियों को भेड़ के झुंड में तब्दील कर देता है।

तुम कहते हो इस चुनाव में अपना मुस्तक़बिल चुनो, अपना नेता चुनो, अपनी सरकार चुनो... दिल पर हाथ रखकर कहो कि कैसे चुनें? बेटों की लाश पर बाप कैसे किसी को चुने; बेटी के तन पर पड़े वहशी दरिंदों के नाख़ूनों के निशान नज़रअंदाज़ कर कोई माँ कैसे चुनाव में जाए।

सच बताएँ, जो विश्वघोषित दंगाई हैं, नफ़रत से भरे हैं, उनसे रत्तीभर डर नहीं लगता; न उन मानव-भक्षकों से डर लगता है, जिनकी माँ भी उन्हें पैदा करके शर्मिंदा होगी। हाँ, डर लगता है जो इंसानियत की तरफ हैं, मगर मेरी मौत पर ख़ामोश हैं। मेरे छप्पर में लगी आग देख, वो कैसे पक्की छतों में सो जाते हैं। उनकी नींद देख डर लगता है। मेरी फटीचर हालत पर रोने वाले मेरे नेता, अपनी महफ़िलों में कैसे मुस्करा लेते हैं... उस मुस्कान से डर लगता है।

सच पूछो तो दिल करता है यह चुनाव न आए। इस चुनाव में मेरे अपनों के चेहरे पर चढ़ी सफेद पुट्टी धुल जाती है; मेरे देखते देखते वो हिन्दू-मुसलमान में बदल जाते हैं। जिसने कभी हमसे नहीं पूछा कि तुम्हारी गली का मेनहोल का ढक्कन खुला है या नहीं; वो हमसे दूसरे मुल्कों के हालात सुनना चाहता है। यह चुनाव ही है, जो मेरे मुस्कराते हुए साथ वालों की मुस्कान में संकोच दे जाता है।

कोई चुनाव में बहे ख़ून का हिसाब नहीं देता; कोई नहीं पूछता, इस महोत्सव में हमने इंसान को कितने हिस्सों में बाँटा है; कोई नहीं बताता कि तुम्हारी कुछ कुर्सियों के लिए हमने कितनों की चटाई छीनी है। मैं अब डरने लगा हूँ चुनाव से... बेहद। यह तबाही लाता है। यक़ीन न हो तो इर्द गिर्द रंग बदल रहे इंसान को देख लीजिये; दो क़दम दूरी पर हैं वो वहशी बनने के, बस, काश! हाँ काश, एक बार सही से हमें आईना देखने की तमीज़ आ जाए, अपने अंदर छुपे इंसान और वहशीपन को देखने की समझ आ जाए, तब देखना; यही चुनाव, निर्माण लाएँगे।

सरमद

''हाँ तो कर दो न सर कलम; जब मेरा सर, धड़ से जुदा होकर ज़मीन पर गिरेगा, तब देखना; हाँ तब भी देखना सरमद मुस्करा रहा होगा... उसकी मुस्कान, तुम्हारे आलमगीर के दिल में जलते ग़ुरूर के चराग़ को बुझा देगी।''

सरमद को, सर क़लम करने से पहले उसका गुनाह बताया गया, कि सरमद के जिस्म पर एक भी कपड़ा नहीं रहता है, वो नंगा घूमता है। आलमगीर के कई बार मना करने के बावजूद, सरमद ने शर्मगाह पर एक बालिश्त का कपड़ा भी नहीं ढँका। यह क़ुदरत के क़ानून के ख़िलाफ़ है, जिसको ध्यान में रखकर सरमद को सज़ाए मौत दी जाती है।

सरमद, मुस्कराता हुआ कहता है ''... क़ुदरत का क़ानून... जाओ अपने छोटे से दिल वाले बड़े आलमगीर से कहना कि क़ुदरत का क़ानून सरमद ने नहीं, तुम सबने तोड़ा है... तुम्हारे नंगे पैदा हुए बादशाह ने अपने तन पर मख़मल का टुकड़ा डालकर क़ुदरत का क़ानून तोड़ा है; तुमने इंसानों के लिबास में फ़र्क़ करके क़ुदरत का क़ानून तोड़ा है; देर न करो ऐ मेरे प्यारे जल्लाद; कहीं तुम्हारा दिल सरमद की बातों में लिपटकर सही तरफ़ न चला जाए... तुम्हें तुम्हारे ही आलमगीर से ज़िन्दगी छीन लेने का फ़रमान न मिल जाए, मेरा सर क़लम कर दो।

एक झटके में, मशहूर सूफ़ी, सरमद का सर ज़मीन पर पहुँच गया। इस तरह आलमगीर ने अपने सबसे बड़े दुश्मन, क़ुदरत के क़ानून को दरकाने वाले सरमद को सज़ाए मौत देकर ईश्वर की सत्ता की रक्षा की। इतिहास, सरमद, आलमगीर और हमारी नज़रों में हमेशा उलझा रहेगा।

दीवार के पार रौशनी

उसने किसी मुल्ला की तरह क़ौम के क़सीदे नहीं पढ़े; किसी धर्मगुरु की तरह धर्म की रक्षा का उद्घोष नहीं किया, किसी पादरी की तरह जीसस

का वास्ता नहीं दिया, किसी कथित सांस्कृतिक संगठन की तरह लाठियाँ भाँजने की ट्रेनिंग नहीं दी, किसी को झंडे और बम के साथ जन्नत भेजने का रास्ता नहीं दिखाया।

उसका क़दम तो बड़ा ख़ामोश था।

वो तो सिर्फ एक ऊँचा आसमान देख रहा था; उसमें खेलते-कूदते बच्चे देख रहा था; उन बच्चों की ज़िन्दगी की ख़ुशियाँ बुन रहा था, तुमसे वो भी देखा नहीं जा रहा था। तुम चाहते थे कि तुम्हारे बच्चे मदरसों में तख़्तियाँ तोड़ें... तुम्हारे बालक, टाट पट्टियों पर पड़े पड़े तुम्हारी किंवदन्तियाँ सुनें। उसने तो ह्यूम की कांग्रेस से भी किनारा कर लिया, क्योंकि उसे आने वाली नस्लों के लिए चमकदार ज़िन्दगी के ख़ाके बुनने थे। तुम सबसे यह बर्दाश्त न हुआ। एक तरफ़ बंगाली पंडितों ने उसे अंग्रेज़ों का एजेंट घोषित किया, तो दूसरी तरफ़ मुल्लों ने क़ौम का ग़द्दार। वो यह दोनों तमग़े लिए भी ख़ुश था, क्योंकि उसका मक़सद नींव में बदल चुका था।

वैसे भी, जब दिमाग़ पर पर्दा और आँख पर कट्टरता हो, तो अच्छाइयाँ नज़र आने से रहीं। तुम सब जिस वक़्त अपने पीले, दीमक लगे पन्नों के क़सीदे पढ़ रहे थे, तब वो तुम्हारे बच्चों के लिए स्कूल बना रहा था... जब तुम मज़हबी ज़ंजीरों में जकड़े फिर रहे थे, तब वो तुम्हारी तालीम का दरवाज़ा बना रहा था; जब तुम अपने गौरवपूर्ण इतिहास के नशे में मदमस्त, ज़िन्दगी काट रहे थे, तो वो आने वाले कल का रास्ता बना रहा था... ऐसा रास्ता, जिस पर चलकर तुम्हारी क़िस्मत पर लगी कुंडी खुल जाए। तुमने उसे जी भर ज़लील ओ ख़्वार किया, मगर वो नहीं डिगा।

उसकी बुनियाद रखी इमारत ने देश दुनिया को वो वो नगीने दिए, कि गिनती भूल जाएँ। मैं बात कर रहा हूँ उस वक़्त के सबसे दूर की सोच रखने वाले सर सय्यद अहमद खान की; हम बात कर रहे हैं उनके ख़्वाब, अलीगढ़ युनिवर्सिटी की। मैं जब जब किसी अलीफ़ को तरक़्क़ी की पहली सीढ़ी चढ़ते देखता हूँ, तो सर सय्यद के लिए दुआएँ निकलती हैं। मैं सर सय्यद की मिज़ार पर रखे अपने पहले क़दम को अगर लिख पाया, तो वो मेरी सबसे नायाब क़लम होगी।

आज सर सय्यद के जन्मदिन पर मैं उस एहसास को जी रहा हूँ। मैं देख रहा हूँ कि मजाज़ की ग़ज़लों की ज़मीन, कैसे सर सय्यद ने बनाई। मैं महसूस कर रहा हूँ कि खान अब्दुल गफ़्फ़ार के क़दमों में अलीगढ़ की धूल कैसे सर सय्यद ने पहुँचाई; रफ़ी अहमद क़िदवई ने कैसे सर सय्यद के हाथों से बुनी इमारत में ख़ुद को बुना। इस मुल्क, इस दुनिया को हर वक़्त एक सर सय्यद चाहिए, जो हमारी आँखों पर कट्टरपन की पट्टी बँधने न दे; जो हमें कल उगने वाले सूरज के लिए आज तैयार करे; जो हमारी आँखों में ख़्वाब पालना सिखाए। सर सय्यद, ज़मीन की ज़रूरत हैं... हाँ, वाक़ई ज़रूरत हैं।

वहशी

आओ तुम्हें हम गर्भ फाड़ना सिखाएँ। यह बड़ी कमाल की विधा है। आने वाले दौर में जिन्हें यह आता होगा, वो अख़बारों के पहले पन्ने पर जगह पाएँगे, वो सियासत के शिखर पर पहुँचेंगे। इसमें भविष्य सिर्फ यही नहीं है; समन्दर पार तो इसमें सुनहरा कल है। काले झण्डे थामे, जब तुम पेट फाड़कर गर्भ निकालोगे, तो वो रोमांचक वीडियो, करोड़ों लाइक बटोरेगा यूट्यूब पर।

हाँ तो सबसे पहला काम अपने दिल को काली चादर से ढँक दो; दिल बेईमान है, हो सकता है मौके पर लरज़ जाए और तुम अपनी कला का प्रदर्शन न कर पाओ। दिमाग़ की सुनना, वो बड़ा शातिर है, हर माहौल में ढल जाता है। हाँ, दूसरी बात, घर से निकलते वक़्त अपनी सारी डिग्री विग्री को आग लगा देना; यह कोई काम की नहीं हैं। एक बार पलट कर देखना कि तुम किस तरह के घर से हो... उसके ठीक विपरीत तरह के घर वाली गर्भवती महिला का पेट फाड़ना है। तो हाँ, महिला के ठीक विपरीत धर्म का हथियार उठाना; याद रखना उसकी नोक बहुत तेज़ हो।

एक बार अपनी माँ या बहन या बीवी को ज़रूर देख लेना, ताकि जब तुम तलवार या त्रिशूल की नोक पर गर्भ को टाँगकर विजयी मुद्रा में

निकलोगे, तो तुम्हारी कलाई लचके न। भीड़ को देखकर ज़रा भी मत घबराना; ये तुम्हारे ही लोग हैं, जो चाहकर भी तुम्हारी तरह जिगरे वाला काम नहीं कर सकते; मगर ये नारे लगाकर, तुम्हारी शौर्यगाथा बड़े चाव से सुनाएँगे। यह बुज़दिल लोग हैं, जो गर्भ को तलवार पर टाँगकर नहीं चल सकते, इसलिए ये जो जहाँ है, वहीं से तुम्हारा समर्थन करेगा।

तुम यक़ीन जानो, अगर ईश्वर ने तुम्हारे इस काम की तुम्हें सज़ा भी दी, तो ये भी मानो, उतनी ही सज़ा इन नारेबाज़ों। समर्थकों को भी मिलेगी। ईश्वर न्याय करता है। हाँ तो एक बात और... जब तुम यह करने चलना, तो घर में पले जानवर या सड़क पर मिलने वाले जानवरों से आँख मत मिलाना; उन्हें शर्म आ जाएगी। तुम दिल में नफ़रत की अँगीठी को दहकने देना। जब तुम नफ़रत में हो, तो तुम वो सब कर जाओगे, जो तुम शैतानियत में सोचते हो। तुम्हें इंसान, कीट पतंगे नज़र आएँगे। तुम बस इंसान मत बनना, वरना ये काम कर नहीं पाओगे।

मेरी सुनो! रास्ते दो हैं; या तो गर्भ को तलवार त्रिशूल की नोक पर टाँगकर जश्न मनाओ, या तो मोहब्बत के लिए निकल जाओ... हर आने वाले बच्चे के लिए ख़ूबसूरत दुनिया बनाओ। अपने बच्चों के लिए ख़ून से सनी ज़मीन मत बनाओ। जितना हो सके, साम्प्रदायिक ख़ूनी, वहशी, दंगाई से दूर रहो, वरना तलवारों और त्रिशूलों पर गर्भ लटकते-लटकते कब आपका ख़ून उसमें मिल जाएगा, पता भी नहीं चलेगा। और हाँ, ईश्वर का न्याय होगा, जिसमें गर्भ टाँगने वाला और उसे टाँगे हुए को मौन समर्थन देने वाला, दोनों एक ही पलड़े पर होंगे।

यह एक मज़हब या धर्म का विषय नहीं है; यह हर उसका चेहरा है, जो गाहे बगाहे दूसरे के ख़ून पर क़हक़हे लगाता है। आओ! मोहब्बत से आगे बढ़ें; आओ अपने बच्चों के लिए ख़ूबसूरत ज़मीन तैयार करें; आओ, सब ख़ूबसूरत और नरम बनाने के लिए बेचैन हों।

मज़हब नमक है

मज़हब नमक है। नमक अगर कम होगा तो नुक़सान तो नहीं होगा, मगर आप फीके फीके लगेंगे। हाँ, अगर यह ज़्यादा हो गया, तो यक़ीनन यह बदमज़ा हो जाएगा, दूसरी बीमारियाँ पैदा करेगा; आपको बिलकुल गला देगा।

मज़हब उतना ही अच्छा है, जितने से स्वाद आए; जितने से जिस्म की ज़रूरतें पूरी हो सकें, बस... ज़्यादा तो पागलपन ही पैदा करेगा; आपको तो ख़त्म करेगा ही, साथ ही दूसरों को भी गला देगा।

मज़हब नमक है, से मतलब है कि मज़हब ज़रूरी भी है; बिना इसके आप फीके हैं। आपमें अगर यह नहीं है तो बहुत से एहसास भी नहीं पैदा होंगे, बहुत से दूसरों के दर्द को आप पहचान भी नहीं सकेंगे।

नमक थोड़ा कम या ज़्यादा भी चल सकता है, मगर जब यह ज़रूरत से भी कम या ज़्यादा हो जाएगा तो नुक़सान ही करेगा। अब यह मत पूछियेगा कि यह ज़रूरत भर कितना होता है। अगर दिमाग़ के सारे हिस्से काम कर रहे हों, तो यह समझना आसान हो जाएगा कि कितना मज़हब फ़ायदेमंद हैं और कितना नुक़सानदेह।

वैसे भी हर मज़हब के मूल कर्तव्य या फ़र्ज़ को देखेंगे, तो आपको लग जाएगा कि वाक़ई यह नमक भर है; उसके बाद जुड़ी ज़्यादातर चीज़ें ही उसकी लिमिट को बढ़ा रही हैं। मैं कभी नहीं कहूँगा कि तुम मज़हब छोड़कर यूँ ही भटको, मैं कभी नहीं कहूँगा कि तुम नास्तिक बनो... नास्तिक कहना और होना में बड़ा अन्तर है; होने में बड़ी साधना है, शरीर की साधना। शरीर, जिनसे सँभलता नहीं, वो नास्तिकता का झण्डा लिए खड़े हैं; उनके जैसा बनने को कभी नहीं कहेंगे।

अगर आप नमक भर मज़हब रखेंगे, तो यक़ीन जानिए, आपमें मौजूद हर चीज़ का स्वाद आएगा, हर ख़ूबी निखरेगी, हर ख़ुशबू महकेगी; मगर जब यह ज़्यादा होगा, तो सारी ख़ूबियाँ नमक की भेंट चढ़ जाएँगी।

मैं बता दूँ, नमक का काम सिर्फ इतना है कि दूसरी ख़ूबियों,

अच्छाइयों को निकालकर बाहर लाना। अपने जिस्म को देखिये, रूह को महसूस कीजिये और उसकी ज़रूरत भर नमक उसे दीजिये... यक़ीनन आपका जिस्म और आप बेमिसाल हैं।

स्टील

बेगम अम्मी ने चीख़कर कहा, यह स्टील का गिलास कौन ले आया दहलीज़ पर; तुम कमबख़्तों को नहीं पता कि स्टील की झूटी और आम चमक, हमारी ज़मींदारी को निगल जाएगी। जब वो चीख़ रही थीं, तो किसी को नहीं पता था, स्टील, ज़मींदारी के ग़ुरूर को कैसे तोड़ेगा।

देखते देखते ताँबे और पीतल के बर्तनों की जगह स्टील और एल्युमिनयम ने ले ली। क़हर तो तब टूटा, जब चीनी और ताम चीनी की ख़ूबसूरत नक़्क़ाशीदार प्लेटें बाजार में पहुँच गईं या कूड़े के ढेर में और उनकी जगह स्टील ने ले ली। बेगम ने पूरी हुकूमत को ताँबे की तरह पिटते देखा, पीतल की तरह घिसते देखा, रौब और ग़ुरूर को बार-बार चीनी के बर्तन सा टूटते देखा।

एक दिन बेगम के कान में पड़ा, कि चना महँगा हो गया है... इतना महँगा, कि उसने गेहूँ को भी पिछाड़ दिया है। गेहूँ से महँगे चने का तसव्वुर, बेगम की सल्तनत की आख़िरी कील थी। वो मुरझाई हुई, पान की बची इकलौती गिलौरी मुँह में रखती हुई बोलीं'', आह, मोटे अनाज ने महीन अनाज को पिछाड़ दिया है, ये हमारे डूबने की आख़िरी निशानी है।'' इतना कहते हुए बेगम ने वहीं तख़्त पर लुढ़क कर दिखा दिया कि वाक़ई शम्मा बुझ चुकी है। बेगम के जिस्म पर उनका ख़ुद का बुना कामदानी का सफ़ेद दुपट्टा डाला गया। कब्रिस्तान भी उन्हें उस वक़्त मयस्सर स्टील के पलँग पर ले जाया गया। आख़िर स्टील ने अपनी वफ़ादारी निभाई और ज़मींदारी का ग़ुरूर, कब्रिस्तान तक पहुँचाकर पूरी कोठी को अपना लिया।

हौसलों का खण्डहर

उसके हाथ में ताज़ा ताज़ा प्लॉट आया था। ज़मीन का सबसे शानदार टुकड़ा। उसने उसमें शानदार घर बनाने का ख़्वाब देखा। झट से शहर के सबसे क़ाबिल आर्किटेक्ट से नक़्शा बनवाया। वो चाहता था, उसका घर शहर का सबसे नायाब घर हो, उसके घर में सारी सुविधाएँ हों। वो सोचता था कि उसके घर में उसके रहने वाले अपने, बेहद ख़ूबसूरती से रहें।

घर में ख़ूबसूरत टाइल्स लगाए गए, छतों को पीयूपी से सजाया गया, नल की टोंटियाँ भी हज़ारों की थीं। घर की खिड़कियाँ ऐसे खुलती थीं कि सबको हवा मिले, किसी का कहीं भी दम न घुटे। सबके हिस्से में सूरज की रौशनी आए, सबके जिस्म को क़ुदरत की ठण्ढी ठण्ढी हवा लगे।

घर बनकर तैयार हो गया। शुरू शुरू में बनाने का हौसला कुछ दिन चला, फिर जैसे जैसे लोग मरते रहे, वक़्त गुज़रता रहा, घर को सँवारने का हौसला जाता रहा। कल तक एक एक नोक पलक रखने वाला, अब बहती टोंटियाँ पर भी ध्यान नहीं देता, झड़ती पीयूपी पर भी उसकी नज़रें नहीं ठहरतीं। दीवारों पर जमती काली काई भी अब उसके हौसले को नहीं जगाती। अब उसका दिल भर चुका है।

ठीक ऐसा ही होता है एक देश। उसके बनते वक़्त बड़े हौसले होते हैं, फ़िक्रें होती हैं। एक संविधान बनता है, जो सबको खुली साँस देता है। धीरे धीरे वो बनाने वाले लोग मरते जाते हैं और देश, घर की तरह पुराना होता जाता है। सारे हौसले मर चुकते हैं, अब सिर्फ़ फ़िक्रमन्द लोग लेटे लेटे उसे बूढ़ा होने देते हैं। नए लोग, जिन्हें निर्माण का न भी नहीं पता, वो घर की मोटी मोटी दीवारों पर कव्वे के गू से उगे, पकड़िया के पेड़ की तरह होते हैं, जो धीरे धीरे मज़बूत महलों की दीवार को भी ढहा देते हैं। इस तरह एक ख़ूबसूरत घर, खँडहर बनता है... हाँ, खण्डहर, हमारे पुरखों का खण्डहर, उनके ख़्वाबों का खण्डहर, उनकी उम्मीदों का खण्डहर। अब बस देखना यह है कि यह शानदार घर; खण्डहर हमारे सामने होता है या हमारे बच्चों के। हमारी दीवार पर पकड़िया का पेड़ बड़ा हो चुका है, अब उसकी शाखाएँ ज़मीन में लगने लगीं।

आशिक़ी ग्यारहवीं

क़रीब 450 स्टूडेंट, उसमें सबसे आगे की सीट पर हम। मास कॉम का इंट्रेंस एग्ज़ाम, ऊपर से सबसे पहला सवाल ही हमें नहीं आता था। मैं चकर मकर पूरा हॉल देख रहा था। नज़र, पेपर पर बिखरे सवालों की जगह, दीवार के कोने में लगे जाले पर, मकड़ी और तितली की लड़ाई पर टिकी थी। तुमने दूर से मुझे देखा। झट से मेरे पास आईं और सवालिया इशारे में पूछा, लिख क्यों नहीं रहे हो?

हमने बेशर्मी से कहा, पहला सवाल ही नहीं आता तो क्या करें। तब तुमने कहा, दूसरा करो, तीसरा करो; बाद के करो, जो आता हो। मैंने समझाया, ''देखिये मैडम, जिस चीज़ की शुरूआत ही हमें नहीं आती, उसमें हम हाथ भी नहीं धरते। हाथ में लिया रजिस्टर, मैडम ने सर पर मारा और कहा डायलॉग मत मारो ज़्यादा और हाँ, मैडम नहीं, तस्मियाँ। नाम बताकर जाते जाते लम्बी सी उँगली से पहले सवाल के आंसर पर इशारा कर गईं। इस तरह मास कॉम की पहली गिरह खुली।

हमें क्या पता था कि रेडियो आप ही पढ़ाएँगी। अक्सर ख़ूबसूरत आवाज़ सुनकर मैं पूछ लेता कि मैडम आप मुँह से ही बोलती हैं... तो आप मुँह फैला देतीं। तब मैं सकपकाकर कहता, मेरा मतलब था कि लगता है दिल से बोलती हैं। आप मेरे इन लफ़्ज़ों में अपने बुढ़ापे को बुनती हुई कहीं खो जातीं और मुझे अपने दोस्तों से बतियाने का वक़्त मिल जाता।

कॉलेज में मेरे हर क़दम पर सीसीटीवी की तरह उन्हीं बड़ी आँखों वाली मैडम की नज़र रहती। तस्मिया मैडम, आप हमेशा हम पर ही क्यों नज़र रखती हैं? सुधर जाओ; सिर्फ तस्मिया... तुम्हारा फोन नम्बर पा गई हूँ, ठीक कर दूँगी। मुझे लगा कहीं पैरेंट्स से शिकायत न करें। मैं ध्यान से पढ़ने लगा। जब ध्यान लगाऊँ तो वो सामने खड़ी हो जाएँ, बेतुके बेतुके जिंगल्स लिखवाएँ, स्टोरी करवाएँ। तबियत आजिज़ आ गई। एक दिन कहने लगीं कि कल एक स्टोरी पर फ़ील्ड में जाना है; फ़ील्ड में नहीं जाओगे तो सीखोगे कैसे। हमने पूछ, कहाँ। बोलीं, रेजीडेन्सी; पुरानी इमारतों के रख रखाव पर स्टोरी करना, पढ़कर आना। हमने हाँ कहा और

निकल गए।

पूरे पन्द्रह दिन कॉलेज नहीं गए। पुरानी इमारत तो वो ख़ुद थीं। पता नहीं कब ढह कर गिर जातीं। अगस्त की बारिश तो और डराए थी कि कहीं किसी रोज़ फैल न जाएँ। करती रहीं सैकड़ों कॉल, मैसेज, मेल... मगर कोई जवाब नहीं दिया। पता नहीं कौन सी मिट्टी के दफ़न शेर बाहर ला रही थीं, जिसकी पहली लाइन ही समझ न आए। अब उन्हें कौन बताए कि यह नामुराद स्टूडेंट, उनसे मिलने के बहुत साल पहले ही मजाज़ को पढ़ चुका था।

इश्क़ के भूत का ताबीज़ पहले ही गले में डाल लिया था। होगी तस्मिया की ख़ूबसूरत आवाज़, रेडियो पर होंगे तस्मिया के फॉलोवर; मगर यहाँ मुझे मजाज़ की तरह सड़क पर नहीं मरना। मखमली आवाज़, मलमली चेहरा, दमकता किरदार, कभी भी मेरी ज़ंजीर नहीं बन सका। बहनजी ग़लतफ़हमी में थीं, कि जिस पर्चे का पहला सवाल मैं हल कर लूँ, तो उसे मैं पूरा कर सकता हूँ। अरे मैडम! दो सवाल के बाद फिर फँस गए थे। अपने सब्जेक्ट में सबसे कम नम्बर देकर आपने रोकने की भरपूर कोशिश की, मगर जुगाड़ ज़िंदाबाद।

आशिक़ी बारहवीं

ठोकरों के अब्बा को खाने के बाद भी फिर बहुत तेज़ से प्यार लगा था। यह बारहवें इश्क़ का हैज़ा था। जब तुम आईं, तब यह कहना मुश्किल है कि हमने तुम्हारी तरफ पलटकर नहीं देखा था। बड़ी आम सी आँखों में तुमने ग्राफ स्टाइल का काजल लगाया हुआ था। इस काजल से आँखें ज़रूरत से ज़्यादा बड़ी लग रही थीं, तो एक बार देखना तो बनता था; मगर आज सच बताऊँ, मैंने जब तुम्हें देखा था तो बिलकुल अंदाज़ा नहीं था कि कोई बड़ी मुसीबत नाज़िल होने वाली है।

तुम इस क़दर पढ़ाकू थीं, यह तो बात में अंदाज़ा हुआ। मैं चुपके से

तुम्हारी सीट पर सरक आया था कि चलो फिज़िक्स की डेरीवेशन से अच्छा तुम्हारी आँखों में डूब जाऊँ, मगर तुम कितनी बेहिस थीं। तुम ब्लैकबोर्ड देखती रहीं और मैं तुम्हारी आँखों में घिसती हुई चॉक देखता रहा। यही मौसम था... याद है न, जब तुम कॉलेज के गेट से ही चीख़ती आ रही थीं।

मुझे लगा आज तो तुम कुछ कह ही दोगी, मगर नहीं; आते ही तुमने न्यूटन का थर्ड लॉ पूछ लिया। कमबख़्त न्यूटन, आइंस्टीन ने गुलाबी मौसम की बैंड बजा रखी थी। तुमने भी कोई कसर नहीं छोड़ी कि किसी बहाने हम पढ़ लें; मगर अपने आप से किये वादे पर मैं बिल्कुल नहीं पलटा; वही वादा, कि पढ़ेंग... घण्टा।

लेकिन तुम भी यार इतना पढ़ीस कैसे थीं। जब मैंने कहा था कि तुम्हारी माँ की डिलिवरी क्या कैमेस्ट्री की लैब में हुई थी क्या, तब तुमने कहा था, नहीं, फिज़िक्स की लैब में। तुम्हारी माँ की प्रोफेसरी, हमारी मोहब्बत में बार बार आड़े आ रही थी। तुम्हें हीलियम, एल्युमिनियम याद करना था और हमें तुममें शरबती आँखें ढूँढ़नी थीं।

किस क़दर फ़ासले का प्यार था। यह सच था कि यह मोहब्बत दूर तक जाती, अगर तुम इम्तिहान में हमसे दूर न बैठतीं। जब पहली बार मुझे तुमसे ज़्यादा तुम्हारी पढ़ाई की ज़रूरत थी, तब कमबख़्त तुम इतने छोटे दिल की निकलीं कि एक भी आंसर नहीं बताया। हद तो तब हो गई, जब ई इज़िकलटू एम सी स्क्वायर का स्क्वायर तक नहीं बताया और हम ई की एम सी करके आ गए।

रिज़ल्ट के बाद जब तुम सफ़ेद कपड़ों में ज़बरदस्त परफ्यूम लगाकर, किताबों को कहीं पीछे छोड़कर, आँखों को ठंढे पानी से धोकर, होंठो पर फूल सी मुस्कान रखकर आईं और आते ही कहा, डियर कैसे हो? और मैंने कहा, चलो निकल लो आइंस्टीन के पास; यहाँ पोलर बियर की ज़रूरत नहीं; तुमसे बेहतर हिलरी हैरिसन की केमिस्ट्री की बुक है; निकल लो, दफ़ा हो जाओ, अब मुझे पढ़ना है।

आशिक़ी तेरहवीं

भूलने को तो नहीं कहेंगे; तुम मुझे भूलना मत... हाँ, जब तुम अपने पति के गले में फूलों की माला डालना, तब मेरी लम्बी गर्दन को न महसूस करने लग जाना। तुम्हारे पति की गर्दन, न होने की हद तक छोटी है। लोहिया पार्क की बँसवाड़ी के नीचे, जब तुम मेरे गले में चार फूल और सिर्फ धागे की माला डाल क़समें खा रही थीं, उसे तो भूल ही जाना।

हाँ, जब तुम उसका एटीएम लेना तो उसी दिन वापिस कर देना; मेरी तरह हफ़्ता भर मत रखे रहना। जब तुम मेरा एटीएम नहीं दे रही थीं, तो मैं सोचता था कि क्यों दो, यह सब है तो तुम्हारा ही। मेरी कमाई और किसके लिए थी। तुम उसके सामने लिखने मत बैठ जाना... एक तो बेतुकी कविता लिखोगी, ऊपर से लिखते लिखते कहीं मेरी आँखों की तारीफ़ न लिख जाना। तुम्हारी सोलह कविताओं के चालीस छंदों में मेरी भूरी आँखों का ही ज़िक्र है, इसलिए कहीं लिखते लिखते उसकी काली आँखों में मेरी भूरी आँखें न मिला देना।

तुम अब उन रेस्टोरेंट्स में भी मत जाना, जिनके वेटर तुम्हें तब तक पानी नहीं देते थे, जब तक मैं नहीं आ जाता था। वो तुम्हें तब भी पानी नहीं देंगे, तुम्हें पता है; इसलिए उन वेटरों का इम्तेहान मत लेना, वरना फेल ही हो जाओगी, जैसे रेडियो के इम्तेहान में हुई थीं। क़ाफ़ी को काफ कहकर बाहर कर दी गई थीं। तब तुमने चीखकर कहा था कि यह मनहूस उर्दू...। तभी मैंने..खैर छोड़ो। हाँ, वो पराग में मत जाना, वरना वो बूढ़ा वाला वेटर तुमसे ज़रूर पूछेगा कि मैम आपकी और सर की आज कुल कितने लीटर चाय हो गई... जबकि उसे नहीं पता कि तुम छाछ वाले के साथ अब नाप तोल कर रही हो।

अब जुगलकिशोर ज्वेलर्स में लेकर अपने पति को न चली जाना, वरना वो फिर दिल शेप वाली हीरे की अँगूठी लेकर गले पड़ जाएगा; उसे पता है, तुम्हें दो सौ रिंग दिखाने से अच्छा है, एक यह दिखाओ और तुम झट से बाहर निकल जाओगी। अच्छा यह बताओ, वो तुम्हारी आँख देख कैसे जान जाता था कि तुम्हें न लेना एक न देना दो है, सिर्फ देखे जा रही

हो। मैं तो आजतक तुम्हारी आँख में ऊपर उतरे पानी के अलावा कुछ नहीं देख पाया। अरे, उस दिन जब हम पुराना लखनऊ घूमने गए थे, तब तो तुम्हारी आँख का कीचड़ घण्टे भर बाद दिखा था... मेरी कमबख़्त आँखें।

तुम्हें तो कोई भी बात एक बार में समझ ही कहाँ आती थी। यह शिकायत करते करते मैं पोस्ट ग्रेजुएट हो गया, मगर तब अंदाज़ा हुआ कि हाँ, तुम्हें मैं नहीं समझ पाया। तुम तो भक्ति रस ढूँढ़ रही थीं और मैं शृंगार रस लिए खड़ा था। ख़ैर... जाओ और अपने पति में मुझे मत खोजने लगना। उसकी ज़्यादा तारीफ़ मत करना, वरना वो समझ जाएगा कि तुम रट्टा मारकर आई हो... जैसे मैं समझ जाता था। इस आख़िरी ख़त का जवाब मत देना, वरना तुम लिखती लिखती सुभद्रा कुमारी चौहान हो जाओगी और इतना वीर रस उड़ेल दोगी, कि मैं कल फिर शूरवीर बनकर... ख़ैर, जाओ, काहे का शूरवीर। दफ़ा हो जाओ अपना बेले वाला इतर लेकर; मुझे बेले से ही नफ़रत हो गई है।

आशिक़ी चौदहवीं

मैं जब ऑफिस में बैठकर लिखता हूँ, तो खो जाता हूँ। सब बैठे रहते हैं। मैं बात किया करता हूँ, मगर मैं वहाँ नहीं होता हूँ। यही बात तो उसे मेरे नज़दीक़ लाती थी। दो चार उसके चम्मच मेरे इर्द गिर्द बैठते और उसे बताते, कि भाई कोई भी बैठा हो, बात करते करते कहीं खो जाते हैं। वह तुम्हें इस क़दर याद करते हैं कि उनके हर आर्टिकल में नज़्म का मज़ा तुम्हारे एहसास से ही आता है।

ख़ुद आशिक़ बनने की तमन्ना की क़ब्र दिल में समेटे, यह दो चार राल टपकाते भाइयों के कहने पर वह दिनभर कुलाँचे भरती। कोई न कोई बहाना बनाकर अगर वह ऑफिस में दाखिल न हुई, तो मेरे ऑफिस की दीवारें भी शिकायत करतीं।

ख़ैर मैं इस बेख़बर इश्क़ के साये में रफ़्ता रफ़्ता बढ़ता रहा। एक दिन

वह पानी माँगने आई। हमें लगा, उनके मुकिन नकीर आए नहीं हैं, तो ख़ुद अपने पाँवों को तकलीफ़ दी है। मैंने वाटर कूलर से बोतल भर दी। वह भड़क गईं, ''मुझे यह पानी नहीं चाहिए।'' मैं सकते में, कि एक दो कमरे के ऑफिस में पानी की वैरायटी लाऊँ तो लाऊँ कैसे; कोई पानी की दुकान तो है नहीं, तो मैंने बेमुरव्वती से कहा, यही एक पानी है, लेना हो लीजिये, वरना रहने दें।

वह बोली, झूठ बोल रहें हैं आप, कि एक यही पानी है। क़सम से मेरे ज़हन में एक यही पानी था कि दिमाग़ के गन्दे हिस्से ने हरकत की, कि मैं पानी पानी हो गया। सुख़र् लाल होता हुआ बोला, आप दिखाओ, दूसरा पानी कहाँ है। उसने ऑफिस में लगे एसी से बूँद-बूँद टपकते पानी की तरफ़ इशारा किया। बाल्टी उससे आधी भरी थी। मैंने भी खिसियाते हुए उन्हें वह पानी दे दिया। वह उस पानी को पवित्र जल की तरह दिल से लगाए भाग गईं। बात आई गई हो गई। उनका रोज़ का दस्तूर हो गया, एसी से निकला पानी लेकर जाने का।

एक दिन वह; उनके चम्मच, सब इकट्ठा थे। आफ़त के मारे हमने पूछ लिया, कि यह एसी से निकला पानी करते क्या हो? पीने वीने लायक तो होता नहीं। तब चम्मच बोलते, उससे पहले वह बोल उठी कि यह आपकी मोहब्बत है, जो बिना कंजूसी आप मुझे यह दे देते हैं; मैं पूरे पानी से अपने मुँह को धोती हूँ, हाथ को धोती हूँ; धोना क्या कहें, मलती हूँ; एक ऐसी कैफ़ियत तारी होती है, जैसे आप हमारे इर्द गिर्द हैं।

मुझे लगा कि पहुँचे हुए बुज़ुर्ग के ग़ुसल के पानी की फ़ज़ीलत बयान कर रही हैं। मैंने पूछा, मोहतरमा, इससे हमारा क्या ताल्लुक़? एक झटके में वह बोलीं ''एसी, अंदर बैठे आपके जिस्म के इर्द गिर्द इकट्ठी नमी को खींचकर ही तो बाहर निकलता है; यह जो बूँद-बूँद पानी इकट्ठा होता है, यह आपके जिस्म को छूकर आने वाली वह पाक शफ़्फ़ाफ़ बूँदें हैं, जिन्हें पलकों पर बिठा लेना चाहिए... इसकी हर बूँद में मुझे आप दिखते हैं। जब यह मेरे जिस्म को छूती हैं, तो यक़ीन जानें, आप कहीं भी हों, मेरे पास ही तो होते हैं।

पास पड़ी फूल झाड़ू उठाकर मैं दौड़ता हूँ, ''ऐ पागलों की जमात,

अगर इधर दोबारा नज़र आई, तो पानी में डुबो डुबोकर मारेंगे। कमबख़्त, सब भागते हैं। मैं एक जुमला उछालता हूँ। उस एसी के पानी में थोड़ी थोड़ी तुम्हारे लगवों भगवों की भी बूँदें हैं; कमबख़्त, मेरी आड़ में तुम तक पानी बनकर पहुँच रहे हैं... सँभल जाओ या उन्हें सँभाल लो, मगर दोबारा इधर दिखाई नहीं देना। और इस तरह एक और मोहब्बत का गला घोट, मैं अगली कहानी की तरफ बढ़ गया।

मोहब्बत का ज़ायक़ा

आओ, तुम्हें पुराने खड़ंजे पर ले चलें। उस खड़ंजे से सटी कच्ची गली में ले चलें; कच्ची गली के तीसरे घर में ले चलें। तीसरे घर के छप्पर में पड़े पलँग पर बिठाएँ तब कोई तुम्हें मट्ठे का गिलास भर कर दे, हल्की सी शकर डालकर। तुम पियो तो, मट्ठे की खटास मिठास के साथ जब मुँह में घी की हल्की सी फुटकी फूटेगी और उसके दानेदार बिखराव से ज़बान एक अलग एहसास को महसूस करेगी। इसका ज़ायक़ा कहीं और नहीं मिलेगा दोस्त।

अच्छा चलो, तुम्हें चमकते हुए इंटरलॉकिंग टाइल्स पर ले चलें। रास्ते में लगे झुरमुट फूल वाले पेड़ों से सर को बचाना, विक्टोरियन लैम्प की खूबसूरती में रुक मत जाना। तुम्हें चलो हाउस नम्बर 12/345 में ले चलें। गेट से घुसते ही खूबसूरत घर में दमकते मार्बल में ले चलें। ज़बरदस्त ख़ूबसूरती बिखेरती पीयूपी और दूधिया रौशनी उड़ेलती एलईडी में ले चलें। इटैलियन डायनिंग टेबल पर बोन चाइना की नाज़ुक प्लेट में कोई नेपकिन लगाकर तुम्हें अगर अपने हाथ की बनाई ओनियन पकौड़ी दें, तो इसका भी मज़ा कहीं और नहीं मिल सकता मेरे दोस्त।

देखो, दोनों तरह के ज़ायक़े और माहौल का मज़ा लेना हो तो बिंदास, बेलौस लोगों के दिलों में उतरो, उनकी धड़कन को महसूस करो, उनके जज़्बात की क़दर करो, उनकी साँसों की पाकीज़गी पर सर झुकाओ। यक़ीनन तुम्हें सब ज़ायक़े अपनी ख़ालिस ख़ास ख़ुशबू के साथ तुम्हारे वजूद

को महका देगी। मगर हाँ, जैसे ही तुम इसमें मज़हब देखोगे, इसमें अपने विचारों की शक्ल देखोगे, इसमें पार्टी देखोगे, इसमें ज़ात या भौगोलिक सीमाएँ देखोगे, एक झटके में तुम किसी घूरे की तरह इनसे कहीं दूर ख़ुद को पाओगे। मड्डा और पकौड़ी तो लोग तुम पर फेंक जाएँगे, मगर कभी भी तुम्हें वो आलीशान कोठी स्वीकारेगी और न वो सौंधा छप्पर। तुम अकेले अपनी गन्दगी के साथ खुले आसमान के नीचे पड़े रहना।

मैं अभी कह रहा हूँ, अगर इस ज़मीन की ख़ुशबू महसूस करनी है तो अपनी हदें तोड़ दो; इस माटी को ज़िन्दगी में महसूस करना है, तो नफ़रत के नुकीले तारों को काट दो... इस मिट्टी के सच्चे आशिक़ बनना है तो दूसरों से नफ़रत करना छोड़ दो। इस माटी का सच्चा वारिस वही है, जो इस माटी पर बसने वाले हर एक से मोहब्बत करे, उसके दर्द को समझे, उसकी ख़ुशियों में शामिल हो। आओ चलो, तुम्हें मोहब्बत के दरिया में ले चलें, जहाँ बुधई की दुल्हन मड्डा लिए बैठी है और करन की ममा, अनियन पकौड़ी। आओ तुम्हें दोनों की उँगली का ज़ायक़ा दिलवाऊँ; बस तुम नफ़रत को बहुत दूर जाकर थूक दो मेरे दोस्त।

हम बीज हैं

एक अवाम थी, जिसने हिटलर को देखा था; एक थी, जिसने मुसोलिनी को देखा था; एक थी, जिसने स्टालिन को देखा था। उनमें से बहुत से लोग इनसे ख़ुश थे। उनके ख़ून, से रँगे हाथ, उस अवाम को मेहँदी लगे हुए हाथ लगते थे, उनके दाँतों में लगा ख़ून उन्हें पान के बाद का सुख़्र रंग लगता था; इनकी आँखों में शैतानियत की चमक, उन्हें तेज़ लगता था, इनके माथों पर उतरी नफ़रत की रेखाओं में उन्हें अपना सुंदर भविष्य दिखता था।

हुआ क्या? कुछ भी नहीं। एक एक करके ये भी रुख़सत हो गए। वो भेड़ जैसी अवाम भी आकर चली गई। ज़मीन के उन टुकड़ों, जिन्हें यह देश कह कह कर चीखते थे, उसने सिर्फ हाँ, उसने अपनी उर्वरा शक्ति को ज़िंदा

रखा। उसने अपनी माटी में दबे जुल्म के ख़िलाफ़ और इंसानियत का परचम लिए लोगों को बीज के मानिंद अपने में दबाए रखा। उनमें कोंपल फूटे। आज वो फिर दरख़्त बन गए। यह मान लो, चाहे जितना तांडव कर लो, चाहे जितनी नफ़रत की आग को हवा दे लो, आख़िरी में शांति के ही पथ पर चलना होगा।

अब आओ, अपनी दहलीज़ पर। ऊपर जिनके नाम लिखे हैं, उनके जैसा यहाँ कोई है भी नहीं... उनके जैसी अवाम भी इस चौखट पर नहीं है। हो सकता है वक़्ती बहकावा हो, मगर इतना यक़ीन करना, इस देश की अवाम भेड़ नहीं है; उनके दिलों में मोहब्बत की गरमी ही है। बस जो सच के साथ हैं, जो जुल्म के ख़िलाफ़ हैं, जो नफ़रत को हराना चाह रहे हैं, जो दिल से भारतीय हैं, वो मायूस मत हों। वो बीज की तरह रहें; यह माटी उनमें भी कोंपल फोड़ेगी।

आख़िरी तक मत कहना कि यह देश उनका है, यह देश हमारा है, हमारे जैसों का है, इस देश की आत्मा हम हैं। इस देश में गंगा जमुनी पानी ही चलेगा; किसी के दिमाग़ की सड़ांध से निकला पानी नहीं चलेगा। हिम्मत से आगे आओ, लोग तुम्हे उम्मीदों से देख रहे हैं। तुम्हारे बोल उनकी उम्मीदों के पंख हैं। दोस्त! हिम्मत मत हारना; तुम ही भारत हो।

यह भी तो हैं

देखो, दूर कहीं मीर अनीस खड़े हैं; रुँधे गले से मर्सिये सुना रहे हैं। मैं तुमसे कह रहा हूँ कि गर्दन घुमाकर देखो, तुलसी, अवधी में रामायण के पन्नों को पलट रहे हैं। पीछे देखो, रसख़ान, कृष्ण के पाँव में पड़े दोहे चौपाई की फ़सल बो रहे हैं। उधर दूर सर ऊँचा करके देखो न, मोहम्मद रफ़ी ने तान भर दी है। सर झुकाकर देखो, उस्ताद बिस्मिल्ला खान शहनाई बजा रहे हैं। देखो, चौकी पर मुंशी इंशा अल्लाह खान, रानी केतकी को बैठाए निराला से बतिया रहे हैं। वो रहे जायसी और खुसरो; देखो क्या बुन रहे हैं। कबीर, कालिदास को गेंदे की माला पहना रहे हैं। अरे, उधर

गावतकिये से टेक लगाए ग़ालिब, कृष्ण बिहारी नूर, फ़िराक़, मीर तक़ी मीर, साहिर, मजाज़ की महफ़िल को देखो न। बग़ल में लेटे सज्जाद ज़हीर और प्रेमचन्द की तो फ़िक्र कर लो न। अमृता, मंटो, इस्मत, श्रीलाल, केपी सक्सेना, राही मासूम रज़ा, उधर बैठे अंताक्षरी खेल रहे हैं।

यह सारे नाम आज क्यों ले रहा हूँ, ताकि तुम देख लो इस बहस और घुटन भरे माहौल में तुम क्या क्या छोड़ते जा रहे हो। देखो, जब तुम्हें सिर्फ दो ध्रुवों पर खड़ा कर दिया गया हो तो यह ओस की बूँदें कहाँ महसूस होंगी? जब तुम्हारी सुबह से रात, सिर्फ सियासी चौखट पर बीतेगी, तो इन्हें कहाँ महसूस कर पाओगे? सच बताऊँ, जब जब तुम्हें सिर्फ सियासत में उधड़ते, बिखरते, मिटते देखता हूँ, तो लगता है कि यह क्या हो गया। जब तुम ज़िन्दगी के रस को छोड़, विषपान कर रहे होते हो, तो डर जाता हूँ। जब तुम उन विषयों पर खुद को बाँट रहे होते हो, जो दूसरों ने तुम्हारे दिल में डाले हैं, तो अफ़सोस होता है। मेरा यक़ीन करो, जब तुम उलझ जाना, जब तुम अवसाद के मुहाने पर होना, जब तुम बेचैन होना; तो ऊपर बताए किसी को भी थाम लेना, सुकून मिलेगा। वही सुकून, जो तुम कहीं किसी कोठरी में रख कर भूल गए हो। अपने को पार्टी का कार्यकर्ता या प्रवक्ता मत बनाओ, इधर उधर मौजूद हर रस का मज़ा लो। यही तो ज़िन्दगी है। ज़िन्दगी को जियो, ताकि चेहरे पर मुस्कान बाक़ी रहे।

किरायेदार

किराये का मकान आपकी ज़िन्दगी को सँवार देता है। मैं लोगों को देखता हूँ, जब वह मकान बदल रहे होते हैं, तब बड़े फ़िक्रमन्द होते हैं। एक जगह से दूसरी जगह जाना कठिन भले हो, मगर ज़रूरी है। किरायेदार हमेशा एक ज़िंदा इंसान होता है, जो हर घर के हिसाब से ख़ुद को ढालता है। अगर आप अपने मकान में रह रहे हैं, तो यह समझ लीजिये, आपके दिमाग़ के काफ़ी हिस्से मरे पड़े हैं; वह हिस्से, जो आपको भूगोल, परिस्थिति, वातावरण से लड़ने की ताक़त देते। जब आप घर बदल रहे होते

हैं, तो सालों से जमा ग़ैर ज़रूरी समान को आप छाँटते हैं। जब उन्हें उठाते हैं, तो उनसे जुड़ी यादों को टटोलते हैं। उस एहसास को जीते हैं, जब यह सामान आपकी चौखट पर आया था।

किराये का मकान आपको संघर्ष का साथी बनाता है; आपको दूसरों में घुलने-मिलने की कला सिखाता है... एक अंजान डर के लिए लड़ने को हमेशा तैयार रखता है।

हो सकता है कुछ स्क्वायर फिट ज़मीन के टुकड़े को अपना कहकर आप सुकून में आ जाएँ, मगर यह याद रखिये, हमेशा चलने वाला ही ज़्यादा ख़ुश होता है; वो ज़िन्दगी के हर मसाले का ज़ायक़ा लेता है। वो हर बार बदलते पड़ोसियों में ख़ुद को छोड़कर आता है। नए रिश्ते गढ़ता हुआ किरायेदार, किसी मालिक से ज़्यादा 'अपने' बना लेता है।

मैं सिर्फ इतना कहता हूँ कि अपने आस पास देखो; हर एक के होने को देखो, उसकी ज़िन्दगी को तौलो। उसमें ख़ुशियों और ग़म के छौंके को महसूस करो, उनकी ज़िन्दगी की कशमकश को क़रीब से देखो।

तुम्हें तुम्हारी ज़िन्दगी की ख़ुशियों के बहुत से रास्ते मिल जाएँगे। किरायेदार को अब देखना; उसमें चलती फिरती परम्परा का एक सिरा पकड़ना। देखना, इनके क़दम, इनकी जड़ों को कहाँ कहाँ फैला रहे हैं। एक किरायेदार, धीरे धीरे बरगद बनकर छाता है। किरायेदार, अपना पावदान छोड़कर सारी ज़मीन को अपना कर लेता है।

क़ुदसिया महल

हमेशा की तरह अवध के दूसरे बादशाह नसीरुद्दीन हैदर अपनी बेगम मलिका ए ज़मानी के महल में दोपहर को दाख़िल हुए। बेगम ने ख़ूब प्यार उड़ेलते हुए कहा, ''नवाब साहब, कहिये आपकी क्या ख़िदमत की जाए; यह धूप की सख़्त तपिश आपको फीका कर रही है... लग रहा, सूरज मेरे चाँद जैसे बादशाह की नमी को भाप बना देना चाहता है।'' बादशाह

नसीरुद्दीन ने प्यास का इशारा किया। होंठ, पानी के लिए सूख रहे थे। बेगम की मोहब्बत उस प्यासे होंठ की जगह अल्फ़ाज़ में उलझी थी। प्यास के एक इशारे पर बेगम ने हल्के से हाथ उठाकर ताली बजाई और बाँदियाँ हरकत में आ गईं। एक बाँदी, थाल में गिलास लेकर हाज़िर हुई। नवाब ने बड़े ग़ौर से उस बाँदी को देखा और कहा, ''आज से पहले तो तुम्हें नहीं देखा, नई हो क्या?'' जवाब में बाँदी ने हाँ में सर हिला दिया। नवाब ने सवालिया नज़र, मलिका ए ज़मानी पर डाली। मलिका ने एक कनीज़ की तरफ़ इशारा किया, तो उस बाँदी का शिजरा खुलता चला गया। हुज़ूर, आपके बाबा के ज़माने में एक मशहूर तुर्क, वफ़ा बेग़ को शहर लखनऊ में रहने को जगह दी गई थी, ताकि वह अवध की ख़िदमत कर सके। दो बेटों एक बेटी के वालिद, वफ़ा बेग़ की दो नातिनियाँ नाज़ुक अदा और बिस्मिल्ला ख़ानम थीं।

बिस्मिल्ला का शौहर सितारबाज़ था, मगर इन दिनों किसी तवायफ़ के चक्कर में उसने बिस्मिल्ला से मुँह फेर रखा था। बेचारी दर दर भटकती थी। उसको महल ने आसरा दे दिया और मलिका ए ज़मानी ने बेचारी पर रहम ओ करम करके अपनी कनीज़ बना लिया।''

नवाब साहब को तफ़रीह सूझी और पानी पीने के बाद गिलास का बचा हुआ जूठा पानी उस नई बाँदी के ऊपर उछाल दिया। पानी, बाँदी के मुँह पर पड़ा और कुछ छींटें बदन पर बिखर गईं। बादशाह मुस्कुराए। बदले में बाँदी ने थाल में गिरा हुआ पानी, मुस्कराते हुए बादशाह पर उलट दिया। ग़ज़ब हो गया। एक मामूली सी बाँदी की यह जुर्रत, कि बादशाह ए अवध पर थाल का बचा हुआ पानी उछाले। महल में कोहराम मच गया। बादशाह सख़्त ग़ुस्से में लाल पीले हो गए और चीखकर बोले, एक बाँदी की यह औक़ात, कि मुझसे गुस्ताख़ी। मलिका ए ज़मानी की रूह काँप गई। बादशाह की चीख़ ने महल की दीवारों को भी गुस्ताख़ी का एहसास करा दिया। तमाम कनीज़ें रो रोकर चीखने लगीं, कि अब देखो क्या कहर बरपा होए। बादशाह की चीख़ चिल्लाहट के बीच वह नई बाँदी बोली-

''जब दो हम उम्र लोग तफ़रीह करते हैं तो लिहाज़ नहीं किया जाता और न ही बुरा माना जाता है।'' कहती हुई चली गई।

बाँदी को उसकी गुस्ताख़ी की सज़ा, मलिका ए ज़मानी देती हैं। उसे महल से निकाल दिया जाता है। वह वापिस उन्हीं अँधेरी गलियों में भेज दी जाती है, जहाँ उसकी ज़िंदगी ख़त्म होने की कगार पर थी। महल का महल इस नई बाँदी के आने और जाने को भूल, आगे बढ़ गया। एक बाँदी का क़िस्सा भला क्यों महलों के आँगन में सुनाया जाए। महल कुछ इस अंदाज़ में आगे बढ़ता गया, जैसे यहाँ कोई आया ही नहीं था; जैसे बाँदियों का होना या न होना किसी की फ़िक्र में था ही नहीं।

मगर एक इन्सान था, जो उस बाँदी की फ़िक्र रखता था, उसे न पाकर बेचैन होता था; वह थे ख़ुद बादशाह नसीरुद्दीन हैदर। अब जब भी वह आते तो बाँदी का ज़िक्र छेड़ देते। गाहे बगाहे उनकी बातचीत में वही बाँदी होती। यह बात मलिका ए ज़मानी को बेहद नागवार गुज़रती।

आख़िरकार अपने वज़ीर की मदद से बादशाह उस बाँदी को बुलवा लेते हैं। वही वज़ीर, जिससे मलिका ए ज़मानी का छत्तीस का आँकड़ा था। वज़ीर ने गर्म लोहे को देखते ही हथौड़ा मार दिया और बादशाह के सामने उस बाँदी को पेश कर दिया, साथ ही बाँदी का उसके पहले शौहर से तलाक़ करवा कर इद्दत के दिन भी पूरे न होने दिए। तलाक़ होते ही बादशाह ने उस बाँदी से निकाह करके अपनी बेगम बना लिया। बादशाह, बेगम को नाम देते हैं क़ुदसिया बेगम।

क़ुदसिया बेगम बड़े नेक दिल की थीं; जल्द ही बादशाह के दिल ओ दिमाग़ पर क़ब्ज़ा कर गईं। बादशाह उनसे उस दोपहर का ज़िक्र करते हैं, जब उन्होंने उन पर थाली का पानी उलटते हुए कहा था कि दो हम उम्रों के बीच चुहलबाज़ी गुनाह नहीं होता। उनका यह जवाब, बादशाह की रूह तक को छू गया। बेगम, मुस्कराती हुई कहतीं कि क्या ग़लत कहा था; यह बात तो सच है ही, कितना बदमज़ा हो कि दो नौजवान आपस में तफ़रीह भी न कर सकें। बादशाह खिलखिलाकर हँस देते और कहते, आपकी यही शोख़ अदा, हिम्मत और हाज़िर जवाबी ने मुझे बेक़रार कर दिया।

एक रोज़ गोमती किनारे खड़ी बेगम क़ुदसियाँ चाँद निहार रही थीं। पूर्णिमा का चाँद पानी से टकराकर बेगम क़ुदसिया पर बिखर रहा था। हर किरन उन पर से गुज़रकर सुनहरी छींटें बनकर बिखर रही थी। बादशाह,

जो हर वक़्त साये की तरह बेगम के इर्द गिर्द मँडराया करते थे, उनकी नज़र इस ख़ूबसूरत नज़ारे पर पड़ी। उसी रात गोमती का पानी गवाह है कि बादशाह ने उस बिखरती रौशनी के साथ इंसाफ़ किया और कुदसिया बेगम को मलिका ए ज़मानी का ख़िताब दे दिया। ख़िताब मिलते ही वह मलिका आफ़ाक़ कुदसिया सुल्तान मरियम बानो बेगम साहिबा मलिका ए ज़मानी बन गईं।

यह अवध की चौखट थी, कि एक बादशाह के हरम में एक बाँदी, मलिका ए ज़मानी बन गई। सलीम और अनारकली के क़िस्से को गोमती के पानी ने ज़िंदा होते देखा। नसीरुद्दीन हैदर के ऊपर किसी ज़िल्ले इलाही का ख़ौफ़ न था कि वह सहमकर अपने पाँव समेटते। तमाम दानिश्वर और महल के दूसरे अहम किरदार, बादशाह के इस फ़ैसले से बेचैन तो थे, मगर कुछ कहने की उनमें ज़रा भी हिम्मत नहीं थी। वह सब भागकर पुरानी मलिका ए ज़मानी की ख़िदमत में हाज़िर होते और ताज़ियत पेश करते। महल एक तरफ़ तो नए चमकते सूरज की रौशनी में नहाया था, वहीं दूसरी तरफ आँसुओं और ज़िल्लत ने घना अँधेरा कर रखा था। पुरानी बेगमें एक दूसरे के गले मिलकर बादशाह की इस हरकत का मन ही मन सोग मना रही थीं और पुरानी मलिका ए ज़मानी को कोस रही थीं कि आख़िर क्यों वह इस बदज़ात औरत को महल में बाँदी बनाकर लाईं। यह सब आपस में दिन रात कोसने और रोने में लगी थीं, वहीं नई मलिका ए ज़मानी ने अवाम के दिलों पर राज करना शुरू कर दिया था। वह अपने बेहद नवउम्र बादशाह की तबीयत समझती थीं और अपनी हर अदा को उनसे ही मुतास्सिर करके सामने रखतीं। बादशाह सलामत उनके पाँव में बिछे चले जाते। नई मलिका ए ज़मानी का जलवा अवध में बोलने लगा; उनकी मदद के हाथ अवाम को सुकून पहुँचाने लगे। जो बेगम आजतक बादशाह के बाहर के अवध को जानती भी नहीं थी; वहीं नई बेगम ने अवाम के हर दुःख दर्द पर हाथ रखा, ज़िंदगी के शुरूआती दौर में उन्होंने जो थपेड़े खाए थे, उसका एहसास उनको था। वह लगातार अपने इर्द गिर्द दिख रहे ज़ख़्मों पर मरहम रखती गईं, जिससे बादशाह की भी रहमदिली का खूब प्रचार प्रसार हुआ। जो अवध, एक 27 साल के नौजवान बादशाह को अल्हड़ समझता था, उसकी बाईस तेईस साल की नई बेगम पर शक करता था, वह वहम दूर हो गया।

अवध एक के बाद एक सीढ़ी चढ़ता गया। दोनों लोग महल की साज़िशों से बेख़बर, एक दूसरे के साथ अवध को बनाने में जुट गए।

अपनी चहेती बेगम के लिए महल के सामने ही बादशाह ने कोठी बनवाने का हुक्म दिया। अवध में इतनी ख़ूबसूरत कोठी का तसव्वुर बादशाह के सिवा कौन कर सकता था। दोनों हाथों को खोलकर अवध के ख़ज़ाने से क़ुदसिया बेगम के लिए कोठी, दर्शन विलास बनाई गई। कोठी दर्शन विलास में बेगम की ख़िदमत के लिए ख़ूब लोग लगाए गए। उनके मुँह से निकला हर अल्फ़ाज़ क़ानून की तरह माना जाने लगा। बेगम को बहुत अच्छे से मालूम था कि उनके बादशाह को इस वक़्त एक औलाद की ख़्वाहिश है, जो आने वाले वक़्त में अवध का बादशाह बनेगा। बादशाह की यह चाहत पहले पूरी नहीं हो सकी, इसलिए उनकी बेचैनी, नई बेगम बख़ूबी समझती थीं। कुछ ही अरसे बाद महल में बेगम के गर्भवती होने की ख़ुशख़बरी फैल गई। पूरा महल चहक उठा, मगर महल के दूसरे कोने में मौजूद बेगमों के लिए यह मायूसी की ख़बर थी। बादशाह इस ख़ुशी में मदहोश थे और महल उनकी इन ख़ुशियों को क़त्ल करने की साज़िश में ख़ामोश था। आख़िर कुछ ही अरसे बाद साज़िशों ने रंग दिखाना शुरू किया और बेगम, बच्चे से जाती रहीं। वह औलाद, दुनिया में आने से पहले ही क़त्ल हो गई। क़त्ल ऐसा कि किसी को ज़रा भी भनक न हुआ। सब तोहमतें कनीज़ों की ख़िदमत पर चली गईं। प्यारी नाम की एक महलदारनी पर इसकी गाज़ गिरी और उसका सर तलवार से अलग कर दिया गया। महल के भीतर नई मलिका के साथ लगातार साज़िशें होती रहीं, मगर वह इन सबसे अनजान आगे बढ़ती रहीं।

उनके हुक्म पर अवध में कई इमारतों की तामीर हुई। कई बाज़ारों में रौनक़ लाई गई और बहुत सी नई रस्में अवध के शाही महल में दाख़िल हुईं। कोठी दर्शन विलास, अवध की वह चौखट हो गई, जहाँ फ़रियादी, ख़ाली हाथ नहीं लौटता। क़ुदसिया बेगम का मासूम मोहब्बत से लबरेज़ दिल, हर तरफ़ मशहूर होने लगा। अब तो महल के ही अंदर, दूसरे दिलों पर साँप लोटने लगे। अपनी नजन्मी औलाद के ग़म से, बादशाह का दिल उनकी तरफ़ और झुक गया। मलिका ज़मानी के लिए उनके दिल में और मोहब्बत बढ़ गई। अब उनकी ख़िदमत में और लोग लगा दिए गए, साथ ही

कोठी दर्शन विलास का ख़र्च और ज़्यादा बढ़ा दिया गया.

कहते हैं, अपनी औलाद के ग़म में क़ुदसिया बेगम, मायूस सी हो गईं, उनका चेहरा फीका पड़ गया। बादशाह को यह सूरत, तकलीफ़ में डालती थी। उनके मनोरंजन के लिए नए नए प्रयोग होने लगे। शायर अपने कलाम से उनके मायूस दिलों में रंग भरते, तो तवायफें, नाचकर दिलों में झंकार भरतीं। वक़्त गुज़रता चला गया और धीरे धीरे जैसे तमाम ज़ख़्म भर जाना क़ुदरती है, यह दर्द भी जाता रहा।

बादशाह ने अवाम के कामों में दिलचस्पी लेना शुरू कर दिया और लखनऊ को सँवारने का काम फिर से आगे बढ़ गया। बादशाह और बेगम दोनों, महल की साज़िशों से अनजान रहे। धीरे-धीरे उनके वफ़ादार ख़िदमतगारों को या तो महल से निकलवा दिया गया, या क़त्ल कर दिए गए। यह बड़ी ख़ूबसूरती से अंजाम दिया जाता रहा, क्योंकि उन पर इस तरह के इल्ज़ाम लगाए जाते, कि उनको निकालने का फैसला या तो बेगम का होता या तो ख़ुद बादशाह का। अवध के सभी महल उस दौर में साज़िशों का एक अड्डा हो गए। कब किसे किस चाल में मात दे दी जाए, पता ही नहीं चलता था। मामूली उम्र के बादशाह, अपने ही ख़ानदान की साज़िशों में घिरते चले गए। अवध के महल, खामोश खड़े हर उस खेल को देख रहे थे, जिससे उसकी नींव कमज़ोर हो रही थी। अजब माहौल बन गया। एक तरफ अंग्रेज अपनी ताक़त बढ़ाते हुए महल के फैसलों में दाख़िल होना चाहते थे, तो दूसरी तरह महल के ख़ुद के लोग उसकी दीवारें चिटख़ा रहे थे।

एक बाँदी के सर पर ताज देख, बहुतों के दिलों पर साँप लोट रहा था। वह इतने अरसे से सुकून की नींद नहीं ले पाते थे, तो दूसरी ओर बादशाह, अपनी नई बेगम के सलाह मशविरे से अवध को चुनने में लगे थे। इन्हीं सब साज़िशों के बीच क़ुदसिया बेगम की गोद फिर से भरने को हुई। इस बार वह दिलकुशा महल में बादशाह के ही साथ रहीं। महल में एक बार फिर वही खुशी और ग़म का दौरा पड़ा। एक तरफ़ बादशाह की खुशी का ठिकाना नहीं था, वहीं दूसरी ओर पुरानी बेगमों पर मातम छा गया.. इस बार कोई कोताही नहीं बरती गई। उनकी ख़िदमत में बहुत से नए लोग लगाए गए

और सुरक्षा कड़ी कर दी गई। अब उनके तक जिसे पहुँचना होता, तो उसे कई चक्रों की सुरक्षा से गुज़रना पड़ता। जबरदस्त एहतियात से आख़िर वह दिन भी आया, जब उनकी औलाद ने दुनिया में पहली साँस ली। कोई भी साज़िश उनके नज़दीक न आ सकी। कोठी दिलकुशा, किलकारियों से गूँज उठी। बच्चे को तमाम सदाएँ दी गईं। बादशाह ने कई रोज़ के जलसे का ऐलान कर दिया। अवध, उस बच्चे की आमद से झूम उठा। अवध के सारे महल, ख़ूब रोशनियों से सजाए गए; आसपास के हर फ़नकार को कई रोज़ा जलसे में शामिल होने का हुक्म दिया गया। बादशाह, अपनी महबूब बेगम क़ुदसिया को और फूल से लख़्तेजिगर को देखते और इतना ही कहते, अच्छा हुआ बेगम कि यह आप पर गया है; इसके चेहरे का नक़्श आपकी नक़ल है; हमारी ताक़त और आपकी ख़ूबसूरती का गवाह बनेगा हमारी यह औलाद।

क़ुदसिया बेगम के बेटे मोरन के पाँव अभी ज़मीन पर ही टिकते, कि साज़िशों का एक दौर फिर चल निकला। तमाम तरकीबें निकाली जाने लगीं, कि कैसे इस ख़ूबसूरत जान को महल की धूप लगने से पहले ही गहरी नींद सुला दिया जाए, मगर इतने सख़्त हिफ़ाज़ती पहरे में एक भी चाल कामयाब न हो सकी।

क़ुदसिया बेगम की औलाद ने दुनिया में क़दम रख ही दिया। इधर पुरे मुल्क में अंग्रेजों के पाँव पसर रहे थे, तो ज़ाहिर है अवध क्यों छूटता। अब बादशाह नसीरुद्दीन हैदर के दरबार में भी अंग्रेजों का दखल बढ़ गया; बिना माँगे सलाहें दी जाने लगीं। अंग्रेजों ने बहुत कोशिश की, वह बादशाह के नज़दीक ही अपना डेरा डालें। उनके गुप्तचर, अब महलों के अंदर थे। बादशाह की हर हरकत तक उनकी पहुँच बढ़ती जा रही थी। इस बात से बेख़बर नसीरुद्दीन हैदर उन पर ऐतबार करते हुए अवध के लिए कार्य-योजना बनाते रहे। अंग्रेजों को क़ुदसिया बेगम और पुरानी मलिका ए ज़मानी के बीच की तकरार मालूम पड़ चुकी थी, यह उनके लिए शुभ संकेत था। फूट डालो, राज करो नीति को यहीं से हवा पानी मिलने का अंदेशा था। दोनों के बीच बिसातें बिछने लगीं। एक तरफ़ थीं क़ुदसिया बेगम और बादशाह; दूसरी तरफ़ थीं पुरानी बेगमें और उनके चहेते दरबारी और तीसरी तरफ़ थे अँगरेज़। तीनो में जो सबके बारे में जानते थे, वह थे अँगरेज़;

इसलिए उनकी चालें समझी हुई और बेहद होशियारी भरी थीं। बादशाह नसीरुद्दीन हैदर को इमारतों का पुराना शौक़ था और इसे परवान चढ़ाया उनके अँगरेज़ सलाहकारों ने; इसलिए उन पर निर्भरता बढ़ती ही चली गई। ज्योतिष पर बेहद यक़ीन था बादशाह को और बेहद पसंद भी थी। तारों की गणना और ग्रहों की स्थितियों की अच्छी समझ थी उनकी। उन्हीं की वजह से कोठी दर्शन विलास पर चार दूरबीन लगाई गईं, तरह-तरह के शीशे लगाए गए, ताकि उनका यह इल्म परवान चढ़ सके। मगर बादशाह, इतने के बावजूद, महल में चल रही ग्रह स्थिति से बिलकुल बेख़बर थे। दूरबीन से उन्हें दूर के सितारों पर बिखरा अँधेरा तो दिख रहा था, मगर महल के अंदर मौजूद उनके विपरीत ग्रह नहीं दिखते थे, या कहें कम उम्र बादशाह को इसका ज़रा भी भान न था कि उसके ख़िलाफ, गिरोह आपस में जुड़ते जा रहे हैं।

एक दिन अचानक उनके महल में लखनऊ की पुरानी गलियों का कोई दरवेश हाज़िर होता है। बादशाह उसकी बेहद इज़्ज़त करते थे, तो उसके आते ही दरबार ख़ाली कर दिया गया। वह दरवेश और बादशाह के बीच घंटों बातचीत चली। बिलकुल नौजवान बादशाह, उसके सामने बच्चे की तरह थे और वह उन्हें एक एक गिरोह बताते जा रहे थे। उनकी हिदायतें बादशाह के लिए कम और तख़्त ए अवध के लिए ज़्यादा थीं। उनकी फ़िक्र का अंदाज़ा इसी से लगाया जा सकता था, कि जो अपने हुजरे से कभी कभी निकलता हो, वह दरबार तक पहुँच गया। चलते-चलते उनके मुँह से यही निकला, जिसे सबने सुना कि, ''उनसे दूर रहो, वह तुम्हारे नज़दीक आ रहे हैं, ज़रा से चूके तो वह तुम्हें ही नहीं, बल्कि पूरे तख़्त को निगल जाएँगे। उन्हें अपने क़रीब बिलकुल ही मत रहने देना... अल्लाह निगेहबान है तुम्हारा।''

कहते हैं कि उनके जाने के बाद उस रात बादशाह ने खाना भी नहीं खाया और किसी से बात भी नहीं की; ख़ुद अकेले, गोमती किनारे घंटों टहलते रहे। जब क़ुदसिया बेगम ने उन्हें नज़दीक नहीं पाया, तो खोजती हुई उन तक पहुँचीं। बादशाह को उनके आने का ज़रा भी इल्म नहीं हुआ। यह पहली बार हुआ था, कि क़ुदसिया बेगम आई हों और बादशाह को पता भी नहीं चला; जबकि उनके आने की ख़ुशबू, बादशाह को बेक़रार कर दिया

कर करती थी। क़ुदसिया बेगम को महसूस हो गया कि कोई तो ऐसी बात है, जो उन्हें इतना ख़ामोश कर गई, वरना हर वक़्त चुहलबाज़ी और शरारत में मशग़ूल बादशाह, इस क़दर ख़ामोश क्यों होते। उन्होंने बादशाह के कंधों पर हाथ रखा। हाथ रखते ही बादशाह ऐसे ठिठके, जैसे किसी ने गहरी नींद से एकदम जगा दिया हो। उनके यूँ ठिठकने से क़ुदसिया बेगम भी पीछे खिसक गईं और माज़रत के अल्फ़ाज़ मुँह में आते, कि उससे पहले बादशाह बोल उठे, ''आप! आप कब आईं?'' क़ुदसिया बेगम ने देर से खड़े होने की बात बताई और फिर दोनों के बीच लम्बी ख़ामोशी तैर गई। अगली सुबह बड़ी हैरान करने वाली थी।

बादशाह नसीरुद्दीन हैदर ने उस प्रस्ताव को सिरे से ख़ारिज कर दिया, जो कई महीनों से उनकी नज़र से गुज़र रहा था। अंग्रेजों के, उनके महल के नज़दीक अपनी रेज़िडेंसी बनाने के प्रस्ताव को ख़ारिज कर दिया। अंग्रेजों को यूँ अचानक मना करने से बड़ी चोट पहुँची। उन्होंने ख़्वाब बुन लिए थे कि महल के नज़दीक रहकर कैसे बादशाह को कमज़ोर करना है; मगर उनका यह ख़्वाब, ख़्वाब ही रह गया। वह दरवेश जो उस रात आए थे, उन्होंने अंग्रेजों के मंसूबे को ऐसे खोला, कि नसीरुद्दीन हैदर ख़ामोश ही रह गए। उनके लिए सबसे बड़ी दुविधा थी, अंग्रेजों पर लगातार बढ़ती निर्भरता से कैसे यह मना किया जाए। क़ुदसिया बेगम के समझाने पर उन्होंने एक ही झटके में प्रस्ताव को ख़त्म कर दिया और बहुत दूर अंग्रेजों को जगह दी, जहाँ से रोज़ उन तक आना मुश्किल काम था। रेज़िडेंसी के लिए इतनी दूर जगह पाकर अंग्रेजों ने इसे बनाने का ख़्वाब ही भुला दिया, क्योंकि जो मक़सद था, वह दूर से कामयाब होता भी नहीं। अब अँगरेज़ और नसीरुद्दीन हैदर के बीच एक खटास तो पड़ ही चुकी थी; मगर दोनों एक दूसरे की ज़रूरत को महसूस करके, पूरा उलझने से बच रहे थे। दोनों के बीच रिश्तों में एहतियात बरता जाने लगा।

इधर महल में क़ुदसिया बेगम की औलाद, उनके दुश्मनों को काँटे की तरह चुभती थी; इससे पार पाने की कोई जुगत कामयाब ही नहीं होती। एक रात, महल के सबसे पीछे के कमरों में हमख़याल लोग इकट्ठे हुए, जिनकी एक ही दुश्मन थी... क़ुदसिया बेगम। बादशाह, उनके मशविरे के बिना कुछ भी नहीं करते, यह बात तो और उन लोगों को नाराज़ ही कर रही थी।

सब कमरे में इकट्ठे हुए और बातचीत का सिलसिला शुरू हुआ। अभी बात शुरू होती, कि पुरानी मलिका ए ज़मानी ने रौशनी बुझा देने का इशारा किया, ताकि एक से एक ख़तरनाक मशविरे आएँ और कोई इतने खूँख़ार मशविरे देने में शर्मा न जाए। अँधेरे में बातचीत का यह सिलसिला, साज़िश करने वालों के लिए बड़ा पुराना था। चराग़ के बुझते ही बेगम क़ुदसिया और बादशाह के क़िस्से उछलने लगे। हर एक, उनके साथ-साथ चलने को बर्दाश्त नहीं कर पा रहा था। किसी ने राय दी, कि बादशाह की जान, क़ुदसिया के बेटे में है, जितनी जल्दी हो सके उसे ख़त्म कर दो, वरना नासूर बनेगा। किसी ने उसे मारने का जाल बुना, तो किसी ने कहा कि उसे महल की ऊँची छत से धकेल दो, ताकि किसी को शक न हो। किसी ने उसके दूध में ज़हर मिलाने की बात की, तो किसी ने उसे गोमती में नाव पर ले जाकर धकेलने का ज़िक्र किया। सब बड़े बूढ़े, औरतें, उस नन्ही जान को मारने के मंसूबे बना रहे थे। इन सबसे बेख़बर, वह बच्चा अपनी माँ के साथ खेलने में लगा था। क़ुदसिया बेगम की रूह उसमें थी। हर सुबह उस बच्चे के लिए क़ुर्बानियाँ दी जातीं, ताकि उसकी उम्र में इज़ाफ़ा रहे और उसे तमाम बुराइयों से बचाए रखे। महल में उसे मारने के जो मंसूबे बन रहे थे, उसी में किसी बूढ़ी औरत की आवाज़ ने बात को बदला। सब, बच्चे को मारने को कह रहे थे कि उस बूढ़ी आवाज़ ने कहा, ''तुम सब अव्वल दर्जे के बेवक़ूफ़ हो।'' उनका इतना कहना था, कि अँधेरे में ही पुरानी मलिका ए ज़मानी तिलमिला उठीं, यह किसने गुस्ताखी की, उसकी जबान उतरवा देंगे... यहाँ मैं बैठी हूँ और हमें बेवक़ूफ कहने की जुरत किसने की; रौशनी जलाओ.'' कुछ देर के सन्नाटे के बाद बूढ़ी औरत बोली, ''नाराज़ मत हों बेगम, मगर आप लोगों की बातचीत फ़िज़ूल है; अगर आप बच्चे को ख़त्म करेंगी तो वह कल दूसरा बच्चा जनेगी... पहले भी हमने एक बच्चा पेट में ही मरवा दिया, मगर अब दूसरा आ गया; यह मारेंगे, तो तीसरा आ जाएगा। हम लगातार गुनाह करते जाएँगे और यह दिक़्क़त बनी की बनी रहेगी। अब वक़्त आ गया है, उसको ही ख़त्म कर दो, जिसके जाल में बादशाह का दिल फँसा है। बेगम क़ुदसिया को अब मरना होगा।'' कमरे में सन्नाटा छा गया। सब उनकी तरकीब से मुतमइन थे। कोई कुछ बोलता, कि वह बूढ़ी औरत और बोली, ''मगर फिर भी उनका बच्चा रह जाएगा, जिससे बादशाह की उसके लिए

और मुहब्बत बढ़ जाएगी। क़ुदसिया की मौत के बाद बादशाह उसके बच्चे में क़ुदसिया को देखने लगेंगे और बेतहाशा मोहब्बत बढ़ जाएगी। अगर हम माँ और ख़्वचे दोनों को मार दें, तो कोई मामूली सा दरबारी भी जान जाएगा कि यह साज़िश है और हम सब पकड़े जा सकते है। हमें ऐसी चाल निकालनी होगी, जिसमें सब ख़त्म हो जाएँ और हम पर ज़रा भी शक न आए।'' पुरानी बेगम फिर नाराज़ हो गई कि तुम एक तो रास्ता बताती हो, ऊपर से उसे बंद भी कर देती हो; अब बताओ, जब यह करना ही नहीं है तो करें क्या; मारना भी नहीं है और मारना भी है, भला यह भी कोई तरकीब है; तुम सठिया चुकी हो। ''तभी बूढ़ी औरत कुछ फुसफुसाती है, कि सब ख़ुश हो जाते हैं और बुढ़िया का माथा चूम लेते हैं।

कई रोज़ बाद बादशाह के चीखने से महल की दीवारें काँप उठीं। वह अपने एक मुँहलगे ख़ादिम पर चीख़ रहे थे कि तुम्हारी हिम्मत कैसे हुई यह कहने की। वह गिड़गिड़ाकर कह रहा था कि हुज़ुर, आप खुद नूरनदाई से पूछ लीजिये, वह सब जानती है, कि क़ुदसिया बेगम की यह औलाद उनके पहले शौहर की है; वह कुछ पहले वक़्त तक उनसे मिलता रहा है। बादशाह आगबबूला हो जाते हैं और नूरनदाई को तलब किया जाता है। वह भी तस्दीक़ करती है कि यह जो क़ुदसिया बेगम की औलाद है, यह उनकी नहीं, बल्कि मीर हैदर की है, जो बिस्मिल्ला खानम का पहला शौहर है। हुज़ूर, आपने बिस्मिल्ला को बाँदी से मलिका ए ज़मानी तक का सफ़र तय करा दिया, मगर वह इस लायक़ थी ही नहीं, आख़िर ख़सलत तो ख़सलत ही है, मानती कहाँ। बादशाह, ग़ुस्से में तिलमिलाते हुए नूरनदाई को महल से निकल जाने का हुक्म देते हैं और उसे अवध की सरहद से बहुत दूर भेज दिया जाता है।

वहीं दूसरी तरफ क़ुदसिया बेगम, दर्शन विलास में अपने बेटे मोरन के साथ बेहतरीन वक़्त गुज़ार रही थीं। उन्हें तो इसका ज़रा भी अंदेशा नहीं था कि महल के भीतर कौन से खिचड़ी पक रही थी। कई रोज़ हो गए, बादशाह ने उधर का मुँह भी नहीं किया। क़ुदसिया बेगम बेचैन थीं, कि कभी इतने रोज़ नहीं हुए कि वो न आएँ और न ही बच्चे की ख़बर ली। क़ुदसिया बेगम ने ख़ुद बादशाह के पास जाकर मिलने की फ़रमाइश की, जिसे उन्होंने इनकार कर दिया। बादशाह उनसे मिलना भी नहीं चाहते थे। हफ़्तों तो वह

दर्शन विलास भी नहीं आए, जहाँ वह हमेशा तारों की चाल देखा करते थे। दर्शन विलास उनके दर्शन के बिना मायूस होने लगी। कई रोज़ बाद बेगम के बेहद क़रीबी दरबारी ने यह राज़ खोला, कि बादशाह को मालूम चला है कि आपकी गोद में खेलने वाली यह औलाद उनकी नहीं है; आपने उनके साथ धोखा किया है। अब कुदसिया महल को नवाब साहब की नाराज़गी का पता चला।

यहाँ तक किसी ने बादशाह के कान भर दिए थे, कि कुदसिया बेगम किसी और मर्द को चाहती हैं। अपने ऊपर लगे बोहतान से कुदसिया बेगम बेचैन हो गईं और बिना किसी पूर्व सूचना के बादशाह तक पहुँच गईं। बादशाह ने उनकी तरफ़ नज़र भी नहीं की। कुदसिया बेगम ने कहा कि आपके बिना मेरा क्या वजूद है हुजूर; एक बार मेरी तरफ़ से सच तो सुन लीजिये, आपकी मोहब्बत के बिना हम ज़िंदा लाश हैं। तब बादशाह बोलते हैं कि यह जिंदा लाश जैसे जज़्बाती लफ़्ज़ सिर्फ अफ़्सानों के हैं, ज़मीं पर कोई किसी की मोहब्बत के बिना मरा नहीं करता; तुम मुझे अपनी लच्छेदार बातों में उलझा नहीं सकती; मुझसे ही गलती हुई कि एक बदज़ात को उसकी औक़ात से ज़्यादा दे दिया, मुझे यह सज़ा मिलनी ज़रूरी थी; तुम निकल जाओ यहाँ से; चाहे ज़िंदा लाश रहो या लाश ही क्यों न हो जाओ, मेरी नज़रों के सामने से हट जाओ।

बेगम, मायूस दर्शन विलास लौट आईं, जहाँ उनका बच्चा मोरन, उनके इंतेज़ार में रो रहा था। लौटकर उन्होंने उसे गले लगा लिया और शिद्दत से रोती रहीं। रोते-रोते कई पहर गुज़र गए... न भूख का ख़याल और न प्यास का ख़याल। कनीज़ें आतीं और देखकर लौट जातीं। दर्शन विलास, आँसुओं और सिसकियों की पहली बार गवाह बन रही थी। कुछ देर बाद वह उठीं और अंदर गईं। वहाँ से लौटकर बेटे मोरन के पास आईं और उसे ख़ूब प्यार किया, फिर कमरे में लौट गईं और हाथ में लिया हुआ ज़हर खा लिया। जैसे ही कनीज़ों ने यह देखा, महल में हंगामा मच गया कि बेगम कुदसिया ने ज़हर खा लिया।

फ़ौरन ही बादशाह को यह पता चला, तो वह नंगे पैर भागे हुए अपनी महबूब बेगम के पास आए। बेगम ने उनके सामने दो खून की उल्टियाँ कीं।

बादशाह, बेगम के पैरों पर सर रख, रोने लगे। तमाम हकीम बुलाए गए, मगर ज़हर का कोई तोड़ नहीं निकला। बेगम का बदन, पाँव से ठंढा पड़ने लगा। तभी भीगी आँखों और लरज़ती ज़बान से कुदसिया महल ने नवाब नसीरुद्दीन से कहा-

''मेरे हमसफ़र! मेरे मालिक; आपको याद है, मेरी आपसे पहली शर्त यही थी, कि आप मुझे शक की नज़र से नहीं देखेंगे, जिसे हज़रत ने तोड़ दिया; मैंने निकाह की रात अर्ज़ किया था, कि आपकी नज़र बदलते ही मेरी हस्ती मिट जाएगी... अब जब मालूम हुआ, हुज़ूर की नज़र फिर गई, तो मैंने अपना वादा निभाया और ख़ुद को ख़त्म कर दिया... आपकी कुदसिया, सिर्फ आपकी थी; यह कोठी दर्शन विलास, हमारी पाकीज़गी की गवाह रहेगी; इसके हर दर ओ दीवार, हमारी मोहब्बत के गवाह होंगे।''कहते कहते कुदसिया बेगम वहीं खत्म हो गईं। बादशाह, हमेशा के लिए सोई हुई कुदसिया बेगम में बिस्मिल्ला खानम को निहारते रहे, जब तक उनकी आँख से वो आँसू बनकर गाल तक न बह आईं। कुछ ही वक़्त बाद वहीं, बादशाह नसीरुद्दीन हैदर को भी ज़हर दे दिया गया। दोनों आज भी लखनऊ के इरादत नगर की कर्बला में साथ साथ दफ़न हैं।

होश में रहें

बड़े से मैदान में गेंहूँ की फसल लहलहा रही थी। यह एक फसल कई लोगों की ज़िन्दगी थी। किसान, जी-तोड़ मेहनत में लगा था; उसे पता था, इसमें उगने वाला गेंहूँ, सिर्फ और सिर्फ इंसान के हिस्से का है, इस खेत की माटी में रेंगने वाले कीड़े, चिड़ियों का खाना हैं। गेंहूँ के पौधे, जब गेंहूँ उगल देंगे, तब यह जानवर का खाना है। उसे पता है, उसका खेत चिड़िया, जानवर, इंसान सबके हिस्से का खाना समेटे है। उसे बस इतना करना है कि यह ध्यान रखे कि एक को खाना देने के चक्कर में दूसरे का खाना बिगड़ न जाए।

अगर वो जानवर को पहल करने देता है, तो इंसान का गेंहूँ ख़त्म हो जाएगा, इसलिए वो कई महीने जानवर से हिफ़ाज़त करके गेंहूँ, इंसान तक

पहुँचाता है, बाद में गेहूँ से अलग भूसा, जानवर को देता है। उसके इस क़दम से तीनों ख़ुश हैं।

अब ज़रा लौटिए हमारी तरफ़। हमारा एक एक लेख, पहले इंसानों के लिए है, उसके बाद जानवरों के लिए है। हम अपनी फसल को पहले जानवर को नहीं देंगे; उनकी फ़िक्र है हमें... उनके पढ़ने के लिए दूसरी चीज़ें वक़्त वक़्त पर मिलती रहेंगी, मगर फसल की सर्वोत्तम चीज़ें इंसान के लिए ही हैं; यहाँ हम जानवरों को गोबर नहीं करने देंगे।

जो लोग अच्छे भले लेख में गालियाँ लिखते हैं; जिनका मानसिक विकास पहली ही सीढ़ी पर ठहरा हुआ है; जो अपने ख़लीफा की ग़ुलामी में मदमस्त उछल कूद मचाए हैं, जिनकी ज़बानें हद दर्जे गन्दी हैं और ज़हन तो दूर से ही सड़ांध मारता है, उन्हें दूर रखना, उनसे फसल की हिफ़ाज़त करना हमारा कर्तव्य है। हम अपने इंसानों के लिए इन जानवरों को फसल चट नहीं करने देंगे।

देख लीजिये, बात बड़ी साफ़ है; जिनके माँ बाप उनको तमीज़ नहीं सिखा सके हैं कि बात कैसे की जाती है; जो ग़ुलामी में गुस्ताख़ी की सारी हदें पार कर जाते हैं, उनकी आवाज़ मेरे दिल तक नहीं पहुँचती। मैं मानता हूँ कि वह बीमार हैं, मगर हर बीमारी का इलाज अभी मुमकिन नहीं है। इतना समझ लीजिये कि अगर ज़रा भी आपमें मोहब्बत नहीं है, तो यहाँ मत ठहरिये; अभी यहाँ गेहूँ की फसल है, जिसे इंसानों तक पहुँचाना हमारा मूल कर्तव्य है। यक़ीन जानिए, जैसे ही भूसा आएगा, हम आपको आवाज़ देकर बुलाएँगे। तब तक इस फसल पर अगर मुँह मारा, तो गले में मचवा बाँधना हम किसानों को बेहतर आता है।

मोहब्बत से रहिये, इज़्ज़त दीजिये; भले आपको इसकी ज़रूरत न हो; अपनी माँ की परवरिश पर सवाल मत उठवाइए, मेरे लिए वो पूजनीय हैं। और हाँ, यह किसी ख़ास के लिए नहीं है... हर उस मज़हब, ज़ात, पार्टी, सोच, संगठन के लिए है, जिनकी ज़बान पर गंदगी की मोटी परत चढ़ चुकी है, जिनके दिमाग़ में फफूँदी लगी हो। होश में रहिये, ताकि ज़माने में मुस्कराहट ज़िंदा रहे।

नुचा हुआ पैर

सड़क किनारे एक पैर पड़ा है। नुचा हुआ इंसान का पैर। अँगूठा फूला हुआ। नुचे हुए पैर में हिफ़ाज़त का काला डोरा बँधा है। कच्चे धागे का डोरा है... अगर पक्का होता, तो यह पैर पड़ा नहीं, बल्कि चल रहा होता। थोड़ा क़रीब जाने पर किनारे नाले में पूरा जिस्म दिखा। एक पैर, शायद इंसान के लाश बनने की जल्दी में सड़क पर रह गया होगा।

पेट फूला हुआ... इतना फूला, कि उस पर कव्वे आराम से चहलकदमी कर रहे हैं। उन्हें उस पर उचकने में मज़ा आ रहा है। उचकते में उसके बदन पर पड़ी चेकदार मैली शर्ट का बटन, कव्वे के पैरों में बार बार फँस रहा है। जब भी कोई कव्वे का पैर फँसता वो शोर करता, उसके साथ सारे शोर करते और इस शोर में उसकी लाश की आवाज़... हाँ, लाश की आवाज़ दब जा रही है।

क़रीब से देखा तो सर, पानी में डूबा हुआ, नाक के ऊपर काई की हरी हरी परत, पेट पर कुछ काले काले, लाठियों के निशान हैं। लाठियों नहीं, शायद मोटे केबल के निशान होंगे, क्योंकि वोह पौने चाँद की तरह उभरे हैं। साँवलेपन में भी उभरे चाँद पर जमी ख़ून की बूँदें साफ़ नज़र आ रही हैं। बायाँ हाथ कुचला हुआ लगा। कुचली हुई हथेली और दूर पड़े पैर से कोई भी बता सकता है, खींचतान में पैर ने हार मान ली होगी।

बदन को पैर ने पहले छोड़ दिया। कंधे को देखकर लग रहा है कि उसे खींचकर यहाँ फेंका गया है। बग़ल में ही धान के ख़ूबसूरत खेत में धान लहरा रहा है। फूले पेट में उगे बालों से लग रहा था कि उम्र क़रीब पच्चीस छब्बीस रही होगी। दाएँ हाथ में रस्सी फँसी हुई है। रस्सी की मज़बूत पकड़ से कलाई से ख़ून टपक टपक के जम चुका है। लगा, जैसे अभी कोई उससे जानवर छीनकर गया हो; लगा, जैसे जाते जाते वो जानवर हो गया हो। लड़के की लाश पड़ी हुई है। गाय धान चर रही हैं। जानवरों का झुंड अपना काम करके पिछली रात ही जा चुका।

किसी को नहीं पता कि लड़का कौन है; इन धान चरती गायों का मालिक कौन है; मगर सबको पता है कि वो जानवरों का झुंड कौन है, किस

घर से है। हाँ, बहुत बार जानवर घरों में ही होते हैं। ऐसा जानवर, जो शिकार तो करता है, मगर खाता नहीं; ऐसा जानवर, जो ख़ून तो बहाता है, मगर पीता नहीं। उस जानवर को ग़लतफ़हमी हो जाती है कि वो इंसान है। तभी तो शिकार को खाता पीता नहीं है।

शादी शादी

वो आते हैं घेरकर। आपके क़द को देखते हैं; अपने से एक अंगुल निकलता पाते ही इत्मिनान की साँस लेते हैं। आपके उभरे हुए सीने को देखते हैं, उम्मीद और मज़बूत हो जाती है। चेहरे पर उगी दाढ़ी और मूँछ, उन्हें उनके इरादों की भनक देती है। फिर आपकी वो आँखें, जो सालों से किताबों में खोई थीं, उनकी गहराई नापते हैं। अपनी पारखी आँखों से देखते हैं कि यह कितना वज़न सह सकता है। आख़िरी कहें या पहली कहें, वो चीज़ होती है आपकी तनख़्वाह। उसका वज़न इन्हें रिझा देता है, यह तड़प उठते हैं।

तड़पकर बोलते हैं, आख़िर शादी कब कर रहे हो? यह रिश्तेदार होते हैं, दोस्त होते हैं, पड़ोसी... या कहें टाँग अड़ाऊ प्रजाति। इनका काम ही है एक बाप को बताना कि उनका बेटा शादी लायक है; एक माँ को बताना, कि उसे अब बहू की ज़रूरत है, एक बहन को बताना कि फ़िक्र करो। पता नहीं इनको क्यों लगता है कि ये बड़े क़ाबिल लोग हैं। ये लड़के के दिमाग़ की नस के भीतर घुसकर सूँघ लेते हैं कि इसे अब शादी कर लेनी चाहिए।

मुझे शादी की ज़रूरतों पर घेरने वालों से सख़्त चिढ़ है। ज़रा देर इनके साथ बैठ क्या लो, कि ये सर पर चढ़कर पतंग उड़ाने लगते हैं... अलानी फलानी लड़कियों का भूगोल इन्हें याद है।

कमबख़्ख़, ज़िन्दगी की किसी मुश्किल पर नहीं फटके; कभी गणित के मुश्किल सवालों के हल न बता सके, कभी एक भी परिभाषा समझा नहीं सके... कविताओं के अर्थ के वक़्त ये अनर्थ में रहे, फ्यूचर के लिए कभी रौशनी के नाम पर अगरबत्ती भी नहीं दिखाई, सीवी तक बनाना नहीं

बताया; एक शहर से दूसरे शहर ख़ाक छानने में भी वो साथ नहीं आए। ज़िन्दगी के चार पल क्या सुकून के आए, कि बिछ पड़े... शादी कर लो।

आप शादी कीजिये या न कीजिये, यह फ़ैसला सिर्फ आपका होगा; न सामाजिक दबाओं का और न लुभावने प्रयासों का। आप ज़िन्दगी के इन पलों को दबाव में मत लें। शादी तभी कीजिये, जब दिल और दिमाग़ तैयार हो। कुछ को लगता है, ज़िन्दगी के सारे रास्ते शादी तक ही जाते हैं। उनकी सोच को हवा में उड़ाइए और ज़िन्दगी को आगे बढ़ाइए। कुदरत की बनाई दुनिया को परत दर परत देखिये... घूमिये; दिमाग़ को खुलने दीजिये। इन शादी करवाने वाले लोगों से तो दूर ही रहें; ऐसे बेजा लोगों को नज़रअंदाज़ कर, ज़िन्दगी का लुत्फ़ लें।

लज़्ज़त वर्सेज़ ज़िल्लत

अहा! कितनी ख़ुशबू आ रही है। ज़ाफ़रान से रँगी, शीरमाल और कबाब, बिरयानी और शोरबा। शोरबे में डूबी ख़ुशबूदार बोटियाँ। दस्तरख़ान अपने उरूज़ पर महक रहा है। रोस्टेड चिकन, अपनी टाँग उठाए रखा है; उसकी दरारों में मुग़लई मसालों ने परत जमा रखी है। फ्राई फिश, बोनचाइना की ख़ूबसूरत प्लेट में करतब कर रही है। शाही टुकड़े के क्या ही कहने। चाँदी के वर्क़ और ज़रद रंग पर उमड़ी सफ़ेद परत में उमराव जान नज़र आ रहे हैं। वो हरी पत्ती चावल का ज़र्दा भी तो तड़पकर बता रहा है की मियाँ हम भी बाक़ी हैं; सब कुछ हज़म कर लेने वाले पेट में थोड़ी जगह रखना। हर एक चीज़ लज़्ज़त के साथ तड़प रही है।

लानत हो! लानत हो! लानत हो!

ऐसे दस्तरख़ान और उसकी ख़ुशबू में मदहोश ज़बान को क्या कहें। यह उन रसूल के उम्मत का शाही दस्तरख़ान है, जिन्होंने चीख़ चीख़कर, मिन्नतें करके, समझा समझाकर भेजा था, कि अपनी भूख से कम खाना; खाना गर्म मत खाना, कि कहीं तुम ज़ायक़े के चक्कर में भूख से ज़्यादा न

खा जाओ। वो रसूल, ख़ुद एक वक़्त खाना खाते; एक ही चीज़ खाते। अगर गोश्त को ज़बान लगाते, तो रोटी और चावल की तरफ़ न देखते। दाल रोटी होती, तो दूसरी तरफ़ न देखते। उन्होंने ताउम्र भुना गोश्त ज़बान पर नहीं रखा। हमेशा कहा कि सबकी फ़िक्र करो; पड़ोस का दस्तरख़ान अगर सूना है और तुम्हारे दस्तरख़ान पर बहार आई है, तो इस बहार को लानत है। वो रसूल, जो पेट में पत्थर बाँधकर तरक़्क़ी के रास्ते बनाते चले गए; वो मोहम्मद, जिन्होंने मामूली सी मामूली चीज़ पर छाप छोड़ी; जिन्होंने यहाँ तक कहा कि अँधेरे में पानी मत पीना। इतने नीचे से ऊपर तक किसने उनसे पहले सोचा और समझाया था?

मैं अभी कह रहा हूँ, जितनी जल्दी हो सके, अपने आप पर मेहनत करो, अपने किरदार को तराशो; मोहम्मद के जैसी मोहब्बत दिलों में लाओ; हर बुरे, बद एख़लाक दुश्मन को मोहब्बत से जीतो, दिल बड़ा करो। ज़िन्दगी में किसी से बेहतर सीखने के लिए पीछे मत हटना। राम, कृष्ण, बुद्ध, नानक, ईसा या जिससे भी कुछ पा सको, जो ज़मीन को महकाए, उसे बिना फ़र्क़ अपना लो। इतना जान लो, इस ज़मीन पर मोहब्बत के सिवा सब खत्म होगा। मोहब्बत इसलिए रहेगी, ताकि आने वाली नस्लों में उर्वरा बनी रहे। जिन्होंने मोहम्मद को नहीं पढ़ा, समझा है, वो ज़हमत करें और ज़िन्दगी को जीने का सलीक़ा सीखें। ऊपर सजे दस्तरखान से मुँह फेरकर रसूल की ज़िन्दगी के फ़लसफ़े को अपनाओ।